U0942721

悟空传
今何在
作品
北京联合出版公司
Beijing United Publishing Co.,Ltd.

图书在版编目（CIP）数据

悟空传 / 今何在著. — 北京：北京联合出版公司，2017.6（2024.9重印）
ISBN 978-7-5596-0239-8

Ⅰ. ①悟… Ⅱ. ①今… Ⅲ. ①长篇小说—中国—当代 Ⅳ. ①I247.5

中国版本图书馆CIP数据核字（2017）第077731号

悟空传

作　　者：今何在
选题策划：北京磨铁图书有限公司
责任编辑：李　伟
装帧设计：Violet　刘珍珍

北京联合出版公司出版
（北京市西城区德外大街83号楼9层　100088）
河北鹏润印刷有限公司印刷　新华书店经销
字数229千字　700毫米×980毫米　1/16　印张16
2017年6月第1版　2024年9月第23次印刷

ISBN 978-7-5596-0239-8
定价：39.80元

悟空传
WuKong
孙悟空一跃而起，将金箍棒指向苍穹。
『来吧！』
那一刻被电光照亮的他的身姿，千万年后仍凝固在传说之中。

小白龙忽然有种冲动，她要现出真身，告诉和尚这一切，然后陪他一起走遍天涯。

但她最终还是没有，她一摆头，向出海口游去了。

水中，一颗晶莹的珍珠缓缓沉入江底。

原来一生一世那么短暂，原来当你发现所爱的，就应该不顾一切地去追求。因为生命随时都会终止，命运是大海，当你能够畅游时，你就要纵情游向你的所爱，因为你不知道狂流什么时候会到来，卷走一切希望与梦想。

紫霞猛一抬头，她看见……

眼前是一座铜铸高台，台上一根巨柱直入天顶。

柱脚上，有一具半血淋淋半焦乎乎的残躯，骨肉脱离，已不成人形，唯有一处还有两颗晶亮的珠子，里面放出她熟悉的欢喜目光。

“我就知道你一定会来的。”那残骸说。

紫霞就那么看着他：“你在等我？为什么？”

“我等你？没有，没有啊，我……只是想……你会来的……”

猴子有点儿慌，他说：“那天，我答应你蟠桃会回来就和你一起看晚霞……我很喜欢……花果山的大海……我常在那里……看太阳……太阳落下去了……其实……我是想说……等你来……和你说，花果山……那里的晚霞……很……”

血从头颅上淋漓下来，流进他正在嚅动的口中，但他每一个字却又说得那么清楚，眼中放出希冀的光。

天蓬觉得那银色河流也在这一触间随他的血脉流遍了全身，他无法自抑，将她揽入怀中。

他们深吻着，几十万年等待的光阴将这一刻铸成永恒。

当长吻终于结束的时候，她从他的怀里脱身而出，一看天际，忽然惊叫了起来：“糟了！”

她被吻时法力消散，银核已经汇聚，却还有几亿颗散落在天河各处。

她掩面哭泣了起来：“我做了那么久，花了那么长的时间，还是失败了。”

天蓬轻轻揽住她的肩：“别哭了，世间没有一件造物会是完美的，但有时缺憾会更美。你抬头看看。”

她抬起头，只见天河四野，俱是银星闪耀。

沙悟净颤抖着从怀中掏出了那个满是裂纹的琉璃盏："当年打碎琉璃盏，被罚下天庭，我日日夜夜搜寻撒落在世间各处的琉璃碎片，终于将其补好，只……只差一片了。"

"哦？这也能让你找回来，还能把粉碎的盏拼好，真有你的。"

"臣在下界找了五百年啊！"

"五百年？什么五百年？"

"陛下？你不记得当年的事了吗？"

"不管了！你能把最后一片找到再说吧。啊，孙悟空来了，快拦住……"

沙悟净挺杖一拦，被猴子一棒打得直飞出去，那琉璃盏也飞到空中……

"啊！不要！"沙悟净扑上去接住那盏，"呵，还好……"

一群天将冲上来与孙悟空相斗，纷纷踩在沙悟净的身上，血从沙悟净的嘴角流出来，他还把那个盏死死护在怀里。

"只剩最后一片了啊，五百年了啊……"

我知道天会愤怒。
如果人触犯了它的威严。
但天是否知道人也会愤怒?
如果他已一无所有。
当我乞求时，你傲慢冷笑。
当我痛哭时，你无动于衷。
现在我愤怒了。
我要听到天的痛哭，我要听到神的乞求。
我知道天会愤怒，但你知道天也会颤抖吗?
苍穹动摇时，我放声大笑，
挥开如意金箍棒，打它个地覆天也翻。
从今往后一万年，
你们都会记住我的名字，
齐天大圣孙悟空。

果然，大山轰塌的巨响中，妖猴再次猛地跃了起来。

“我——不——认——输！”

他发出了野兽般的吼叫，血从他的眼睛里喷了出来。

孙悟空知道，这是他最后一次跃起了。

他像一个静伏的猎手等待着这样一个机会。

孙悟空蹲身，曲足，起跳，那一瞬棒已在手。

一道纯正的金光，一个完美的弧线，一次旷古绝后的进击。

灿烂的火星在空中溅开，又纷纷不止如雪般落下来。

孙悟空站在那里，火花落在他的肩上、臂上，也落在他脚下的战败者身上。

他又一次胜利了，像每次与妖精的战斗一样，他总是最后的胜利者。

等一等，众神都在交头接耳议论着，到底是谁死了，谁活着？

死的真的是妖猴？

或者，倒在地上那个才是他自己呢。

他摸了摸头上，还好，金箍还在。

那是证明他是孙悟空的唯一标志。

这个天地，我来过，我奋战过，我深爱过，我不在乎结局。

目　录

我也不知道，为什么太阳会一会儿远一会儿近地移来移去，
我们要追着太阳，不能离它太远，所以注定了要一生都花在奔波上，
真正能停下来生活的日子只有一会儿。
不过我在路上都会一直想着，为着这一会儿的相聚时光我都会尽力地飞翔。

杨戬始终觉得，杨婵永远是那个牵着他手的小妹妹，永远不会离开他。
因为若是离开他，她是一天也活不下去的。
但纵然是神仙，原来也预料不了后来的命运。

太乙终于心愿得偿，得到了那颗灵珠子。
而哪吒，也再不会给他闯祸，因为他再也没有真的魂魄。
也许一切真的早有天定，上天早算好了一切。你逃不过，挣不脱。就像那射出的震天箭，总会落在神仙意料中的地方。

十五周年版序

时间过得飞快，一转眼，《悟空传》已经出版15年了。

还记得那是1999年的最后一天，20世纪将要过去之时，我骑着自行车走在沿河大道上，看着远处即将落下的夕阳，想着未来究竟会是什么样子。

那时我刚大学毕业，在家乡找了一个网站管理员的工作，试用期月薪六百。

我记得在大学里，有一次同学问到将来想找个什么样的工作，我说月薪一千就很好啊。

那时真的觉得月薪一千就已经很不错了，工作两个月就能买一部手机呢。

大学实习时我在校园边的连锁书店——阳光书坊找了个……什么职位我都忘了，反正向老板忽悠了一大堆互联网概念，但那时我对互联网的所有经验就是在校外的地下游戏网吧里用局域网打《红色警戒》与《帝国时代》。对了，那时还没有QQ，没有阿里巴巴，如果老板当时听了我的话，没准现在成互联网巨头了。

老板似乎被我忽悠晕了，决定试用我。所有职员都需要先去书店实习锻炼一个月，所以我就在校园外的那间书店打起工来。最惨痛的经历是一次错收了五十元的假钞，只能自己补上，这对那时的我来说可是巨款。

眼看实习期要结束，我可以转正为职员了。但是那时一件大事发生了，因为书店不准请假，我终于还是忍不住，放弃了那份工作。

如果当初我没有离开，我的人生会不会不同呢？我也许会一直待在厦门，做着一份稳定的工作，成家立业。就或许不再可能有一天，在那家书店里看到我自己写的书。每个人的人生中都会做出无数次选择，这些选择是会改变你的一生，还是无论如何选择都会走向同一种命运呢？

当年拍的那些照片现在都沉埋在箱底了，就像那时我偷录下的寝室熄灯后大家激昂笑骂、指点江山的夜谈磁带，现在若还能听，寄给同宿舍的兄弟们一份，想必会令人感慨万千。就像十几年后听到的《西游记之大圣归来》的主题曲：“若是遇见从前的我，请带他回来。”

我还是很怀念当年那个带着随身听在夜间的校园里疾走、沉迷在音乐中的我；那个可以在图书馆坐一晚上，看各种文史资料、纪实文学，梦想着能写出一部《战争与和平》的我；那个每月生活费五百还能省下三百来买书和磁带的我。

直到今天，回忆我的人生，最幸福的还是大学时光。尽管在当时，你感受到的只是各种情绪的冲撞——空虚、无聊、迷惑、愤怒、渴望爱情、畅谈理想……然后看见平庸的现实。

但那时，我拥有时间。

时间是人生最珍贵的东西，这是我从小就听到的话，却直到现在才理解。

而时间偏偏是最公平的，不论你如何待它，它都那样不紧不慢地流过，绝不会为你改变分毫。

我小学的时候想象不出我中学的生活，但一转眼中学就来到了；我中学时想象着我大学的生活，而一转眼大学就来到了。眺望未来，总是那么遥远。然而你一眨眼时，它就从你的身边掠过，成了逝去。

这漫长而短暂的一生，究竟该用来追求些什么呢？

直到今天我也没有答案。

《悟空传》，其实就是一群人用一生寻找答案的故事。

在路上

初版序

很小的时候，因为是独生子女，父母上班后，我就一个人在家中自己与积木游戏。然后我发明了一个游戏，骑一辆儿童小三轮车，车轮沾上水，就在客厅里不停地转圈，然后看着自己画出来的轨迹，非常开心。

可能每个人童年的经历都会暗中影响我们的一生，现在我也总有一种感觉，这世界其实只是看起来很大，可实际上你哪儿也去不了，只能在这有限的几平方米空间中不停地画圈，你以为你走了很远，一看里程表都好几万公里了，其实只是在转圈。

所以一直以来我总有一种冲动，想冲破什么，想逃脱什么，这种感觉伴随着我的人生且愈演愈烈。我想其实所有人都一样，我们会觉得世界越来越小，但其实那是因为我们在长大。你总认为远方有一个美丽的新世界，就在前方等待，然后不顾一切地奔过去，也许有人真找到了那个世界，也有人发现全是幻影。

我总在想人的一生要追求什么，功名利禄？得到这一切之后呢？当你老去的时候，回想一生，你会不会遗憾？似乎不论如何去苦苦追求，总有一些你必须放弃，总有一些你只能怀念，还有一些永远只在梦想中。我们永远在计算成败、取舍与得失，却没有人能找到正确答案。

写《悟空传》那一年，是2000年的春节。央视开始播新版《西游记》，本来我是很期待的，结果一看很失望，因为老版《西游记》还是能打动我的。五百年桑田沧海，当年那首主题曲一唱，我顿时眼泪哗哗的。我现在还记得歌词：“哪怕是野火焚烧，哪怕是冰霜覆盖，依然是志向不改，依然是信念不衰。”

这歌词太好了，直接影响我的人生观。有人说《悟空传》颠覆西游，其实我一点儿没觉得颠覆，我觉得我写的就是那个最真实的西游，西游就是一个很悲壮的故事，是一个关于一群人在路上想寻找当年失去的理想的故事，而不是我们一些改编作品里面表现的那样，就是打打妖怪说说笑话那样一个平庸的故事。

也正是这样，我十分受不了西游里面就只有打妖怪打妖怪，打你妹啊。西游的主题根本就不是打妖怪。妖怪只分两种：一种是当年跟着孙悟空一起反抗天庭的兄弟，像牛魔王之类的，孙悟空必须把当年和他一起战天斗地的结拜兄弟都干掉，就为了成佛，我觉得这就是最大的悲剧；另一种则是神仙安排下来的，不是这个的坐骑就是那个的宠物。这也太恶心了，一边让人去西天一边安排着九九八十一难，就想把你整死。所以整个西游就是一出悲剧，是一场阴谋，不论你怎么做，都是死路一条。你不服从神，不向西走，整死你；你向西走，一路上九九八十一难，都是神安排的，依然整死你。最后到了西天，你以为成功了，结果给你一部经书还是假的，全是白纸；你拿回去退货，送了礼，给你一部有字的，你以为是真的，是真的吗？其实还是假的，因为本来无一物，何处惹尘埃。所谓道不可道，我们说了别人的答案不是你的答案，如果有人要拿答案灌输给你，那不是为了让你聪明，更可能是想让你变傻。

最后四个人成了佛，成佛以后呢？没有了，什么都没有了。以前活生生的有血有肉有感情有梦想的四个人，一成了佛，就完全消失在这个世界上了。佛是什么？佛就是虚无，四大皆空。什么都没有了，没有感情没有欲望没有思想，当你放弃这些，你就不会痛苦了。但问题是，放弃了这些，人还剩下什么？什么都没了，直接就死了。所以成佛就是消亡，西天就是寂灭，西游就是一场被精心安排成自杀的谋杀。

我写《悟空传》，就是要把这些写出来。《西游记》里的一切都很隐晦，但我写得很直白。我心目中的西游，就是人的道路。每个人都有一条自己的西游路，我们都在向西走，到了西天，大家就虚无了，就同归来处了，所有人都不可避免要奔向那个归宿，你没办法选择，没办法回头，那怎么办呢？你只有在这条路上，尽量走得精彩一些，走得抬头挺胸一些，多经历一些，多想一些，多看一些，去做好你想做的事，最后，你能说，这个世界我来过，我爱过，我战斗过，我不后悔。

我很欣慰我们的路还很长，未来还很远。我曾经写过一句话：人生最有价值的时刻，不是最后的功成名就，而是对未来正充满期待与不安之时。

有未来是件很开心的事。我愿意和大家一起去见证这个未来，见证我们走过的路。成败，其实并不是最重要的。因为你去追求理想时你就会明白，你很可能不会成功。最关键就在于，当你深知这一点时，你还要不要去追求。

我没有答案，也不需要答案。

引用我最喜欢的一首歌的歌词作为结束：

如果失去是苦，你还怕不怕付出？
如果坠落是苦，你还要不要幸福？
如果迷乱是苦，该开始还是结束？
如果追求是苦，这是坚强还是执迷不悟？

第一卷

悟空传

一个声音狂笑着，
他大笑着殴打神仙，大笑着毁灭一切，
他知道神永远杀不完，他知道天宫无边无际。
这战斗将无法终止，直到他倒下，他仍然狂笑，笑出了眼泪。
这个天地，我来过，我奋战过，我深爱过，我不在乎结局。

【01.】

四个人走到这里，前边一片密林，又没有路了。

“悟空，我饿了，给我找些吃的来。”唐僧往石头上大模大样一坐，命令道。

“我正忙着，你不会自己去找？又不是没有腿。”孙悟空拄着棒子说。

“你忙？忙什么？”

“你不觉得这晚霞很美吗？”孙悟空说，眼睛还望着天边，“我只有看看这个，才能每天坚持向西走下去啊。”

“你可以一边看一边找啊，只要不撞到大树上就行。”

“我看晚霞的时候不做任何事！”

“孙悟空你不能这样，不能这样欺负秃头，你把他饿死了，我们就找不到西天，找不到西天，我们身上的诅咒永远也解除不了。”猪八戒说。

“呸！什么时候轮到你这个猪头说话了？”

“你说什么？你说谁是猪？！”

“不是，是猪头！啊哈哈哈……”

“你敢再说一遍！”猪八戒举着钉耙就要往上冲。

“吵什么吵什么！老子要困觉了！要打滚远些打！”沙和尚大吼。

三个恶棍怒目而视。

“打吧打吧，打死一个少一个。”唐僧站起身来，“你们是大爷，我去给你们找吃的，还不行吗？最好让妖怪吃了我，那时你们就哭吧。”

“快去吧，那儿有女妖精正等着你呢。”孙悟空叫道。

“哼哼哼哼……”三个怪物都在冷笑。

“别以为我离了你们就不行！”唐僧回头冲他们挥挥拳头，拍拍身上的尘土，又整整长袍，开始向林中走去。刚迈一步，“刺啦”——僧袍就被扯破了。

“哈哈哈哈……”三个家伙笑成一团，也忘了打架。

【02.】

这是一片紫色的丛林，到处长着奇怪的植物，飘着终年不散的青色雾气，越往里走，脚下就越潮湿，头上就越昏暗，最后枝叶完全遮蔽了天空，唐僧也完全迷路了。

“多么有生机的一片地方，这么多不同的生命。”唐僧却笑了。

“谢谢！”有个声音回答他。

唐僧一回头，看见一棵会说话的树，紫黑色树干上有两只一眨一眨的眼睛。

“真是惊奇，生命是多么奇妙，让我摸摸你，土里的精灵。”唐僧伸出手去。

那树干上泌满紫色的汁液，摸上去湿滑无比。

树很惬意地享受着抚摩，它那无数下垂的分枝都不禁舒畅地摇动起来。

“呵，有上万年没有人来到我面前了，从前……几千年前吧，有一群猴子在我身上戏耍，后来他们都不知哪儿去了。那时我还没有眼，只能感觉到有很多会动的生灵在我身边说话、唱歌，我看不见，也不能动，但我很幸福。现在我终于长出了眼睛。可是他们却不知哪里去了……不知哪里去了……”

“他们死了。”唐僧说。

“死？死是什么？”

“死就是什么也看不见，什么也听不见，什么也感觉不到，什么也不会想，就像你未出生时一样。”

“不，不要死！也不要孤独地生活。”

“你还可能活很久，你还没有手，没有腿，以后都会长出来的。”

“我花了十万年才长出眼睛，我再也忍受不了那么漫长的等待了，我现在就想去摸一摸身边的同类，摸一摸你。你身上的气味真令我心醉。”

“我已经很久没洗澡了。对了，你没嘴，你用什么说话？”

“我用这个。”怪树抖了抖它前面的一根枝条。

那上面有一张人的嘴。

“这不是你自己的。”

“没错，是我捡的，三百年前有一个人在这里被吃了。剩下了这个，我用我能滋润万物的树汁浸泡它使它不腐烂，又费了几十年的时间才长出枝条捡起它。”

“这可不好，你投机取巧。不是你的，就要把它还给来处。”

“你不想知道那个人为什么被吃吗？”

“是因为看见了你的缘故吗？”

“是。”

忽然，唐僧发现自己的脚不知什么时候已被藤蔓缠住了。

他背后响起了低沉的呜嗷声，唐僧闻到一股腥气喷到他的脖子上，但他无法回头。

“把他的手留给我，我喜欢那双手。”怪树说。

“别人吃剩的你也要，做妖做到你这份儿上，是我就一头撞死算了。”唐僧说。

“如果我有头的话，我会考虑的。”

有双爪子搭上了唐僧的肩头。

怪树说：“等一下，我想最后再和他说一句话，我有了这张嘴后，这是第一个能和我说话的。我很感兴趣一个人被吃时的心理活动是怎样的。”

“哪那么多废话？早死早超生，我才不怕。”唐僧说，“你真想听我最后一句话？”

怪树上下晃晃枝叶。

“好吧。”唐僧深吸一口气，突然大叫道，“救——命——啊！！！”

【03.】

“师父又在喊‘救命’了。”猪八戒说。

“别理他，老这样，总玩不腻。”孙悟空看完了晚霞，从怀里掏出一只腿来吃。

猪八戒盯着他：“你在吃什么？”

“猪腿。”

“我——宰——了——你！！”猪冲上来，一把抱住猴子。

“嗯。”沙和尚睡梦中翻了个身，“砍……砍死他……”又睡死了。

丛林中

“你叫了十七句了。我只让你说一句的。”怪树盯着唐僧，“你为什么流水？”

“树爷爷，其实我真的很怕。我还年轻，才活了二十几年。”

“你活了二十几年就有四肢五官，我活了几十万年才有一双眼，为什么？”

“当人是要几百次轮回才能修到一次的，我等的时间不比你少，就让我多活几百年吧。”

“我要放你，你还会离开我，剩我一个人，不行。”

“我不走，我以我大徒弟孙悟空的名义发誓，一辈子留在这儿直到你死……后边的那位不要舔我好不？我很脏的。”

“孙悟空？好像听过，唉，不记得那么多了，你还有徒弟？”

“是啊，我二徒弟猪八戒很胖的。”

“那你再多叫几声。”

“师父已经在喊第一百三十四句了。”猪八戒说，“你还不去堵上他的嘴？”

“你先叫爷爷。”孙悟空说。

“你休想……哎呀！有种把脚从我背上拿走我们再打！”

“打成这样还不服？小样儿我就不信还治不了你！”

砰砰啪啪·＃％—＊·！％！

丛林中

“咳，能不能让我喝口水再喊？”唐僧问。

“算了，他们可能早跑了。”

“等等，我好像听见杀猪的声音。”后面的怪兽说。

“是了是了，那一定是我两个徒弟又在打架。”唐僧说。

“不管，我先吃了你，再去找他们！”

“不要哇，你们怎么能这样，坐下来一起谈谈哲学多好啊，要不我出个谜语给你们猜吧，‘莲花未出生时是什么？’”

忽然怪树和怪兽发出惨叫，嘶嘶地变成了一团白烟。

“咦？”唐僧问，“你们怎么了？不好意思，我出的题是难了点儿。”

“莲花未出生时，还是莲花。”忽然传来一个女孩子的声音。

唐僧回过头去，一个绿衣的女孩笑嘻嘻地站在那里，她有一头飘逸的长发，身上的衣服却是用最细的银丝草编成的，闪闪发亮。

“女施主你好漂亮啊！”唐僧说。

“原来你是个好色的和尚。”

“不是不是，只是出家人不能说谎的。”

“如果你不是光头，一定很讨女孩子喜欢的。”

“难道我光头的样子就不帅吗？”

“油嘴滑舌，你怎能修成正果？”

“我修行与别人修行不一样。他们修小乘，我修大乘；他们修虚空，我修圆满。”

“大乘？嘻……没听过。”

“因为我还没想好呢。”

“我只听说有个叫金蝉子的曾质疑小乘佛法，想自行通悟。结果走火入魔，陷于万劫之中。”

“他笨嘛！”

女孩子忽然变了脸色：“你有什么资格说他？！他一根手指，也能点破天穹，你不过是个在妖怪面前像狗一样求饶的凡夫俗子！”

“因为我想活着，我不能掩藏我心中的本欲，正如我心中爱你美丽，又怎能嘴上装四大皆空？”

“你肉眼凡胎，又怎知万物造化，外表皆幻？”

“母猪也有个美丑，你又何必自卑？”

“你犯嗔戒！妄语不断，心意杂乱，又怎会去做了和尚？”

“天地良心呀，谁让我这么好运一生下来就在和尚庙里。”

“你不配论佛！刚才听你说句偈语，以为你有些道行，才出手救你，没想到救了个蠢汉，你快滚吧！”

“呵，姑娘此话差矣！有道是生死在天，我若是有道高僧，佛祖又怎会不保佑我，用你多事？”

“呸！秃子！气死我了！”

女孩忽然将身一转，一张美丽面孔顿时变得恐怖狰狞：“你既是一俗物，不如让我吃了你吧！”

唐僧长叹一声：“唉，为什么妖怪吃我之前总要说那么多废话呢？”

说时迟，那时快，一道身影已凌空越过。

当然是孙悟空。

【04.】

孙悟空围着地上这个被他打倒的女妖转悠。

“秃头，看来你真是对女妖精有出奇的吸引力呀！用你做诱饵真是一点儿错也没有，这样俺老孙的功德分很快就能积够了……为什么追你的女妖精都一个比一个难看？”

“气不死的阿弥陀！这么美丽的女子，你居然说她难看？”唐僧道。

“美……美丽？你看她这样子，都快赶上老孙了，敢情你喜欢这种的？”

“唉，幻化无穷，明镜在心，你猴眼看人，又如何识得美丑？”

“啊呸！俺老孙虽然有些青光眼外加散光，迎风流泪还见不得太阳，但也是在地下待了太久退化了，你怎可拿俺生理缺陷取笑？惹得我火起，一棒打断你孤拐！老孙这就结果了你的小美人！”

孙悟空举起了金箍棒。

那女子这时却醒转了，她抬眼正看见了孙悟空举棒要打她。

“孙悟空……你是孙悟空！”

女子一把抱住他的双腿：“是你吗，真的是你？我不是在做梦？”

她仰起那张丑脸无限深情地看着孙悟空，眼中竟有泪滑落下来。

孙悟空只觉浑身一颤，好似五脏六腑都跳动了一下，心想不好，这是什么魔法，只觉有千钧之力，此刻却一点儿也用不上。

那女子还在说着："你来了，太好了，又是一个梦吗？但我已满足了，我在这里活了几万年，就是为了想着有一天你会出现在我面前，你自由了，你终于自由了吗？我知道这一天一定会来，没有人能锁得住你，永远没有……太好了……太好……"

她竟已泣不成声。

孙悟空暗运内力，一声"起"，那女子便直飞出去，撞在一棵大树上，把两人才能合抱的大树撞得应声而折。

"哈，我打你这个不死的妖怪，你以为这套对老孙有用吗？哭？哭也没用，老孙杀人就没眨过眼。"

那女子摔在地上，鲜血从口中流出来，却还强撑着看孙悟空："你，你不认得我了……是的，我变成这个样子，你自然认不出来，可我受了玉帝的咒，再也不能变回从前的样子……我是……"

女子突然惨叫一声，一口血直喷出来，在地上痛苦地挣扎着。

唐僧叹了一声："唉，莫不是你也受了咒法，再不能说出自己是谁？"

那女子双手紧紧攥住地上的泥土，显然痛苦至极。

"秃头，你别信她，妖怪我见得多了，什么招都使得出来。让开，让我结果了她。"孙悟空道。

"我并没有挡着你呀，你打呀，怎么不打？"

"我……你叫我打我就打吗？偏要过会儿再打。"

"恨不死的阿弥陀，负尽千重罪，炼就不死心。"唐僧又整了整他那已烂得不成样子的衣裳，踱着步向林外走去，"你们慢聊，我不打扰了。我要去那幽深的雨巷散步，期盼再相逢一个丁香花样的妖精……"

他又停步看了看万年老树的残躯，缓缓叹道："不要死，也不要孤独地生活。几十万年就是为了这一天吗？"

【05.】

唐僧走了，孙悟空跳到树上，那女子在地上打滚哀鸣，他却自在地打着秋千。好半晌，那女子才渐渐平复。

孙悟空："不是我可怜你，只是老孙不杀没还手之力的人。你现在没事了？出招吧。"

他还在大树藤条上架着腿晃悠，好像这不是战斗之前，只是准备午睡。

那女子脸色还苍白着，可见到孙悟空，她眼中又闪出了光芒，流着血的嘴角有了一丝笑意。

"你还是老样子。你以前……就是这样，还记得我们第一次见面吗，那时……你也在树上这样躺着，是蟠桃树……"

"见鬼，今天让我碰上个神经的妖怪，大婶，我从没见过你，也没见过蟠桃树是什么样子，你老老实实随便亮个招数，然后让我一招打死你就完了，不要浪费大家的时间。"

"你还不记得我是谁？你……你难道已忘了从前的一切？"

"老太太，别提你那些从前了，你认错人了，俺老孙五年前刚从五岳山地牢被放出来，一心想多杀几个妖怪，积点功德值好让上天给我把前罪销了，没准还封个土地山神什么的，谁见过你呀！"

"你在说什么？五岳山？是五行山才对呀？销前罪？你也记得你做的事，又怎是杀几个妖天庭就会放过你的？"

"你在说什么？我本是花果山一妖猴，因不敬天帝而被罚入五岳，关了五百年，后来蒙玉帝开恩，说只要我能完成三件事，就赎了我的前罪，以前的事我记得清清楚楚，哪来的你……"

女子现出惊疑神色："怎么会……难道说……他们要你做三件事，是哪三件？"

"你还真烦哩，好吧，就让你死个明白。第一件，要我保刚才那个秃头上西天。第二件，要我杀了四个魔王……"

"四魔王？！"

"没错，就是西贺牛洲平天大圣牛魔王、北俱芦洲混天大圣鹏魔王、南赡部洲通天大圣狝猴王，还有一个，东胜神洲齐天大圣美猴王！"

“哈……美……美猴王？！”

“怎么，你认识他？第三件事，待这两事做完，才会告诉我。你怎么又哭了？”

女子喃喃念道：“是了，他已记不得一切，也记不得你了……”她又仰起脸来，“但有一件事你要知道，你就是……”

她忽然又一阵剧痛，几乎晕厥过去。

“唉，”孙悟空跳下树来，“看你这么痛苦，我做做好事，帮你解脱了吧，下辈子做个岸边花草，随风摇摇，不也比做个活得太久、记忆错乱的妖好？”

女子忍痛抬起头来：“我不会记错，我记得所有的事，会永远记住……没想到，我等了几万年，等来的却是死在你手中，我们终究还是逃不出他的掌心。”

孙悟空举起棒来……

金箍棒就那样凝在空中……

“咳！”他猛地将棒扫向旁边的树木，把林中扫出了个半径几十丈的扇形。

“今天见鬼了，怎么就打不下去呢？”孙悟空道。

他把金箍棒收入耳中：“罢了，今天老孙突然不想杀人，就饶你一命。”

说完，头也不回向林外走去。

他没有看见后面女子将手伸向他，却又疼得发不出声来的悲哀眼神。

【06.】

五百年，很漫长吗？

没有记忆能穿透它。

没有什么是永恒的。

不如忘记吧。

火堆前，唐僧和另两个徒弟围着架起的锅灶等汤熟。

孙悟空从林中慢慢走了出来。

唐僧抬起头来：“咦？你回来了？请坐。”

“师父怎突然这般客气？好似见到生人似的。”沙僧皱眉。

孙悟空不发一言，坐下直盯着火堆。

“咦，猴子今天怎么了？”猪说，“哦，我知道！被打傻了。哈哈哈……哈……哈？”

他自己笑得快流出眼泪来，却发现其他人都不笑。

“不对。”沙僧说。

“哪儿不对？”八戒问。

“不知道，只是不知为何突然觉得空气中充满可怕的压力。”沙僧面孔扭曲，满头大汗。

“对，一切都对。该来的，他自然会来。”唐僧盯住孙悟空，“你说，是吗？”

孙悟空脸色阴沉。

“我没杀她。”猴子说。

“那么漂亮的小姑娘，我就知道你下不去手的。”唐僧说。

“她全告诉我了。”孙悟空说。

“哦？”唐僧说。

“她说了我是谁，也说了我们每一个人是谁。”

“哦？”唐僧说。

“哦？”猪八戒说，“她有没有告诉你我其实并不是一头猪，哈哈哈哈……哈哈哈……”

孙悟空猛跳了起来，猪八戒仍在地上笑得打滚。

孙悟空用棒指着唐僧：“我既已知你是谁，便不能不杀你。”

“哦。”唐僧说，“我是谁？你杀我之前能不能先告诉我。”

孙悟空直跃了起来，一棒打在唐僧头上，顿时鲜血飞溅，唐僧倒了下去。

孙悟空哈哈大笑：“孙悟空，你又犯了一桩天条了！”

他仰天大叫：“我杀了他，如何，有种来杀我呀！”

天上突然一道闪电直劈下来，一声巨响，整个森林都燃烧起来。

孙悟空狂笑道：“哈哈哈，没打中，照准这里打！”他用手指着自己的脑门，“打呀，打呀！不敢吗？没种吗？”

火光中，他的脸分外狰狞。

天空暗雷滚动，却再不见闪电，那雷声像是一个巨兽在一个更强大的对手前的无奈喘息，隆隆声渐息了。

天空又平静了下来。

孙悟空忽然像察觉了什么，一纵身，穿入天际不见了。

沙僧看看天，又看看地，唐僧的尸体在地上，已被火燃着。猪八戒仍在一个人笑个没完。

“别笑了，师父都死了。”

“死了好，死了好，大家分行李啊，哈哈哈哈……哈哈哈哈……”猪八戒笑着，泪流满面。

【07.】

五百年，很漫长吗？

失去的一切，

都无处寻找了吗？

当月亮第一天开始升上天空的时候，天蓬就在看着这一切了。

他看着她收取天地间的无数微尘，一粒粒精选出银色的颗粒，那是五亿亿万粒里才会有一粒的，她仔细地这样一粒粒挑着，天蓬就在旁边默默看着。

她做事时不准天蓬说话，怕会吹走了沙粒，于是天蓬就不说话。当有星际间匆匆的旅者呼啸而过，天蓬还张起他宽大的翅膀帮她遮挡风和杂尘。

她一直做了八十万年，天蓬就默默在旁边守候了八十万年，八十万年他与她没说过一句话，甚至她也不抬头看他，只关注她的沙堆，可天蓬还是觉得很幸福。

有个人可让他默默地注视，有个人需要他的帮助，哪怕几千年才用得上一次，比起以前一个人在没有光的天河里孤独地生活，是多么好啊。

就这样一直选了十亿亿万粒银尘，就这样直到那一天。

她第一次扬起手，十亿亿万粒银尘全部飞扬上了天际，在万古黑暗的天穹中，突然有了这么多银色微尘在漫天闪耀着。

“太美了！”天蓬大声喊。她却用手轻遮天蓬的嘴，“别，别吓着它们。”她轻声说，眼中流连着无限的爱意。

天蓬要醉了，虽然她并不是看着他，而是看着那些银色精灵，但天蓬为世间有如此的爱而醉，为世间有如此的造物而醉。有一样事物可以去爱，他想，是多么好。

她第二次扬起手，漫天的银尘开始旋转，绕着她和天蓬所在的地方，它们越转越快，越转越快，最后变成了一个无比巨大的银色光环。

天蓬要被这奇景惊喜得晕倒了，他脚步踉跄，不由得微微靠在了她身上。她并没有推开他，而是用手轻轻挽住天蓬，“小心。”她仍然是那么轻声地说。

这两个字是天蓬八十万年来听到的最美的音乐。

她第三次扬起手，光环开始向中心汇聚，形成亿万条向核心流动的银线，光环中心，一个小银核正越来越清晰。

“是什么在吸引它们？”天蓬问。

“是我。”她说。

……

“是我们。”她笑了，用手指轻轻点了一下天蓬。

天蓬觉得那银色河流也在这一触间随他的血脉流遍了全身，他无法自抑，将她揽入怀中。

他们深吻着，几十万年等待的光阴将这一刻铸成永恒。

当长吻终于结束的时候，她从他的怀里脱身而出，一看天际，忽然惊叫了起来：“糟了！”

她被吻时法力消散，银核已经汇聚，却还有几亿颗散落在天河各处。

她掩面哭泣了起来：“我做了那么久，花了那么长的时间，还是失败了。”

天蓬轻轻揽住她的肩：“别哭了，世间没有一件造物会是完美的，但有时缺憾会更美。你抬头看看。”

她抬起头，只见天河四野，俱是银星闪耀。

“从前天河是一片黑暗的，现在你把它变成了银色的，那么，我们就改叫它‘银河’吧，那个银色的小球，我们就叫它……”

“用我的名字吧，叫它——月。”

“月……那我可以说……月光下，映着一对爱人吗？”

……

月光下，映着一对爱人，他们紧紧相拥。

【08.】

“猪八戒！你的口水流了好长呀，能不能收一收，都到我脚边了。”小白龙说。

“死马，吵什么吵，把我的梦吵醒了。”

“咦？你的眼睛也在流口水。不要告诉我你也会哭哟。”

“我哭？呸！秃头死了，他自个儿上西天，不用我受累了，我高兴还来不及呢。我刚才做梦，梦见我高老庄的漂亮媳妇了。”

“你老说你在什么高老庄有媳妇，可从没人听说过那个庄子啊，再说，谁会看上一头猪，莫非……她自己也是……”

“不准胡说八道！你可以骂我是猪，但不准你说她一个字！”

“可你本来就是猪呀。”

“你就不能骗骗我吗？”

一个影子走到了他们身边。

猪八戒一抬头：“咦，猴子你怎么又回来了？你不是畏罪潜逃了吗？冷面沙已经去报官了，哈哈哈。”

孙悟空还是那副冷冷的样子：“师父呢？”

“你想确认他死了没啊，在那边呢，我准备明天帮他天葬，不知道那些鸟吃了他会不会长生不老呢，哈哈哈。”

“死了？谁干的！”

“谁干的？不要告诉我你得了失忆症啊，你想装病脱逃大唐律令是不行的啊，哈哈哈。”

“也许我真的忘记了些什么。”

“是啊是啊，我也什么都不记得了。哈哈哈，拜托你不要再逗我笑了，哈哈哈……”

孙悟空猛地上前捏住了猪嘴：“你不哈哈哈会死吗？”

猪八戒瞪大了眼睛，嘴鼓得溜圆，“咕嘟”把口里的笑给吞了下去。

一分钟后……

“原来如此，有人冒充我杀了秃子。谁这么大胆？”

“我绝对相信是有个人扮成你，只要你不杀我灭口。”

“他杀了和尚，明摆着不让我去西天求得正果，最可气的是还要变成我的样子！”

“我也宁愿他变成我的样子，不过也许我这么帅他变起来有难度，嘿嘿嘿。”

“还笑！只有和尚才能开启西天之门，当初观音是这么说的吧。现在好了，他死了，我们身上的诅咒永远解除不了了。”

“解不了就解不了吧，做猪又如何，做神又如何呢？也许猪更快乐一点儿……”

“可我不行！我头上的金箍一天不除，我就一天不觉得自由！”

“自由？哇噻！你好有理想啊，快来看啊，这里有一只猴子在谈论自由，哈哈哈。”

“滚！”孙悟空一脚踢去，猪八戒却一个凌空后翻笑着躲开了。

“你真以为你打得着我吗，猴子？你真以为你是高手可以去拯救苍生啊，观音、玉帝在把你当猴耍，哦对不起，你本来就是猴子，哈哈哈哈……”

“猪！”

“猴子！”

“猪猡！”

“猴脑！”

“猪大肠！”

“猴屁股……”

骂着骂着，猪八戒突然仰天喊：“为什么！这一切是为什么呀……”

“呜呜呜呜……”他竟已泣不成声。

那天上，有一轮那么蓝的月亮。满天的银河，把光辉静静照在一头哭泣的猪身上。

【09.】

五百年很漫长吗?

只不过是一瞬吧。

闭上眼不听不看不想,

一切都消逝了。

前因

漫天的云雾，白色的，充满了整个世界，却又不在任何地方，像那阳光，天地间所有的光线与色彩从它而来，可它却是白色的。

她还是喜欢太阳升落的时刻，四火龙唱着歌，应和着钟鼓楼台上吹着的悠长而低缓的长号角，拉着金色的神车，在天空划过美妙的弧线。

紫霞仙子总是在这时候悄悄扬起她的纱袖，为卯日星君的金冕披上紫色轻纱，遮挡风尘，可天界哪来的风沙呀。星君当然知道她的鬼主意，这样一来，云雾都被映成紫色的了呀。所以他总是乐呵呵地接受。

这个秘密传开了，于是后来卯日星君的车上老是系满了各色的纱巾，连神龙的颈上也系了，晚霞就成了不断变幻的了。卯日星君每天都能收到不少纱巾，他把它们全系在他住的树上，如果你向东看，就可以看见云雾之上直达天际的一棵巨树，五颜六色的树叶在风中飘舞。

卯日星君的金冕远去了，钟鼓楼的钟又响了三下，于是天河守护神天蓬打开了银河的巨闸。从那里飞出的不是水，而是亿万的银沙，它们太轻了，飘浮在众神殿之间，神仙们便在这银星间云游，而天蓬这时都会守候在天河的入口，谁也不知道他在等谁，直到天边一艘银船驶来。月女神，她在天蓬面前就像个顽皮的小女孩，要天蓬挽着她的手，两人在船上有说不完的话儿，一直飘向西去……

“阿瑶，你又在这儿看，羡慕人家了？”

“什么呀！”

“什么呀？脸怎么和晚霞一样红了？”仙女阿珏说。

“你……”

“好了，王母娘娘说了，要开蟠桃会了，要我们去桃园挑选仙桃。”

又要开蟠桃会了？不是刚开过吗？又过了九千年，真快呀。

“你们去哪儿呀？”紫霞说，“蟠桃园？”

“是呀，紫霞，一起去玩吗？”众仙女叽叽喳喳地说。

“不了，我还想在这里待一会儿。”

“知道！你看晚霞的时候不做任何事嘛！”

仙女们笑着走远了。

“听说了吗？蟠桃园新换了个园卫。”

“知道，是太……太风嘛。”

“什么呀，太风三千年前就换了，后面是叫……无……无相什么的。”

“不是啊，好像新来的不是这个名字。”

“管他做什么，我们摘了就走，哪次不是连管园的人也见不到？”

她们来到了桃园。

“咦，我们来得不是季节，这桃子还没长大呢！”

“是啊，简直是还没长出来，一棵树上才几个又小又青的。”

“是不是王母娘娘算错了时间？”

“别胡说，娘娘怎么会错呢？娘娘上次说梅花夏天开，可梅花仙子偏说是冬天开，结果怎么样？”

“哎，别说了，好吓人哟！我都不敢去想了。其实上头说花什么时候开，便让它什么时候开好了，何必去争呢？神是不会有错的啊。”

阿瑶在林中转了几圈，终于看见了一个大桃，正在她伸手可及的地方。

“我找到个大的！”她笑着伸出手去。

她的一生就此改变了。

阿瑶现在还清楚记得那个场景：一只猴子出现在桃树上，他靠在树杈上，跷着腿，得意地瞟着她。

“小姑娘，俺可不好吃！”

这是他和她说的第一句话。

五百年后

阿瑶在终年黑暗的万灵之森中，坐在孙悟空曾坐过的那棵树上，她一闭上眼睛，就闪现出所有的一切。

“小姑娘，俺可不好吃……”

“老太太，别提你那些从前了，你认错人了……”

阿瑶紧闭上眼，泪水从她那老树皮般的脸上滑了下来。

【10.】

林子另一头

“对了！”孙悟空猛蹦起来，把猪八戒吓得摔了出去。

“死了有什么要紧，俺就去一趟地府，把秃头的鬼魂带回来，不就又可以去取经了？”

“可师父的身子烧坏了，只剩半边了。”

“将就用吧，实在不行随便找点换上，你在这儿看好行李、尸首，我最多三年五载就回来！”

孙悟空一纵身，已不见了。

“可是沙和尚已经走人了……”猪八戒嘟囔道，“莫不是要我来挑担子吗？”

“正好。”小白龙说话了，她只在猪八戒面前说话，也只有猪八戒知道她的秘密，“我也想请假回家一趟。”

“走吧走吧，孙猴子能带回唐僧的魂来，我就同他姓！”

小白龙走了，猪八戒起身独自走入密林。

“阿瑶，你还好吗？”他对着林中黑暗说。

半晌，才有人答话：“你是谁？怎么知道我以前的名字？”

“我？”猪八戒说，“我是一个和你一样不肯忘记前世而宁愿承受痛苦的人。”

【11.】

地府

这里只有无边的黑暗，黑暗中透明的魂灵不断从上面渗下来，被一个洞口吸进去。

孙悟空想深吸一口气，却发现这里无气可吸。

这里没有饥饿，没有寒冷，没有痛苦，这里没有任何感觉。

但孙悟空能感觉到，因为他还活着。他不由觉得有一种东西渗透了全身，不是寒冷。

那些四周飘过的魂灵，它们如水母一般，透明的软形体里有很多彩色萤火虫般的东西在冲撞。

黑暗深处，一只巨大的万足怪正在将触角伸入万千魂灵之中，将那些小虫儿抓出来，丢入一侧的熔岩之海中。

“那是什么？”孙悟空好奇地张望。

“那是欲望。”一个声音说。

孙悟空一转头，看见一个形状古怪的鬼。它和那些魂灵不太一样，魂灵是透明的，而它像是一张发光的人皮灯笼。那光还在变，一会儿青，一会儿红。

深渊中的小虫们怪叫道：“让我们走！不要被消灭！”

孙悟空突然觉得，自己身体里也有什么在撞！

他连忙低头看自己的身体，还好还没变透明。

“所以来到这里的魂儿，都要放弃所有的欲望？”孙悟空问。

“不仅是欲望，还有记忆。没有了欲望，就无烦无恼，不会再痛苦。没有了记忆，就无牵无挂，不会再留恋。”

“可是，那样岂不是什么也没有了？”

“这样才能洗刷过往，重新开始。”

“但既然生就是烦恼和牵挂，又何必转生？”

“你以为他们为什么要转世？自然是为了赎罪。还清前世所欠，还清了，就不必再转世了。”

“他们有什么罪？又欠了什么？”

“贪怒杀伐都是罪，爱恨痴缠必有相欠。活着，即是罪孽；有情，就会相欠。”

“照你这么说，不如都不要活了？”

“那也不对，如果大家都不想活了，鬼神又靠谁来供奉呢？你看那些鸡狗猪羊，被养在圈里，长大就杀掉，它们活着有何意义？本无意义，它们活和死都只是因为人需要罢了。人又何尝不是一样？他们的生死也不过是因为神的需要罢了。神要从万物的灵蕴中吸取能量，若是世间没有活物了，神也会枯萎消亡。灵魂是种子，人是庄稼，神种下这些种子，然后让他们长大，产生欲望，去争斗，去爱恋，因为欲望而痛苦，痛苦就会祈求神灵，就会愿意把自己的一切供奉，所以神才成为神。如果没有人，神又有什么优越的？正因为做人如此痛苦，神才受人景仰。正因为人的卑微，神才高高在上。正如在鸡犬的眼中，人也是神，也可以主宰它们的命运一样。”

“所以……其实若没有人，神也不复存在。若天下生灵安乐无忧，就没有人供奉乞求神灵。所以神的力量，并非无法赐予所有人安乐，只是不愿。所以神故意要控制所有人的命运，让他们求之不得，让他们痛失所爱，这样人才会向神乞求，才会认为他们得到的一切，都是神给予的，才会甘心去供奉？”

“呃……别的魂灵听我一番言，无不更加敬畏跪伏，乞求来生好命。怎么你这家伙听完我这话，就立刻看穿了一切真相？你究竟是谁？”

“我的名字是孙悟空。”

鬼突然不说话了。

“这位鬼兄，你怎么了？”

“我想起一个人，五百年前，他拿着写着自己寿命的生死簿说，我要在世上活多少年，凭什么由你们来决定！一笔勾了。勾完又指着那如山一般的亿万本生死簿册说，这些生灵，活多少年，如何生，如何死，又关你们何事！于是通通烧尽。”

“还有这样的人？他后来怎么样了？”

“你不记得了吗？”

“记得什么？”

“后来，天下生灵皆长生不死，有漫长的时间，可以用来追求体验一切。于是再也没有人需要神，人人都把那个勾销生死簿的人敬为英雄。神于是大怒，将所有不死者斥为妖魔。后来……百年的神魔战争便爆发了，世间几乎化为炼狱，于是世人认为那个人触怒了神，给他们带来了灾难，将他称为魔王。再后来……你真的不记得了吗？”

“五百年前？我只有自己从一座山底下爬出来的记忆，当时我的眼睛刚适应了光线，就看见一个和尚对着我笑……对了！我来这里，就是想找回那和尚的魂灵，他还没有把我带到西天，他不能死。”

“是这样吗……跟我来。”

那鬼带着孙悟空也不知又走了几万里的黑路，来到了地府的深处。

前面却没路了，是一道无边的悬崖，悬崖外，是无尽的虚空。

他把孙悟空带到悬崖之边：“生死之事，没有幽冥王不知道的，你问他好了。”

“他在哪里？我什么也看不见哪！”

“你知这是什么所在？”

“好像是大地的尽头了。”

“没错，前方再无土地，凡人到此，再也不能超越一步，只有坠入无底的虚空之中，这儿便叫陷空山。”

“有趣。”

“你想见幽冥，便由此去吧。”

“去哪儿？”

“自然是跳下去，至于能不能到底，便看你的修行了。无缘之人，十年百年也到不了底，要永远落着。若是悟道之人，便可直达彼岸了，那时下降便是飞升，一片黑暗即是无限光明。”

“明白了，请前头带路。”孙悟空在鬼背后轻轻一推。

“啊！救命哪！”那鬼直坠下去，声音越来越远。

孙悟空凑到崖边：“你飞升了没有啊？看到光明了吗？”

“死猴子——你——给——我——记——住——住——住——”声音渐小，听不见了。

孙悟空转身，却发现自己一个人在无边的黑暗中。

“这里没有方向的吗？”

“谁说没有？”黑暗中有声音说。

“谁，拜托不要老是突然搭腔好不好？”

“这里只有两个方向，上和下。”

“难道说要找地藏王，只能跳下去不成？”孙悟空向四周张望，什么也看不见。

“也不尽然。若是不悟，千里万里也是枉然；若是悟了，脚下便是灵山。”

“哎呀，好深奥呀——若是没说，就等于说了。若是说了，就等于没说！”

“你有心求解，心又不诚，我如何点化你？”

“点化俺？你哪根葱呀！出来！”

“我不就在你面前吗？”

“哪儿呀？好歹先亮颗门牙来瞧瞧？”

孙悟空忽觉眼前一亮，那悬崖后的黑暗中忽然出现两大片白，都有方圆几十里，白中还有黑，黑中还带着影儿，一看那影儿，却是孙悟空自己。

孙悟空看了半天：“敢情啥也没有就俩眼睛呀！”

“知道我是谁了吗？”

“嘿嘿……不知道，你没脸吗？”

“啊呸，你怎知我造化神功，可盈满天地。哈哈哈我就是……”

“不听！管你是哪只鸟。”

“我……我偏说，我就是……”

“不听不听不听不听不听……”

“哼，哼，气死我了！你这泼猴……”

“这就生气了？就你这德行，还点化我？”

“住口，我是幽冥王！”

猴子突然沉默了。

“哼！怎不吭声了？你想找师父，就得求我。我刚念了几句名言，你居然就敢不耐烦！”

猴子不说话。

“你师父的魂魄压根儿就没来这儿，只有两种可能：一是他已得道升于天界，二是牵挂太多，还流连于尘世，成为孤魂野鬼。”

孙悟空掉头便走。

“你哪里去？”

“既不在此，我别处去找。”

“就这样走了？”

“谢了！”孙悟空头也不回地说。

“你说什么？你再说一遍？”

“谢了谢了！还要说多少次？”

“你们听到了吗？他说‘谢谢’！孙悟空居然说‘谢谢’！孙悟空居然对我说‘谢谢’！啊哈哈哈哈哈……爽死本王啦！”

“哈哈哈哈哈哈……”黑暗中突然响起了无数笑声，孙悟空发现原来在四周黑暗之中竟有千万鬼类，他其实被围在核心，却还以为身边什么都没有。

“哈哈哈，这就是孙悟空？”

“他现在可是乖得紧啊！”

“瞧他那傻样！还瞧，瞧什么瞧啊！”

“哈哈哈哈……”

“哈哈哈哈……”

孙悟空突然觉得不对劲儿，因为如此局面，自己竟然平静得很。

事实上，他想发怒，却觉得心里空空的，什么也涌不上来。

于是他只有在狂笑声中缓缓地走。

“为什么他们都要笑？”

“我现在应该做什么？”

他一边想着，一边没入远处的黑暗中去了。

【12.】

幽冥王长出了一口气：“天哪，他终于走了。”

地府各处各角，钻出无数鬼卒，密密麻麻，铺天盖地，像从洞中漫出的庞大蚁群，手中还持着兵器。

“大王您真是神勇呀，一瞪眼就吓退了齐天大圣！”那被孙悟空推下悬崖的鬼不知什么时候又钻了出来。

“判官，其实当时我也很怕呀，万一他一发毛，我都不知该往哪儿躲。”幽冥王收了变化，现出本来的人形，那是个胖家伙。

“看来观世音的主意真的起作用了。”

“是啊，他现在就像一只被驯服的狗，连汪汪都喊不出来喽！”

“哈哈哈哈……”

“哈哈哈哈……”

鬼们笑到一半突然哽住了，嘴张得老大都不记得收回去。

千万鬼众的眼睛都望着一处。

黑暗中，有一个身影正一步一步地走了出来。

他走得很慢，但每一步，都让地府隐隐地震动。

“你们怎么不笑了，笑啊？”他说。

每个鬼卒都把嘴捂得紧紧的，生怕一不小心出了声。

“刚才是谁笑得最响？”孙悟空低着头，把棒子拄在地上。

所有鬼把手一指幽冥王：“他！”

幽冥王的脸早白了，一瞟，看见判官竟也用手指着他。判官见幽冥王瞪他，忙把手缩回去。

“过来。”孙悟空并不抬头。

“大圣饶命！刚才不过和您开个小玩笑。”

“小玩笑……”孙悟空脸色一变，“我也有个小小玩笑。”

他身一闪，幽冥王还来不及动作，手腕早被一把抓住。

“去吧！”孙悟空发力一扬手，幽冥王像一个大包袱般被丢了出去，越过众鬼卒头顶，撞到陷空山上去了。

无边鬼卒们怪叫着从四周涌上来。

“让俺老孙杀个痛快！”孙悟空吼一声跃入阵中，鬼卒们像纸片一样被翻扬起来。

【13.】

五百年很漫长吗？

你忘了哭，

也不再笑，

唯有沉默，

长久的沉默。

东海龙宫

小白龙偷偷潜入了宫殿，见那龙王敖广正在座上打瞌睡，四周无人。

她蹑手蹑脚摸了过去，轻轻搂住龙王。

一滴眼泪落在龙王的脸上。

龙王睁开眼睛，惊呼道：“孩子，真的是你吗？”他将小白龙一把揽在怀里，老泪纵横，“你终于肯回来了？”

“他死了，被孙悟空杀死了。”小白龙哭泣道，“我眼睁睁看着他倒下去，一点儿办法也没有。”

“孩子，你这又是何苦呢？难道嫁作天庭的妃子，会比驮一个和尚万里跋涉难吗？”

“父王，你不会懂的，你永远不会懂的。”

“无论如何，你这次回来，能不能不要再走？”

“父王，您拦不住我，我相信他一定还在这三界的某个地方，我要去找到他。孩儿以后可能要走更长的路，我不在，您要自己保重！”

“傻丫头，你吃多大的苦，为父的心就有多沉多痛！”

“孩儿对不起你，可孩儿相信他，相信他的理想，他一定能实现的，什么都阻止不了他的。爹，你相信我！”

“他，他，他，唉，你既然还要走，又何必回来？”

“父王，我想用龙宫的定颜珠，来保存他的身体，直到我找到他的魂魄。”

“唉，你要什么，为父还能不给你吗？可天庭已有明令，谁也不得帮助那四人。那四人自有他们的命数，是上天早就定好的，不能违改。”

“父王，难道被注定的一切就无法改变吗？”

龙王叹息。

一个水族在外道："报！有只猴子求见，说姓孙。"

龙王对小白龙说道："孩子你先走吧。定颜珠在此，拿去吧。只是……你改变不了什么的。"

"父王，告辞了。"小白龙含泪退出了宫殿。

孙悟空在门外等得不耐烦，跳进龙宫，却见一白衣女子迎面而来，那女子瞟了他一眼，便惊慌地低头快步走过了。

"怎么像在哪儿见过一般？"孙悟空想。

清静的龙宫后殿。只有龙王和孙悟空两人。

"大圣此来何事？"龙王问。

"没啥，想借老龙王的定颜珠一用。"

"啊？"

"俺老孙定是有借有还的，俺你还信不过吗？"

"是啊，大圣的信誉，在下是领教过的，那金箍棒还好使吗？"

"咦？你咋知道俺有这东西？这东西好像是一生下来就在俺老孙耳朵里了。"

"你真的全不记得从前？"龙王苦笑着，"唉，其实，有些事忘了也好，忘了，便安乐了……"

"老龙王你说什么？"

"没什么……那唐僧，因何而死？"

"你知道了？说来就气，不知是哪个家伙变作俺老孙模样，打死了和尚，害老孙去不得西天。"

"去不得西天……或许他就是为了让你们去不得西天……"龙王沉吟。

"老龙王别叨叨了，定颜珠借还是不借？"

"这……其实……丢了。"

"丢了？老龙王小气得紧，不借就罢，让那唐僧烂去了吧，反正猪八戒用猪身还不一样活得好好的，唐僧也一样能用。俺去也。"

孙悟空一跃而去。

敖广望着孙悟空远去，喃喃说道："竟然就这么走了？"

他叹息一声："当年也是一代英雄啊……现在……却浑然不知自己为何奔忙。"

龙王摇摇头，一回身，却惊叫了起来。

他身后，站着的正是孙悟空。

"老泥鳅，你把珠子给了自己女儿，不给俺老孙？待我回去先结果了她！"孙悟空凶喝道。

"不要啊，大圣。"老龙王抓住孙悟空的衣袖，"她回去也是救你师父的，请不要伤害我那女儿，她也是一片痴心。"

"一片痴心？哼，老孙最恨的就是一片痴心，偏要一个个打醒！"

龙王惊疑地看着他："你……你是另一个……"

孙悟空手一挥，将龙王甩开，亮出手中金箍棒。

"俺老孙可没忘，你的东西？这就用它结果了你，就不会再欠你了！"

"啪！"

一声过后，几缕血雾开始在海水中弥散开来。

【14.】

前因

蓝碧碧的海水，无边无际。

无边无际，蓝碧碧的海水。

"怎么老是海水呀，没有别的吗？"小龙女嘟起了嘴。

"我要到海外面去看一看。"小龙女想做的事都一定要做到。

于是她就变成一条金色鲤鱼出宫啦！

当然没有告诉她的父王。她已经长大了嘛，想偷偷出宫，就偷偷出宫。

游啊游，游啊游，游了三天了，还是一片蓝色。

"烦死了！"她抓住路边一条鱼，"喂，还有多久到岸边啊？"

"你怎么敢这么和我说话？"那鱼说，"我可是一条鲨鱼啊！"

"我从来就这么说话！你能怎的？咬我一口吗？谅你也不敢！"

“我为什么不能咬你？”

“因为我是我啊！”

她笑着游走了，那鲨鱼还在纳闷：“我究竟为什么不能咬她呢？她只是一条鲤鱼啊！”

她又游了三天。

“太累了！不过应该快到岸边了。”

“岸边？哈哈，还早哩。这里离岸还有好几万里呢？照你这速度，一直游到死吧。”一条箭鱼从她身边游过。

“真泄气！我要打死你打死你打死你！”

“莫名其妙的鲤鱼，你游不到打我作甚，不理你了！一定嫁不出去的……”

箭鱼摆摆身子跑了。

“哼，气死人！没办法了！我变！”

她身边的海水开始振荡，一环环金色的水波漾了开去，海水猛然往外一分，形成了一个金光闪耀的真空，光芒把那一带的深海也映得通亮！

“糟了！太阳掉到海里来了！”鱼群惊叫着。

一道水柱直冲出海面，水花在空中散成无数水珠，散布天空，每一颗都映出金色的太阳光辉！乍一看，从天到海一片金星闪耀。

水珠四面激射，这一片金色光华之中，小白龙的身形现了出来。

她的身体如玉般莹洁，她的身形如云般宛转。

“太美了！”海里的鱼都惊叹！

“看到龙，这一辈子都值了！”海葵海草也高兴地说。

“救命啊救命啊！我们有恐高症！”那些被水浪带到天上的鱼叫道。

小白龙微微一笑，轻摆身躯，一些水滴飘了过去，将那些空中的鱼儿都包在里面，轻轻落向海面。

“哇噢，我们在飞！”那些鱼惊喜地叫道。

“我也要飞我也要飞！”海里的一条小鱼蹦着，被她妈妈敲了一下。

“你是一条鱼，鱼是永远不能飞的。”

小白龙笑了，是啊，做一条龙多么幸福，海空可以任遨游。奇怪自己以前怎不觉得，只有看见了这些鱼，她才知道了超越界限的力量的可贵。

只一会儿，她就看见云层下的大陆了。

她当然不能就这样下去。

于是她又回到海中，变成了一条鲤鱼。

她选了一个方向随意游去了。

是不是选择任何一个方向，都会游向同一个宿命呢？

【15.】

她看见水面上的世界了，奇妙的世界，那些叫作人的生灵，在岸上走来走去，他们在做什么？他们穿着不同的衣裳，带着不同的表情，或嬉笑，或哀愁。她真想知道那些人的心里在想什么。

她忽然有一种强烈的渴望，她要去了解一个人，去探知他的心。

于是她沿河岸游着，打量着岸上每一个人。

这时她看见了他。

为什么只注意他呢？她也不知道。

因为他面貌英俊？因为他有个与众不同的光头？是了，因为他的眼睛。

他正在河边看风景，他在用一种与四周人都不同的眼神看着身边的一切。

那种眼光，像是……像是太阳，温暖的、愉悦的，不论是对一株草，还是对河岸的柳树、街道上匆匆的人，都像在欣赏，在赞美……

“那和尚！你盯着人家女孩子家看干吗？色迷迷的！讨厌！”有女子叫道。

和尚？他叫和尚？她们为什么要骂他，被这样一双温柔的眼睛看看不好吗，为什么要生气呢？

那和尚却不生气，他笑吟吟的：“你入我眼，如花映水中，便不是花，色本是空，万物皆为红尘。”

“花痴和尚！”人们都骂道。

小白龙真有些想不通了，看看岸上的人，杀猪的正瞪着挑猪头的，而架上的猪头正瞪着他；那个书生低头走路，唉声叹气，楼上的女子在飞眼；酒楼里客人和小二在为了碗里的一只苍蝇吵架，那边两个大侠为了谁先撞谁的事动了刀子。如果他们都有这个和尚看世界的眼神，就会发现其实一切都很可笑。

小白龙迫不及待地想游到岸边，让和尚看看自己，那时他的眼中，是不是会很惊喜？毕竟，她变的是一条很少见的金色鲤鱼。和尚一定会赞美她的。

她游了过去……却觉得身上一紧，什么东西缠住了她，接着“哗”一声，她被提出了水面！

“大家快来看呀，我抓了一条什么？金色的鲤鱼！纯金色的！”一个船夫大喊。

小白龙又羞又气，自己竟然被一个俗物所擒！还被当众展览！她想要变化，但没了水她就失了神通。

所有的人都往这儿看，小白龙羞得想闭上眼，才发现鱼是没眼皮的。

她心中一乱，却不由自主地看向那个和尚。

真气人！所有人都往这儿看，就他不看，还在那儿看着河面出神。

“我要买它，十文钱！”人群中有人喊。

“这可是稀罕物！一辈子也不一定能见到一条！”船夫说。

“我出十一文！”有人加价。

“十二文！”

小白龙在网里乱挣，气得想把网咬破。

这时一个声音说：“阿弥陀大爷，那条鱼吃不得的……”

“咦，和尚你来凑什么热闹？”船夫说。

是他？小白龙不蹦了。

那和尚还是笑吟吟的：“这可不是一条鲤鱼，这是……”

莫非他认出了我的本相？小白龙有些紧张。

“这是一条珍稀的娃娃鱼！”和尚说。

小白龙差点儿气晕过去。

“哈哈哈！你说什么？原来这和尚不认得鱼的。”船夫大笑道。

众人也大笑起来。

“真的真的！”和尚满脸严肃，“我以佛祖名义担保，它有四只脚，还会娃娃音。如果有假，让佛祖头上长满大包。你拿来给我，我指给你看。就在那儿！那里……”

船夫半信半疑：“还有这事？”将金色鲤鱼递过去。

和尚一把夺过鱼，往怀里一揣，转身就跑！

“啊？”船夫恍然大悟，“和尚抢鱼，来人呀，有和尚抢鱼啦！”

只见和尚跑得那个快呀，一溜烟出城了。

【16.】

五百年有多漫长？

以前你说的话还算不算？

你忘了，为何我还记得？

小白龙在那个和尚怀里，什么也看不见，只听见和尚气喘吁吁地跑，她闻到和尚身上的男子气息，不由觉得怪怪的，有种心醉的感觉。

和尚终于停下来了，“扑通”，小白龙重被丢入水中，她打了个转，才发现自己在一口水缸里。

和尚坐在旁边，呼呼直喘。

和尚是个好人啊。小白龙想，摇摇尾巴。

这时和尚又起来了，到缸边看了看她，口里喃喃念道：“是清蒸呢，还是红烧？”

小白龙差点儿掉到缸底去，闹了半天还是要吃啊！

“哈哈哈，瞧把你吓的！”和尚笑道，伸手逗了逗她。

和尚的手轻触到她的身体，她有种麻酥酥的感觉，连忙躲开了。

难道和尚知道她能听懂人话？

不，他不知道，他现在又开始对屋外的花说话了。

“我不在的时候你们乖不乖啊？蚂蚁有没有来欺负你们？我昨天和他们谈判了，应该没事啰。以后见了他们，不要再向他们吐口水了。”

真是个有趣的怪和尚啊，小白龙想，看他的样子有十八九了吧，怎么还和三四岁小孩子一样。

“玄奘！洪州佑民寺的天杨禅师和法明师父在大殿论法，快去看看！”

“收到！”那个叫玄奘的想走，又转身回来对她说，“你在这儿慢慢玩，我回来再放你回家，小心别让玄淇和他的猫看见你哟。”

知道啦，小白龙心想，你前脚走我后脚也就走啦。

和尚跑出去了。

水缸里一道金光飞出，水溅了一地，小白龙已站在了屋中，水太少她不能变龙，只好变成了一个人。

水中映出一个白衣的绝美女子。

其实小白龙在宫中也一直是这个人形，龙生下来就有人形，这也是她本相。

她悄悄把头探出屋，这是一座宽广的山中寺院，远处大殿传来隐隐诵经声，人好像都在那儿，四下一片安静。

她的脸上露出了俏皮的笑。

她要开始暗中观察人类玄奘的生活啦！

她化成一只纯白百灵来到大殿窗边，这里最多的是山雀，但她怎么能变成那种俗鸟呢？

殿内坐了一地和尚，中间有两个老的。一个持禅杖，身边还有包袱，像是外地云游到此的。另一个自然就是本寺的住持了。

“法明长老，久闻金山寺佛法昌盛，特来请教。”那持禅杖的老和尚道。

“天杨师父，不敢。”

“什么不敢？”天杨忽然厉声道，“敢做不敢应吗？”

法明长老一愣，才悟到这就开始论法了，于是一笑答道：“敢应不敢放。”

“放下！”

“我两手皆空，放什么？”

“那为什么还抓着？”

“心有灵犀。”

两人一问一答，问得凶答得快，只听得两旁僧人议论纷纷。

“你听懂了吗？”“没有啊？”“唉，太高深了。”“真是玄机啊！”

小白龙只找那玄奘，却见他在人群之中，正向这边看着她。

小白龙心一跳，只觉脸要红了，忽发现自己是一只鸟，他看不见脸红的。

只见玄奘对她笑了一笑。

这人莫不是认得我？小白龙想，不可能的，他不过一凡人而已啊。

这边论答已到了关键时刻，两个老和尚头上都起了白烟。

天杨："如何是禅？"

法明："是。"

天杨："如何是正法眼？"

法明："不是。"

天杨："如何悟证虚空？"

法明："心无杂念。"

天杨："是吗？"

法明："不是吗？"

天杨："是吗？？"

法明："这……"

"哈哈哈哈！"天杨大笑起来，"原来你就这两下子。"

"这……我……"法明脸都涨红了。四周僧众一片哗然。

天杨道："金山寺空有虚名，我云游四海，不见真人，可叹可叹！"

"哈哈哈哈！"忽然人群中有人笑。

所有人都回头，笑的人正是玄奘。

天杨死盯着玄奘："这位小师父，老朽有可笑之处吗？"

"啊？"玄奘说，"不是，我刚刚看门外树上俩兔子厮打，所以可笑。"

"妄说，兔子怎会在树上？"

"那在树上的是什么呢？"玄奘问。

"这……"天杨语塞，他再次打量玄奘，"真看不出，小小年纪，便有如此功力。"

"啊？"一边的一个和尚说，"他是我们这儿最懒的一个，从不好好听讲诵经。"

"不得多言！"法明喝住那个和尚，对玄奘说，"玄奘，你有什么话，不妨说来听听。"

"真的没什么。"玄奘笑了，"我刚才真的看见兔子了，我还看见一只会脸红的白色百灵。"

啊？小白龙吓得差点儿从窗上栽下去。

“哼！小和尚玩虚的，你不说，我倒要问你了！”天杨道。

“请问。”

“什么是佛？”

玄奘看看头上，又看看脚下，再看看门外……

“你丢东西了吗？”法明急了。

天杨叹了一声：“他已经答出来了——无处不是佛。小师父，真有你的！”

玄奘一笑。

“我再问一个，还是刚才法明答不出的那个，如何悟证虚空？”

“打破顽冥！”玄奘想也不想就说。

“是吗？”

“不是！”

“不是还答！”天杨瞪眼道，“找打！”

“不是还问！”玄奘也叫起来，“欠揍！”

两人大眼瞪小眼。众僧都惊得呆了。

良久，天杨长叹一声：“你说得极是。我败了。”

玄奘一战成名。

天杨走后，玄奘立刻被全寺众僧围住，要他讲解。

“那天杨最后一招，来势极凶，你如何能接住的？你那句‘欠揍’究竟有何深意？”

玄奘摸摸光头一笑：“没什么！他说我答错了要打我，我说我答错了又怎样，你敢打我，我便打你，他一看我年轻，想想打不过我，所以就认输了。”

寺院众僧倒了一片。

“玄奘，你聪慧过人，今后就在我身边修行，我将毕生所学传授予你。”法明说。

玄奘摸摸光头说：“其实……我觉得还是像以前在执事堂好，有时间可以养养花，看看天，我背不来那些佛经。”

“你不苦学，怎能得我衣钵？”

一旁众僧听得眼都红了，这等于就是把住持之位相传了。

可玄奘说了一句话："其实我要学的，你又教不了我。"

众僧一片惊呼，法明也禁不住摇晃一下，好不容易才站稳。

"你想学的是什么呢？"法明定住气问。

玄奘抬起头来，望望天上白云变幻，说：

我要这天，再遮不住我眼，
要这地，再埋不了我心，
要这众生，都明白我意，
要那诸佛，都烟消云散！

【17.】

这句话一出，便犹如晴天一霹雳！

那西方无极世界如来忽睁眼惊呼："不好！"

观音忙凑上前："师祖何故如此？"

如来道："是他。他又回来了。"

玄奘回到了小屋。

那条鱼还在缸里。

"地上怎这湿，定是你又淘气！"玄奘笑着对小白龙说。

小白龙摆摆尾巴笑了，她发现她竟甘愿做一条鱼，只要能留在他的身边。

自从玄奘与天杨一战，又拒绝了法明的授业之后，他在寺院内好像越来越孤独了，所有僧人见了他都怪怪地笑，法明也不再理他，讲经也再无人叫他。当众人在大殿内吟诵时，玄奘便一个人在空旷的广场上扫落叶，把每一片枯叶都放回树根旁。要不就是一个人躺在地上，别人以为他在睡觉，其实小白龙知道他在看天，一看就是一个多时辰。晚上，他回到一个人住的破杂物屋，点上微弱的油灯写着些什么。他越来越沉默，越来越少和小白龙、花草说话，他那天空般明朗的笑容渐渐消失了，随着时间的流逝，一种东西渐渐爬上了他的眉间。他不再扫落叶，也不再看天，他只是整天坐在那儿想啊想。

他很苦恼，小白龙想，他定有想不通的东西，可是她不知道他在想什么，她和他共处这么久，反而越来越不能了解他的内心。人心里究竟有什么？小白龙发誓一定要弄个明白。有时他在灯下写字，她在水缸里乱蹦，以前玄奘都会对她笑笑，但现在，他理也不理了。

他也不提送她回家的事，她也不想他提。

那一天，几个僧人坐在树下谈论。

一个叫玄生的说："我看这佛，如庭前大树，千枝万叶，不离其根。"

另一叫玄淇的道："我也有一比，我看这佛，如院中古井，时时照之，自省我心。"

四周众僧皆道："二位师兄所言妙极，真显佛法要义。"

那二人颇有得意之色，却见玄奘一边独坐，不理不睬。

玄淇叫道："玄奘，我们所言，你以为如何呀？"

玄奘头也不回，笑道："若是我，便砍了那树，填了那井，让你们死了这心！"

玄生、玄淇均跳起来："好狠的和尚，看不得我们得奥义吗？"

玄奘大笑道："若是真得奥义，何来树与井？"

"哼！那你倒说佛是什么？"

"有佛吗，在哪儿？你抓一个来我看看！"玄奘说。

"俗物！佛在心中，如何抓得。"

"佛在心中，你说它作甚？不如放屁！"

玄淇大怒，骂道："你这业畜！口出混言，玷辱佛法！怪不得佛祖要让你江上漂来，姓名也不知，父母也不识！"

此言一出，只见玄奘脸色大变，竟如纸一般白。

玄淇自知失言，众人见势皆散。

广场上只剩玄奘一人。

风把几片枯叶吹到他脚边，天边一只孤雁悲鸣几声，惊起西天如血夕阳。

“何人……何人生我？生我又为何？”玄奘喃喃道，“既带我来，又不指我路……为何，为何啊！”

他抬头高声问天，苍天默默，唯有一滴泪滑落嘴边。

玄奘回到了小屋，小白龙正在屋里偷翻他的书卷，见他来，忙一转身化成水缸中的鲤鱼。

玄奘在屋中愣了半晌，忽开始收拾东西。

小白龙看着他打了一个包袱，又来到水缸边。

“走吧，我送你回家。”玄奘说。

玄奘要离寺，法明也无法阻他，只叹道：“你天生孤苦，以后要将佛祖长挂心头，以求时时保佑才是。”

“师父，我一直在想，天下万物，皆来于空，可这众生爱痴，从何处来？天下万物，又终归于空，那人来到尘世浮沉，为的又是什么？”

“这……其实为师老实与你讲，若是能说得明白时，也就不用为师这多年苦修了。”

“师父，告辞了，弟子要去走一段长路。”

法明道：“为师明白你的心思，多保重。”

当下唱偈一首：

> 道法法不可道，问心心无可问，
> 悟者便成天地，空来自在其中。

“弟子谨记在心。”

玄奘向法明长老再拜三次，起身捧着装着金色鲤鱼的钵盂，转身而去了。

其时天地肃穆，无边落叶萧萧而下，风声、草木瑟瑟声、潮声、鸟鸣声，天地间仿佛突然充满了各种声音，仿佛有无数个声音正在说话，细一听，却又什么也没有。

一次伟大的远行，就此拉开序幕。

【18.】

大江边。

玄奘捧着钵盂，说道："当年，我就是从这里来的。"

江上白雾弥漫，疾风卷起他的衣裳，他好像在对小白龙说，又好像在对自己说。

"万物生成皆神圣，一草一木总关情。你也有你的家，你的自在，我不能再留住你，你去吧。"

他把金色鲤鱼放入江中，那鱼打了几个盘旋，却不离去。

"你也是有情谊的吗？我心领了，去吧。"玄奘说。

小白龙忽然觉得自己要哭了，这些天她没说一句话，只是听和尚说，看和尚读书、扫地，看和尚思索时紧锁的眉头，看和尚入睡时平和的面容。她觉得她已离不开这些，龙宫里没有这样一个人，万里东海没有这样一个人，茫茫尘世也只有一个这样的人。

她真的要这样与他离别？

"相遇皆是缘，缘尽莫强求，我要去天边，你又跟不得我，去吧。"和尚在劝她。

小白龙忽然有种冲动，她要现出真身，告诉和尚这一切，然后陪他一起走遍天涯。

但她最终还是没有，她一摆头，向出海口游去了。

水中，一颗晶莹的珍珠缓缓沉入江底。

原来一生一世那么短暂，原来当你发现所爱的，就应该不顾一切地去追求。因为生命随时都会终止，命运是大海，当你能够畅游时，你就要纵情游向你的所爱，因为你不知道狂流什么时候会到来，卷走一切希望与梦想。

【19.】

五百年后

孙悟空一个筋斗来到了天庭。

这里的景物有一种熟悉的感觉，但孙悟空想那一定是错觉，他不记得自己到过天宫。

但他却好像认得路一般，凭感觉他转回廊，越虹桥，踏玉阶，一路走到了天宫深处。

云海中，一个紫衣女子翩翩而来了。

“小姑娘！哦不，女菩萨，请问到灵霄宝殿咋走？”

“你？——孙悟空？”那女子笑道，她有一双很美的眼睛。

“女菩萨认得俺老孙？”

“我是谁？”那女子笑着问，她的笑让孙悟空想起了小时候睡在树上被春天的暖风吹拂时的感觉。

奇怪，他已经很久没有回忆过去了，一直以为自己的回忆中全是一些文字而没有感觉的。

“你是谁怎来问俺？”孙悟空笑着说，到了天空他的性格仿佛也变好了。

“我是紫霞。”那女子忽而收了笑说。

孙悟空觉得心里一抖，好像一扇门被打开了，但那扇门里却什么也没有。

“是吗？”他笑笑。

那女子又笑了：“灵霄大殿就在那儿。”

她一指，云雾散开了，孙悟空才看见那座巨大的宫殿，不知有多少重楼台，许多珍奇灵兽在绕殿飞舞，搅动着祥云。它们体型巨大，但和宫殿比起来就像高山前的蜻蜓。那殿侧云霞也随着不断地舒卷变化而发出各色的瑞气灵光。

“好去处，俺老孙也真想在那里住住。”

“这么多年，你连话都一样。”女子说。

孙悟空回头，见那女子直望着他，毫不闪避他的目光，不由得有点心虚。

“天宫的女孩子都这样吗？”

忽有一声巨喝：“孙悟空，你既来此，还不入殿参拜！”

孙悟空对那女子一笑，一纵身飞进大殿去了。

那女子望着他飞去，却忽然幽幽地叹了一声。

孙悟空一进殿，玉帝不由得有些紧张。

“不要怕，镇定点，我已在殿后安排了十万天兵，各路高手。再说，他已经什么都不记得了。”太上老君凑到他耳边说。

玉帝这才振作了精神，喝道：“孙……孙悟空，你来此何事啊？”

“你就是玉帝？当年俺在那一片黑暗之中，是你派人来告诉俺，要完成三件事，才能赎罪成正果的是吧？”

“是……是啊！”玉帝答应着，一边拿眼瞪太上老君，心说全是你的主意嘛。

太上老君装没看见。

孙悟空接着说：“可是现在取经人被人打死了。我想找回唐僧的魂魄，但地府说没有，我只好到这儿来问问……”

“孙悟空！”太上老君厉声道，“唐僧分明是你打死的！”

“胡说，有何为据？”

“证人在此！传——”

“传——证——人——上——殿——”

只见一人从柱后走了出来。

孙悟空一看，不由双目圆睁：“沙悟净！你敢诬告！”

“何为诬告？我分明看到你与万灵之森女妖阿瑶勾结，谋害了师父！”

“什么？阿瑶？这名字……”

“沙悟净是我派在你们身边监视你等的，就是怕你这样的顽劣之徒又野性复发，他说的话，我信！”太上说。

“你信？因为你信，所以就是我杀了和尚？哈哈哈，可笑！”

“这还不算，你还打入地府，打伤冥王，灭鬼卒十四万一千，片刻后又潜入龙宫，杀死东海龙王敖广……”

“这些地方我都去过，但这些事我却全未做过！”

“还敢抵赖！来人啊，把孙悟空拿下！”太上喝道。

“谁敢上前！”孙悟空擎棒在手。

庭上诸天将，哪有一个敢上前逞能。

却听一声：“我来拿你！”

沙悟净跳到殿心。

“正好，俺正想杀你！”悟空道。

二人恶斗在一处。悟空平日，从未见沙悟净有何本事，也从未把他放在眼里。今日一交手，才发觉此人竟深藏不露。但也就二十回合，悟空一闪身避过沙僧的进击，身已在他右侧，挥棒直击他后心。

沙悟净身在空中，重心已失，匆忙中只有将禅杖往身后一背。那金箍棒直击禅杖之上，竟将禅杖打得弯了进去，击在沙僧背上，将其打得直飞出去。

悟空正待上前再击，却在这时觉得头上金箍一紧。一股剧痛直潜入脑，他从空中直坠于地上。

沙悟净爬起来，跃回来飞起一脚，将悟空踢得直飞出去，“砰”地撞在一根巨柱上，连大殿也颤动了。柱四周站的神将慌忙躲开。

孙悟空触地一个翻身，犹能跃起，头上剧痛像要把他切成几块，他单膝跪倒于地，只用金箍棒紧拄着地，疼痛中竟将金箍棒直插入大殿地下一尺。

“好……你们……打得……好……”孙悟空咬牙道。

“孙悟空，金箍不允许你违抗天神，你输定了！”沙悟净又是一禅杖挥至，孙悟空一闪，可疼痛使他速度大减，沙僧一个翻身跃起在空中，一杖劈下。

大殿炸开一团光，玉砖碎片飞溅出天外，这一重击，可以碎山。

尘烟散去，露出的是孙悟空那不死的眼睛，充满怒火。

他一直想看清是谁在念紧箍咒，但众神环绕，无数漠然的面孔，他找不到，找不到。

沙悟净再冲上前，孙悟空大吼一声，直迎过去，一把抓住他脖颈，将他倒举起来掼在地上，栽进地中半尺，巨大的裂缝四下蔓延。

天兵们蜂拥而上，将孙悟空围在核心。

孙悟空像发了疯一般，左冲右突，嘴里念念有声，棍棒却已毫无章法，完全是乱打乱劈。

到最后天兵全退出老远，围成一个圈，孙悟空仍在独自疯狂舞动金箍棒。

他不能停下，那意味着失败，屈辱的失败。

他宁愿一直战斗到死。

他只觉得天越来越暗，最后他已什么也看不清了。

脑子里，只有痛，和最后一点儿支持他战斗的意识。

沙悟净、玉帝、太上、巨灵神、诸神将，全都在圈外静静看着。

他们像一群冷血的猎手，在等待着圈内的野兽把血流光。

此刻殿外围满了十几万天兵，如无数蝗虫飞舞盘旋。大战惊动了九重天诸神，他们站在远处云端，议论纷纷。

“天宫好多年没这样闹了。”

“是啊，自从上回大闹天宫之后吧。”

“这次擒住的又是谁？”

“好像还是孙悟空。”

“孙悟空？不是吧，孙悟空哪有这么容易被打败？”

“嘘，小声些吧……”

诸神窃窃私语，紫霞立在一片云端，望着被围得铁桶似的宫殿，脸庞平静，看不出她的悲喜。

【20.】

前因

“你知道吗，这天空就是一片荒漠。”紫霞说，“它用精美的东西镶砌，但它们在成为天宫的一部分时，就已被剥夺了灵魂。你知道吗？”

没有人回答，因为她身旁根本就没有人。

如果有人在时，她却又不会说这些话了。她总是笑着，笑着看身边，笑着与它们说话，一直微笑。直到晚霞的浓烈色彩也渐渐死去，天界不再透明，黑色的天幕隔开了她俯视人世的目光，这时众神都回到了他们的宫殿，只有她还独自站在越来越寒冷的云层边缘，没有人会来叫她回去，没有人会理会她，这个时候，她就开始独自说话。

“你知道吗？他们叫我‘永远微笑的紫霞’，可是没有人会永远微笑，除了石像和傻子。你知道吗？”

她很认真地说，眼睛看着那一片无边的黑暗。她有没有想过有一天把这些话说给另一个人听？她是不是一直在等着某一天，会有一个人站在她身边倾听她所说的一切？

“你就这样听，不要打断我，我会把一切都说给你听。你不要像二郎神那样不耐烦地冷笑，也不要像天蓬那样语重心长地反驳，他们一定会这样做的，所以我只把话说给你听，只有你会这样默默地听，这个世界上，只有你会……”

她仍在执着地说着，她的身边，是无穷尽的、被宇宙夜间的寒冷凝结了的虚无。

这天紫霞在天边站得久了，当她往回走的时候她想冷寂已经附在她的身上了，于是她加快了速度往回赶，想回到落霞宫那炉火边的梦里去。

蟠桃园里本无星辰照耀，却怎还这么亮?

这么晚还有声音?像是有女子在哭?

今天阿瑶她们不是去蟠桃园吗?

紫霞飞近一看，园子上空正悬着几颗大星，是天界中最漂亮的那种，可是，星辰是不能随便移动的，谁这么大胆呢?

园中有一女孩子正在哭泣，正是阿瑶，围着她上蹿下跳的那个东西是什么?一只猴子?

“小姑娘，你还要哭到什么时候?我不过是和你开个玩笑而已。”

“呜呜呜……不要！你吃光了我们的桃子，还用定身法定住人家……呜呜呜……我要去王母娘娘那儿告你……”

“去告去告！俺老孙才不怕……我怕你不去哩！你已经哭了好几个时辰了……啊?涨水了，救命啊！老孙已经很困了，要关园子了，麻烦看猴子的小朋友明天再来……喂！要哭到外面去哭，你这样会影响老孙休息！”

“呜呜呜就不！呜呜呜你赔我桃子来！”

“小气鬼！几个桃子也要这样，你跟老孙回花果山，赔你十筐也有！”

“呜呜呜你吃的才不止十筐……”

“好！二十筐……一百筐！二百筐?一千筐?”

“……呜呜呜我才不要你凡间的破烂桃子！我没摘到蟠桃，回去一定会被王母娘娘打死的啊……哇哇……”阿瑶越想越伤心，索性咧开嘴大哭起来。

“她打你，你不会咬她?”

阿瑶气得脸发白：“你……你是谁?这种话也敢说?”

“俺就是孙悟空。”

阿瑶哭声立止，愣愣地直望着他。

孙悟空，一个天界的噩梦。

这个名字常出现在那些血腥的故事里，在神界和妖界的连年战争中，鲜血的气息直冲上天空，“孙悟空”这三个字总与天庭的惨败联系在一起，像一个阴影压在神将们的头上。

因为没人打败过他。

因为和他交手能活着回来的，只有三太子那样的寥寥几个天界佼佼者而已。

传说他每天都吃一万人。

传说他有一座山那样高大。

传说他走过的地方，没有东西能活下来。

他现在就站在阿瑶面前。

所以阿瑶愣了一会儿，然后尖叫一声没影了。

孙悟空摇摇头：“又一个，为什么所有人听了我的名字就跑呢？”

紫霞笑着从林间走出：“齐天大圣的威名，谁能不知啊。”

孙悟空转头看她：“你好像却不怕我。”

“为什么要怕你呢？”

孙悟空想了半天：“是，为什么要怕我呢？如果天界的神仙都和你一样想，俺老孙也不用整天待在园子里种树。”

“这些树长得很好啊！你想必懂园艺？”

“园艺？什么东西？俺只知道这天上有灵气的东西不多，一是蟠桃园里的树，一是御马监的马，需作朋友看待。”

“树和马是你朋友，满天神佛，却都没个灵性？”

“哈！若是有灵性，也悟不得这个道，成不得这个仙。”

“我倒是第一次听说。”

“是俺师父与俺说的，要升仙成佛，先得无欲无求，俺想那不是如死人一般？”

“嘻，神仙境界，无悲无喜，你怎懂得？你师父又是谁？”

“他老人家说了，不得提他名字。”

“能教出你这样神通广大却又偏不通道法的徒弟，想来也没有几个人，算也算得到了。”

“哦，你倒算算看。”

“当今三界，功力法术最高者皆在天界，首推西方极乐世界如来，你当然不会是他徒弟。”

“他收俺俺还不稀罕哩。”

“这法力第二者，便是如来的二弟子金蝉子了，可是他质疑如来佛法，自行修炼一法，妄图超越如来，被如来施法使得其走火入魔，灵魂坠入尘世，不知何处，你想必也不是他徒弟。”

“认也不认得他呀！”

“这第三嘛，便是那散仙菩提祖师，据说他是金蝉子的师弟，却因生性散漫好玩而离了灵山，在海外隐居。他收弟子只看资质，却不问品德，收得也少，能出师的更少。不若如来弟子满门。除这三人之外，天下再无人可教出你来。那你师父是谁，还要我说吗？”

悟空沉默。

“唉。”紫霞长叹一声道，“可惜菩提教你法术，却不领你悟道，想必道不可道，是要你自行开悟才是，又怕你痴迷入了歧途，才吩咐你不可说出他的名字。”

“这却不是。”孙悟空道，“只因师父说，我想学的永不遁灭之道，他并没教我，所以我并未得他真传，故不准说是他徒弟，还说能教我的真师父便在凡世，叫我自去找他。俺却想，必是这老头教不了了，故拿这词来哄俺。”

猴子翻到另一棵树上：“小姑娘快回家吧，和我一起，你爹妈要骂你了！”

“我没有家，我是从西天的紫霞中化出来的。”

“哦？”孙悟空拿过一个桃子狠狠咬了一口，“喊，没家了不起吗？石头里蹦出来的了不起吗？这些就是叛逆的借口吗？”

“我以后来找你玩，可好？”

“不好！和女孩子有啥好玩？你来这儿，我会吃了你！”

紫霞一笑，隐到白云中去了。

【21.】

孙悟空在树上打了一百个呵欠，还是睡不着。

“太闷了太闷了！要死人了！俺要去寻个人打一架！”

他一纵身翻出了蟠桃园，却看见紫霞还在云边坐着，两眼不知望着何处出神。

“小姑娘你找不着路回家啦？要哭鼻子也别蹲俺门口，别人还以为俺养了条紫色的狗看门呢！”

紫霞缓缓站起身来，回头看他。

“以前我坐这儿一万年，也不会有个人理我的。”

“是吗，那你继续，走也。”孙悟空一纵身不见了。

他来到银河之畔。

“咦，这地方倒还不错，亮闪闪的，好像花果山前的东海。让俺抓些星星回家给孩儿们耍去。”

于是他开始在银河里东一下西一下地拨捞。天河的银星被他搅了个七零八落。

“快快住手。”却听一人大喊。

孙悟空一抬头，见眼前站了一个年轻人，英武高大，身后还生着双翼。

“俺还以为天界都是些白胡子老头哩。”

“天宫人相貌随心意而定，心若不喜老态，人自然也不会显老。在下天河守护神天蓬，这河中银星，俱是千万年精心摆排才成这样，上仙还是莫要把它弄乱了。”

“哈！老孙最恨的就是规规矩矩，越是动不得的东西，就越是要动一动！”孙悟空不听这话还好，一听便干脆将棒挥舞起来，直搅得个银星四散。

“住手！”天蓬大喊，一纵身到孙悟空面前，一劈手竟将金箍棒抓住。

“这世上能抓住老孙兵器的人真还不多，嘿嘿，俺正手痒，你今天便是不想打架，俺也放不过你喽！”

孙悟空说罢将棒一抖，两人战在一处。

这一场斗，将银河中搅出一个旋涡，越转越大，直有把整个银河搅翻之势。

眼见整个银河被搅得乱成一片，天蓬着急，怕打下去更弄乱了星星，心慌间被孙悟空一脚扫倒，再想起身，金箍棒已指到头顶。

“服不服？”孙悟空笑嘻嘻道。

“你知道你干了什么吗？你把它们弄散了，这可是花几万年心血才做成的啊！”天蓬怒吼。

“什么劳什子，几粒银沙，又没弄坏，也要这样小气。”

“我和你拼了！”天蓬推开金箍棒，又扑上去。

他心中愤恨，全无招法，没几招又被孙悟空打倒在地。

“还打不打？”

“怎么不打！”

如此二十七次。

“还没见过你这么禁得起打的。”孙悟空喘气道，“你要这次还能爬起来，老孙就佩服你！”

“我不会放过你的……”天蓬咬着牙要站起来。

“唉，为什么呢？大家比武，认个输不就完了，搞得跟我是你大仇人一样！”

“你弄坏了我最心爱的东西，毁了我家，还说没仇？”

“怎么，这地儿不能住了吗？虽乱了点儿，比起俺老孙的水帘洞已不知好到哪去了。”

“你不懂的……你心中无爱，怎会懂‘珍惜’二字！”

“什么什么……爱？这是个什么东西……喂，你倒是快点啊，老孙等你爬起来都等饿了！”

这时一个女子的声音惊叫道：“天蓬！”

天际一白衣女子飘落于银河中，她冲到了天蓬面前，一把抱住他。

“你这是怎么了？为什么会变成这样？”女子心痛地说，眼中落下泪来。

“没事的，阿月。”天蓬嘴角流着血，忍痛做出笑容来。他又望向孙悟空，“他弄乱了你造化的星辰，我决饶不了他！”

“傻瓜，傻瓜，星星乱了有什么要紧？值得你去拼杀受伤？”

“可那是你多少年的心血啊，你一辈子都在做这件事，可只一刻就全毁了……我没用！”天蓬难受得要用头去撞地。

阿月抱着他笑：“我说你傻吧，其实我花这么多时间来做星辰银河，只有你一个人欣赏，我一粒一粒地摆它，只是因为你看了高兴……我心中真正在乎的是什么，你不懂吗？”

天蓬脸上的恨意慢慢消失，他忽然真心地笑了，像个孩子般靠在阿月怀中，阿月抚着他的头，眼泪滴到他的发上。

孙悟空忽然觉得心里怪怪的，他大叫道：“喂，你们这是当我不存在吗？”

没人理他。

“俺老孙还是主角吗？”孙悟空不由得想。

也许每个人出生时都以为这天地是为他一个人而存在的，当他发现自己错的时候，他便开始长大了。

“猴子，你去吧，我不再恨你了。”天蓬说。

“哼！不信！俺老孙要恨一个人时，一辈子也记得他，怎么你说不恨就不恨，变得也忒快。”

“你不懂的！”天蓬说。

“你再说一句俺老孙不懂！俺精通七十二般变化，法术样样纯熟，哪里不懂？”

“这位便是齐天大圣吧？”阿月说。

“是俺。”

“听说你是石中所生，想必你心中少一样东西。”

“你这是在骂俺老孙缺心眼啰？”

阿月叹了一声道：“一个人心中要是没有爱，只有恨，也是一件苦事吧。”

“不懂你说些什么！”

“以后你也许会懂，等你看见你的灵魂在另一个人身上的时候。”天蓬说。

“最讨厌打哑谜！当年师父也喜欢这样，都来戏耍俺老孙……”孙悟空自言自语说着，转身出了天河。这回他没有飞，而是慢慢走远。

孙悟空回到蟠桃园，一看紫霞还在云边站着。

“你站了一整天了，在看什么？”孙悟空不由问。

“你为什么要问我？”紫霞问。

“我怎么知道我为什么要问你！今天俺真是倒霉，尽碰些怪人说些怪话。看来今天不宜出门的。”

“为什么别人都不问我看什么，你却问我看什么？”

“俺受不了啦！我天生嘴快，行不行？”

“你关心我吗？”

“我关心你作甚？俺在花果山时，路边见了条狗，也要上前打个招呼的。”

“你果然与他们不一样。”

“你才看出来啊？俺身上有毛。”

“我一向喜欢在这儿站着，几万年来只有你问我在干什么。”

“可我的确想知道你在干什么啊！”

“为什么他们都不想知道就你想知道呢？”

“救命啊，为什么你要问为什么呢？如果我知道为什么我不就告诉你为什么了吗？”

“因为你有灵魂。”紫霞说。

孙悟空又愣了。

“什么东西天上地下，唯我独尊？”唐僧问。

“猴子！”孙悟空说。

“不！是猪！”猪八戒叫。

“都错了，是佛。”唐僧说，“如来祖出生时，一手指天，一手指地，如此说的。”

“当时我不在，我要是在时，一杖打烂，免得他胡言乱语。惹人心烦！”沙僧没好气地说。

三个家伙都盯着他，沙和尚却打个呵欠，又睡去了。

【22.】

又是天宫的一个清晨。紫霞来到蟠桃园中。

她看见孙悟空躺在一棵树上，睡着了。

他的手却在微微地抖动。

紫霞走上前去，想着要不要叫醒他。

忽然孙悟空一个翻身跳了起来，紫霞连喊也没来得及喊，手腕早被一把抓住，金箍棒已砸到了头顶。

那棒在触到紫霞头发的那一瞬停住了。那一股重压之势，几乎要把她压入地下。

孙悟空瞪着她："怎么是你？以后不要在我睡着时一声不吭靠近我。"

"你……你很紧张啊，在做噩梦？"

"……没有。"

"我刚才睡着时也做了一个梦，不过是个很美的梦。"

"关我什么事！"孙悟空又翻回树上。

"我特别想把它讲给一个人听，但那些神仙都不愿听的。"

"我也不愿。"孙悟空靠在树杈上，又把眼闭上开始睡觉了。

"孙悟空，告诉我，花果山是什么样的？"紫霞问。

孙悟空睁开了眼，他看着天空想了半天，说："花果山？很美……对，很美。"

"怎么个美法？"紫霞问，"是不是一到夏天，满山就会开遍紫色的木逍花？"

"是红色的。"

"是啊是啊，那么在秋天，落叶铺满了大地，走在上面像松软的地毯，山林却还是绿色的，鹿群在山下的草原上纵情跳跃，而你抬头，金色的阳光便铺了你一脸，蓝得像透明玉石的天空上，有鹤与雁翅膀的影子……"

"你……"

"……还有冬天来了时，白雪覆盖了山林，山野一片清幽，晶莹的冰挂结在树枝上，每一棵树都像是玉雕成的，松鼠在大树的洞里，听着风的呼啸与雪落的声音，做一个关于来年的梦……"

"靠，连雪落的声音你都听见了，好像你在那儿住过似的！"

"我做的就是一个这样的梦，我一直都做一个这样的梦！梦见这样一座无边美丽的花园，而我是园中的一只松鼠！"紫霞对自己的想象激动不已。

"松鼠？哈！你会爬树吗？爬一个我看看！"

“也许那是我的前世啊！每当我做这样一个梦醒来，我就想，在世间，一定会有这样一个地方！没想到它真的有！孙悟空，花果山这么美，为什么你要到天上来？”

“我觉得天上不错啊，有星星有月亮，没有野兽，还不用天天找吃的！”

“可是你不觉得天上太寂寞，太死气沉沉了吗？你难道不想回花果山？”

“你到底想说什么？”

“你回去时，带我也去看看啊。”紫霞说。

“哈！带你？回花果山？”

“我就看一看，偿了心愿我就回天宫。”

“你真的想去？”

“嗯。”紫霞使劲点头。

孙悟空道：“你会有机会的。”

然后他一翻身走了。

“怪人。”紫霞转身怏怏地往回走。

一想起她的梦，她又笑起来了。

【23.】

大海在月夜中闪着万点银光，在海边高高的山崖上，站着一只石猴，他呆呆地望着大海。

世界是这个样子的吗？极目之处，无边无界，我却不能再前进一步？

“孙悟空。”忽然有人在喊。

“是谁？谁人喊我？咦，我刚出生，又怎会有名字？这一定是个梦。”

石猴回头望去，背后是一片茫茫黑暗。

“谁喊我？是在喊我吗？是谁？”

在这个月光照耀的孤岛上，这只猴子在嘶哑地喊着。

孙悟空睁开了眼睛，他立刻记起了自己是谁，身在何处，金箍棒还在耳中，这使他安心，天宫的夜太静了，反而使他心中惶惑。

花果山，我真的还愿回到那个地方去？他想。

“紫霞，你最近为什么总和那个妖猴在一起？”二郎神说，“他是个杀人不眨眼的魔王。”

“我觉得他除了不爱搭理人之外，并不像传说中那么可怕。”

“那是因为你没看见他凶恶的时候，天宫和妖族打了多年的仗，不知有多少天兵神将死于他手。我与他也交手多次，此妖危险至极，平日无人敢去蟠桃园，偏你常去！”

“我只是想让他带我去花果山看看而已。”

“花果山！你去那儿干什么？”

“只是想去看看。孙悟空说那儿很美。”

“……好吧，我刚好要去，你要不要同去？”

“太好了！”紫霞惊喜地叫道。

天神的巨大战车隆隆地驶向地面。

“为什么要把车做成这样？这么厚的甲壳，长满触角，像怪兽一般。”紫霞问。

“一会儿你就知道了。”二郎神望着前方，面色冷峻地说。

紫霞忽然觉得，他的神色和孙悟空那天梦中惊醒时的神色太像了。

他们心中都在惧怕着什么。

穿过厚厚的黑色云层，可以望见青色的大地了。

“下来吧。我们到了。”当战车终于在一处停了下来，二郎神说。

紫霞走出了战车，她闻到一股腥臭的气息扑面而来。

眼前是一片黑色的群山，山上覆盖着被烧焦的土壤，山坡上被烧成炭的树木像从地下伸出的狰狞舞动着的利爪。一股浓重的黑色浓雾笼罩着这里，不见天日。墓园一般的山野一片死气沉沉，只有一些怪鸟在尖厉地嘶鸣着，像是鬼的哭泣。

“这里就是花果山了。”二郎神说，“你向往的地方。”

“我不信！这不是！花果山怎是这个样子的？”紫霞叫了起来。

“花果山为什么不能是这个样子的？”二郎神上前踢了一脚地上的一块石头，它翻了起来，紫霞看见上面有几个字：

花果山福地，水帘洞洞天。

“那猴子骗了你吧？哼，一个群妖衍生之处，你想怎可能是风光秀丽？妖精们怎能住在花园里？只有神族天界才能风景如画。”

紫霞呆呆地不作声。

“现在你心愿了了，我们可以回去了？”

“……我想再待一会儿。”

“这里群妖出没，我劝你还是早点离开吧，这不是你们仙女来的地方。”

“我从没出过天界，我想不到地面上会是这个样子的。”

“并非所有地方都是这个样子，那些礼天敬神之处，风调雨顺，众类安乐，你有空可以去那儿走走，回去后，再别找那妖猴了。”

“原来我梦见的……不是花果山？”紫霞喃喃道。

“也罢，我就带你四处看看，让你看个清楚！”

二郎神和紫霞从空中飞过花果山。

“那些怪鸟是什么？我从未见过。”紫霞说。

“那些？它们是在妖族和神族的战争中被杀死的妖精的灵气，入不得地府，永不能超生，只有聚成这种鸟，万世悲鸣。”

“这样……这里难道没有活物了？”

二郎神一笑：“哼，怎么没有？”

他一转身不见了，片刻飞回，手中抓着一只雁。

“这里还有大雁？”紫霞说。

“哼，这是我从别处抓来，作诱饵的。你看着。”

二郎神将手一捏，那雁血便被挤了出来，直洒向地上。

顿时，那土地开始翻动，从中钻出无数妖精来，仰头望着他们，嗷嗷怪叫。

二郎神将那手中的死雁向地上一抛，只见无数妖精直扑向那雁而去，挤作一堆，地面上倒拱起一座小山来。更有妖精为了争食，先互相撕咬，被咬倒的，又被其他妖精一拥而上撕碎了……

紫霞惊呆了。

【24.】

几日后天宫蟠桃园

“我去了花果山了。”紫霞说。

“哦。怎么样，好不好玩？”孙悟空说，脸上却无一点儿笑容。

“我什么都看见了。”

“哦。”

“你为什么骗我？”

“你说我骗你，那我就是骗你好了。”孙悟空说。

“我以后不会来这儿了。”

“很好啊。”

“你真的喜欢这种生活，一个人待在园子里，和树说话？”

“怎么也比以前强。”

“当年你和天界厮杀，又为的什么？”

“我以为……有些事是可以靠力量来改变的，后来才发觉，反抗不过是徒增痛苦，于是受封做了神仙。”

“可在神仙眼里，你却是妖。”

“神仙……妖，区别在何处呢？”

“……神仙是没有妖那么多恶心贪欲的。”

“真的吗？神不贪，为何容不得一点儿对其不敬？神不恶，为何要将地上千万生灵的命运，握于手中？”

……

“我为什么要做神仙？因为我想，那样，至少自己的命运不用握在他人之手。”孙悟空的声音高了起来。

“可是那些地上的妖精，你抛弃了他们。”

“是我一开始就错了，妖精从来不需要人去拯救，你想把他们变成人，结果就会害了他们。”

“我不懂你说的。”

“现在我只想救我自己。”孙悟空说，他脸上透出了怪异的笑容。

“我曾以为你和那些神佛不一样。”

“曾经是不一样的。”

“现在你和他们没什么不同了，你们会在云雾里面无表情、毫无目的地飘来飘去。我曾羡慕你有灵魂，可现在，你却为了当神仙，把它丢了。”紫霞冷笑着说。

“这样便可以没有痛苦了。”孙悟空说，他用头去撞身边的树，“你看，我现在已经越来越感觉不到痛了，这真是一件美妙的事。”

“痛苦是什么？你那么怕它？”

孙悟空忽然目露凶光，他一把揪住紫霞，恶狠狠地说：“当你梦见自己是一只松鼠的时候，在那大森林里，深夜，你有没有听到过那种号叫？当看见自己的腿被撕下来时的号叫！”

“你在说什么？放开我！”紫霞惊恐地叫。

“你害怕了？那你有没有听见过一种咔嚓咔嚓的声音，那是你的天敌在啃着骨头，它嘴里的东西还没有死，你还能听见它在挣扎，而下一个被嚼的，就可能是你！这种声音在夜里会渗进你的梦里，你居然还能做个关于来年的美梦？你随时都会没有明天的！”

“放开我，你的样子好吓人！”

“你在树上，一刻也不敢睡死，随时注意着不寻常的声响，你会担心，一睁眼的时候会看见一张血盆大口，你的身体随时都准备弹起来逃命或搏斗，每一个晚上都那么地长。直到天边的微光照到你的眼皮上，你会想谢天谢地你又多活了一个晚上，为了你又赚到的一天，在这个白天你要尽情地蹦跳、狂叫，把所有能找到的吃的塞进嘴里，但是夜晚很快又来了，你甚至还来不及找到一个朋友。你会想你受够了！但是你却不能不活着，你恐惧着生，却又恐惧着死，你不知道你每天为什么这样活着，哦……现在你知道了，我为什么要做神仙！”孙悟空一口气说完这么多，如释重负地放手，把紫霞丢下。

“……可是，你已经神通广大……”

“没有用的！在我小时候，我最大的愿望就是能打赢对面树上那只常抢我吃的，还打我的公猴，当我终于能打赢他时我发现他已经老了，但我还是狠狠痛扁了他一顿，因为这个世界就是这个样子的。等我打败了族里所有猴子当上了猴王，我发现我每天的任务就是站在树梢上观察老虎、熊、豹子的踪迹，然后大喊一声……你知道被一只豹子在后头追时的感受吗？我跑得气都快断了……咳、咳……”孙悟空掐住自己的脖子，一副难受的样子，“见鬼，我以为我早忘了这些的……”

“接着说啊，我很想听。”紫霞抓住孙悟空的衣裳一个劲儿摇。

“……于是我就去海外学本领，我学会了七十二般变化，我问师父我是不是从此可以不害怕了，那个老浑蛋就一直摇头笑，笑得我直想揍他。回来后我发现真的再没有东西可以伤害我了，我高兴得要发疯了，可是好景不长，那一天……”

孙悟空忽然不说了，他的眼直盯着前方，紫霞看见那里面有一种奇怪的光，像恐怖，又像愤恨。

“为什么……为什么这个世界上要有神仙？为什么天下万物的生死都要由他们掌管！”孙悟空咬牙道。

“因为世间万物都是他们造的啊？”

“可我不是！我是从石头里蹦出来的，生我者天地，谁也没资格管俺老孙生死，管他是阎王老子还是玉皇大帝！”

“所以……所以你就砸烂了地府？”

“哼哼哼哼……”孙悟空冷笑起来，那笑声倒好像在哭一般，“我勾销了生死簿，还把所有九幽十类皆除了名，从此天下灵长，皆长生不死，世间一片生机，我以为从此无忧无虑了，没想到……”

“什么？”

“原来像这样神仙没法管的东西全都有个名字，叫作——妖！”

紫霞心中不由得一震，平日听神仙谈妖，只以为是作恶多端的怪物，不想原来是这个意思。

孙悟空接着说：“神仙原来是容不得世上有能自主自命的灵物的……”

他说到这儿停住了，想一想转身便要走。

紫霞一把拉住他：“后来……便是那百年的神妖之战？天庭杀不了你，所以才封你做了神仙？可是那些妖众……”

“你也看见了，天庭虽答应不再杀他们，可是花果山早毁于战火，再无寸草，现在那里，不过是个人间地狱罢了。”

“你就这样不管他们了？”

“我做了一件错事——使他们长生不老。我救不了他们，你也该看见花果山上空的那些怪鸟。”

……

“如果老孙再斗下去，我想最终有一天我也是一样……”

紫霞低头沉默不言，再抬头时，孙悟空却已不见了。

【25.】

孙悟空翻出蟠桃园，来到天宫大殿前的广场。

“总算甩开小丫头了，有够烦！为什么这么烦？”

“孙悟空，你不是孙悟空吗？”一个声音叫道。

“谁？谁在叫俺？”

孙悟空定睛一看，却是石柱上挂着的一个头颅。

“你是谁？”

“我是当年跟随你的老妖，因反叛天帝而被斩了头颅，挂在这儿……不想得见美猴王，你什么时候带我们再大败天兵！”

“我不是美猴王，是齐天大圣！”

“什么都好。英雄，你是来砸破这诸天的吗？”头颅说，眼中放出光来，“可惜俺已经没有手脚了。不然定会帮你。”

“怎么你们还在和天兵打仗，不是谈和了吗？”

“大王，你知道花果山现在是什么样吗？你知道天神不容许有一棵草在花果山长出来吗？那里现在就是监狱。”

“总比死了强。”

“不，大王。有些人宁愿死，也不想卑贱地乞讨生存。”

孙悟空沉默了一会儿，慢慢远去。

他再回到蟠桃园，却听有人在那儿说话。

“紫霞，你天天待在这儿，快快回去！”是巨灵的声音。

“我爱待哪儿，你凭何管我？”

“你在这儿能做出什么好事？和一只妖猴在一起……”

“住口，你也配说他？他是一只猴子，却也比你强得多。”

“哈……哈……哈，咳咳咳，你说什么？你再说一遍？你莫不是喜欢上了那只猴子，哈哈哈哈哈！”

紫霞气极反笑：“正是，如何？”

“你？和一只猴子？一个浑身是毛的妖精？哈哈哈哈……咳！”

巨灵神顿住了，因为孙悟空正走过来。

“说啊？接着说！”孙悟空道，手里把玩着金箍棒。

“啊？我突然想起家里煮汤忘了关火了……”巨灵神掉头要走。

“我送你！”孙悟空一棒击在巨灵神屁股上。

“好讨厌的感觉……”巨灵化成星星。

孙悟空拄棒大笑。

笑完了，才看见紫霞正盯着他。

“看我作甚？”孙悟空突然觉得手不知往哪儿摆。

“我好久没有看你笑过。”

“是吗？”

“久闻美猴王孙悟空的大名，今日第一次见到。我真高兴，真的。”

“第一次？”

“希望以后能常见到你，美猴王。”紫霞开心地笑着。她转身走出几步，又回头道，“我一直听说你的故事，你是我心里的英雄，真的。”

紫霞走远了，孙悟空还在挠头。

蟠桃园的夜，星光闪烁。

“和我多讲讲你的故事，关于花果山，关于……你的旅行。”紫霞说，她望着桃树梢的叶子。

“你不是能梦见吗？”孙悟空靠在树杈上望着天说。

“太缥缈了，我触不着它们，那么美丽的东西，一触就破了，一触，就醒了，醒了，什么也没有。”

“那很好啊，真实的东西，不好，是……让人痛的东西。”

“我没见过什么真实的东西，天宫全是法术变出来的……给我讲个故事吧，你的故事。”

“……我有什么故事，没有……”

“可你在想什么……想从前？”

“没有！我没有什么从前！”

“不，你在想什么，不准一个人想，我要和你一起想。”

“咳……想心事还分个人想大家想？你自个儿爱想什么就想什么吧。”

孙悟空翻了个身不再理她，闭上眼却又看到了梦中的银色大海。

“……我……我想到了，无边的大海，你想到什么？”说这话的是紫霞。

“……淹死。”

“……我，我还想到在海上漂，在满天的星光下……”

“又冷又饿。”

“……上岸了，哇，一个从没见过的世界啊，那么多没见过的东西。”

“千万别被人捉去。”

“到了一座山……菩提山。”

“有这座山吗？”

“我不管，反正是一座山，有枯藤老树，奇花瑞草，鸟啼与泉声交鸣着。重重的谷壑，风从山中吹来，送来清新凉意，还有隐隐歌声……”紫霞眼中灵光闪动，沉浸在想象之中。

“你就这样开始做梦吗？睁着眼睛也能睡着。”

“我……看见你了……”

“……小丫头，你天天不回家坐这儿吵我烦不烦？你为什么不烦别人专来烦我呢？”孙悟空突然蹦起来喊。

紫霞沉默了。

过了很久……

“……听我讲话好吗？”紫霞突然说。

“我一直都是在听你讲……”

“你知道吗，这天空就是一片荒漠。”紫霞说，“它用精美的东西镶砌，但它们在成为天宫的一部分时，就已被剥夺了灵魂。你知道吗？”

“什么……”

“你知道吗？他们叫我‘永远微笑的紫霞’，可是没有人会永远微笑，除了石像和傻子。你知道吗？”

“……知道。”

“你就这样听，不要打断我，我会把一切都说给你听，你不要像二郎神那样不耐烦地大笑，也不要像天蓬那样语重心长地反驳，他们一定会这样做的。所以我只把话说给你听，只有你会这样默默地听。这个世界上，只有你会……你不要老跳来跳去行不行？！”

“不行啊，俺老孙不跳就会睡着，天生这样！”

“生气了，不讲了！”紫霞一甩头，往外就走。

“好好好！俺老孙不跳了，你讲吧你讲吧。”孙悟空拉住她。

于是紫霞又开始讲：

“也许，在每个人的心里都会有一个天宫，有一片黑暗，在那片黑暗的深处，会有一片水面，里面映出他心的影子，灵魂就居住在那里。可是当一个人决定变成一个神，他就必须抛弃这些，他要让那水里什么也没有，什么也看不见，一片空寂之时，他就成仙了。可是，他心里是空空的，那是什么滋味？你知道吗？你……”

她忽然不说了。

孙悟空已经悬空睡着了。

她看着熟睡了的孙悟空，又继续说下去：“你不会懂，你永远也不要懂，可是现在，我心里，已经不再是空的……谢谢你。”

孙悟空睡得很熟，他做了一个梦——

他走在一片黑暗之中，走啊走啊，黑暗是无边的，忽然出现了一个湖，于是他走到湖边去，水面开始荡漾，映着一个美丽田园，什么东西从水面一闪而过了。“石头，你又在那儿发愣呢？嘻嘻……”

……

紫霞又有许多天没来蟠桃园了，满天界也找不到她。孙悟空满天转悠，各处串门，惹了不少事。最后他叹了口气，又回到蟠桃园。

“没一个好玩的人，那小丫头可以一个人在云边上站一年，俺老孙以后也会变成那样吗？会有那一天吗？”

“美猴王？你在哪儿？”

孙悟空蹦了出来：“不要叫俺美猴王！俺是齐天大圣！”

紫霞看着他：“齐天大圣？你喜欢这个名字？”

她拿出一个绸布包裹：“这是给你的。”

“给俺带好吃的来了吗？”孙悟空一把抢过，抖开，忽然愣住了。

金色的战甲、红色的战袍、紫金冠。

这是他作为魔王与天兵大战时的装束。

“我从太阳在海水的映影中提炼出金黄，从神龙汗血中提炼出赤红，取日月之光作线，以五色云彩为锦，织出了它们，你看，还像你当年的装束吗？”紫霞捧着它们，注视着孙悟空，“穿上它们，让我看看你那时的样子。来啊。”

孙悟空沉默了半晌，忽地将手一挥，紫霞手中的袍甲全飞了出去。

“你拿这些来给我做什么！”孙悟空暴叫道，“我已经是齐天大圣了，不用再上战场了，再用不着它们了，而且还做得这么……差劲！这披巾……居然是紫色的，不要告诉我是你用西天的晚霞做的，好难看！”

孙悟空说完，回过头去，不再看她。

紫霞呆立在那儿，好一会儿，她蹲下身去，默默地把地上的袍甲一件件地捡起来、折好，紧紧地抱在胸前。

她一步步走出了蟠桃园。

走到云层边，她静静地站了很久，然后把手中的袍冠全部丢了下去。

泪从她的眼中流下来。

那披巾，在云霞中越飞越远。

孙悟空越来越不安，越来越烦躁，他知道心里有什么在烧着，他知道有个人是对的，他知道自己不属于这里，他知道他没法习惯当神仙，而他不知道——自己还能忍受这荒诞的天界多久。

这一天，在天宫转了十七八遍，一个人影也没看见。

“人都到哪儿去了？”他大叫。

一个小童子怯怯地从云中走来。

“今天是天宫蟠桃大会的日子，诸神都去灵霄宝殿饮宴了。”

“俺老孙怎不知道？”

“他们……他们没有请你吗？”

“他们不会请。”孙悟空冷笑，“我是齐天大圣，但在他们眼里，我还是个妖精！”他点点头，“我果然还是个妖精，哈哈哈，多谢提醒！我终于又是妖精了！”

他像是卸下了所有的担子，放声大笑。

“众神都是骗子，全是骗子！我成了神仙，我骗了自己这么多天，人间已是那么多年，现在终于不用骗自己了。我是孙悟空！我要回家！”

那小童子忙又隐到云中去了。

孙悟空纵身向灵霄宝殿而去。

他飞过落霞宫的时候，看见紫霞倚在宫外的栏杆旁。

“他们莫不是也没有请你？”孙悟空问，“走，去找他们！”

紫霞笑笑：“我喜欢在这里看晚霞，这时候，其他什么对我来说都不重要。你不如也留下来陪我一起看吧。”

“等我办完一件事再回来看。”孙悟空话未落，人已又飞去。

紫霞摇了摇头，又去看着天际，自顾自说着：“晚霞的绚丽是不会久的，灿烂过后，便是漫漫的黑暗了。”

她长叹道：“为什么，为什么要去得那么急？”

大闹天宫，这一天终于来了。

【26.】

灵霄大殿

“是谁！谁摘来的桃子！这么小！”王母尖叫着。

阿瑶被拽了上来。

王母冲下宝座，把桃子顶到阿瑶的脸上："你是不是怕我脸丢得不够大！啊？！"

"是……啊，不是啊，娘娘饶命啊！"

"是不是你先吃了？啊？"

"不是啊，没有啊？"

"我最恨人说谎！拉出去，打下凡尘！"

"不要啊，不要……"阿瑶泪流满面，拼命磕头，头破了，血染红了玉砖。

观音皱了皱眉头。

王母立刻就看见了，她的声音一下子变得温柔无比："观音大士，我是不是有点儿太……其实……其实我是很和气的人……"

"不是，地弄脏了。"观音说。

"还不把这个小贱婢拉出去喂狗！！！"王母歇斯底里地叫起来。

"啪。"太上老君桌上的酒杯碎了。所有的神仙都脸露痛苦之色，但没人敢捂耳朵。

阿月皱了皱眉头。

王母又看见了。她走到月女神的面前，笑着说："你又有什么问题啊？"

她的笑脸使阿月想起了揉皱的橘子皮，于是阿月也笑了。

王母得意地仰起头来。

可是阿月这时却站了起来，她离座跪拜说："还请娘娘饶了阿瑶吧。"

王母的脸色变得铁青，不是形容词，是真的铁青色。

她转身朝诸神说："你们有听见她说什么吗？"

没人吭声。

太上老君说："月女神是说……"

王母狠狠瞪向他，太上老君发现自己的帽冠开始冒出烟来。

"我听见月女神是说，'娘娘圣明，祝娘娘红颜不老'。"太上赶紧一口气说完。

王母笑了："大家喝酒，喝酒吧。"

太上老君赶快去救帽子上的火。

所有的神仙也笑了。

阿瑶已被拖了出去，诸神又开始举杯欢宴，只有阿月一个人跪在中间。

也没人让她平身。

阿月快要哭出来了。

这时一个人站了起来。

他走到殿中，扶起了阿月。

殿中的笑声又像鸭脖子突然被掐住一样戛然而止了。

是天蓬。

他扶着阿月一步步往殿外走去。

“你们今天敢走出大殿一步！”王母吼道。

天蓬看了看阿月，阿月也注视着天蓬。他们会心一笑。

两人仿佛没有听见王母的怒吼，相依偎着走出了大殿。

【27.】

我爱你。

我却总是沉默。

我不会让任何人伤害你。

即使我从未开言。

这是我的许诺，寂静无声。

你无须知晓。

它只在我心。

静悄悄的天宫里突然传来了一种嗡嗡嗡的声音。

“哪儿来的苍蝇？”巨灵神问，坐他旁边的广目天王忙把一个桃子塞入他嘴里。

那声音却是王母发出来的，她正气得浑身发抖。

大殿门刚关上，忽又被“砰”的一声撞开了。

这回进来的，却是阿瑶。

王母呆在那儿了。

诸神望着门口，阿瑶的身后，一个人影走了出来。

孙悟空。

“桃子是俺老孙吃了，怎么了？不行？”孙悟空说，“给俺老孙搬把椅子来。”

王母脸上的肌肉开始抽搐。

“搬给他。”她说。

一个小矮凳被搬了上来，摆在大殿的一角。

孙悟空一脚踢飞那个凳子。

“孙悟空！你想造反吗？”

“我想坐在哪儿，不用你安排。”孙悟空一扬手……众神下意识都往桌下一缩头。

只见王母的宝座飞了起来，将王母掀个大跟头，那宝座越过众神飞到了孙悟空面前。

孙悟空大摇大摆想坐，忽然又站了起来：“不对，让给受伤的小姑娘坐才对啊。”他把宝座移到阿瑶面前。

阿瑶脸都白了，好像那椅子会吃人一样。

“阿瑶，你坐啊，你为什么不坐呢？”王母笑着说，露出两排牙齿。

“哪儿来的鸟叫唤？”孙悟空左右看看。

王母的脸白了又红，红了又黑。

“咦，那边那个会变色的东西是什么？”孙悟空说，“好像个大白薯。”

“哧——”阿瑶终于忍不住笑了出来。

她这一笑就不可收拾：“大白薯，哈哈哈哈，变色大白薯，哈哈哈哈，王母娘娘是变色大白薯……”

她笑得滚到地上，用手捶着地面，眼泪哗哗地流下来，到最后，已听不清她说什么，只看她把头埋在地上呜呜个不停。

连孙悟空也被她笑愣了。“小心断气。”他说。

“孙——悟——空！”王母终于像个撑破了的气球一样爆发了，“你……这个妖猴！”

“你说什么？再说一遍？”孙悟空侧过耳朵，手掩耳边。

“妖猴！”

孙悟空站直了身，点点头：“多谢，我就是那只妖猴。我的名字叫孙——悟——空，听清楚些。因为——从今往后一万年，你们都会记住我的名字！”

他纵身而起，挥棒朝向诸神。

王母眼睁睁看着碗口粗的棒子飞来，完全傻在那里。

已经没人来得及出手救王母了。

忽然一物直飞而来。

孙悟空将棒横挥，啪！那物被击得粉碎。亮晶晶的碎片溅了个满天满地。却是一个琉璃盏。

金箍棒变向，天将们得了机会，四大天王一拥而上。持国、增长迎住悟空，广目、多闻拖了呆若木鸡的王母便走。

孙悟空以一敌二，如耍子一般。

那二十八宿、九曜星官、十二元辰、五方揭谛，掀了桌子，喊声：“砍他！”齐冲上去。

孙悟空大笑：“好！好！好！天上有多少神仙，全数来吧！让我杀个痛快！”

他抖擞精神，将棒舞得个金光四射，近百天将，无人能近。不时有某位神惨叫一声，从阵中直飞出来，撞飞到诸天殿上，把那殿宇撞个粉碎。

我知道天会愤怒。

如果人触犯了它的威严。

但天是否知道人也会愤怒？

如果他已一无所有。

当我乞求时，你傲慢冷笑。

当我痛哭时，你无动于衷。

现在我愤怒了。

我要听到天的痛哭，我要听到神的乞求。

我知道天会愤怒，但你知道天也会颤抖吗？

苍穹动摇时，我放声大笑，

挥开如意金箍棒，打它个地覆天也翻。

从今往后一万年，
你们都会记住我的名字，
齐天大圣孙悟空。

【28.】

那一股狂风，挟着烈火，在天际纵横驰骋，没人能看清他的踪迹，没人能阻挡他的道路，只看见那高楼殿宇在火中崩朽，只听见那傲然一切的笑声，摇撼天地。

朝会殿碎了。

凌虚殿碎了。

通明殿碎了。

见过燃烧的银河吗？无数的火星飞扬，和银色星辰搅在一起。神殿巨大的玉石柱粉碎，高贵的图腾变成尘土，神的威严被践踏，他们失去了对风火雷电的掌握，现在这力量全围绕在那个战斗者身旁。

孙悟空！

一个声音狂笑着，他大笑着殴打神仙，大笑着毁灭一切，他知道神永远杀不完，他知道天宫无边无际。这战斗将无法终止，直到他倒下，他仍然狂笑，笑出了眼泪。

这个天地，我来过，我奋战过，我深爱过，我不在乎结局。

【29.】

巨灵神不敢上前，只在阵外张望起哄，却一眼看见了阿瑶。一下跳过去，伸出巨手便将阿瑶像抓小鸡一般一把拎在手中。

刚得手，忽觉眼前一晃，孙悟空已在面前。

那些天将，却还在那边围成一团呼喝：“上，上，攻他左肋，攻他下盘……”

巨灵神干笑：“呵呵，阿瑶，你头发上有根草，我帮你拿下来，咦？怎么找不到……”

孙悟空接过阿瑶，将手一按巨灵的头，单手把他转了半圈，然后飞起一脚踢在巨灵神的屁股上。

“我讨厌这感觉！”巨灵神又变成星星。

再看阿瑶，在孙悟空的怀里，竟还是满面笑意。

“你吓傻了吗？”

“猴子，我们回家吧。”

“回家？哪里还有家？”

“我不想再在这里，我们走吧，去哪儿都行，只要是没有神的地方。”

“好，我带你走！”孙悟空纵身而起。

一道金光奔下界而去。

王母重回到大殿，看着一片狼藉的蟠桃会，又开始变色。

众神鼻青脸肿，包纱、拄拐地远远跟着。

王母走到大殿中央，脚下“咔嚓”一声，她一低头，看见了地上的琉璃碎片。

“是谁！是谁扔了我的宝贝琉璃盏！！”

【30.】

花果山暗无天日

一片黑色焦土的山坡上，孙悟空和阿瑶坐在那里。

“你后悔吗？”阿瑶问。

孙悟空笑笑：“你问我有没有后悔重新当一个妖精？”他看着铁色的天空，“你呢？你后悔吗？”

“不，不后悔。”阿瑶站起来，“奇怪，当王母说要把我打下凡尘时我吓成那样，好像天崩地裂了，现在想想也不过如此。”

她跳了两下：“在这儿我想跳就跳，想说什么就说什么，没人能管我。啊——啊——啊——王母娘娘是个大白薯！”她对着远方大喊起来，“咦！真的！真的没人管哪！”她的脸上充满喜悦的光。

孙悟空却不笑，他抓起一把黑灰，让它在指间撒落，心事重重。

阴暗的天空传来一声长长的隆隆声，从东方直滚到西方。

“打雷了？”阿瑶说，“如果下雨，这儿就会长出小草来了吧。”

“那是天界的战车在调集的声音。”孙悟空依然在看手中的土，把灰尘一点点撒向地面。“他们要来了，小姑娘，你走吧。”

“不！我要和你在一起……”

“滚！”孙悟空喝道，“别在这儿碍着老孙的事！老子不想一边打个仗还要一边被人笑带家属，你是神仙我是妖精不能结婚！”

“我，我和你一起当妖精！”

“哼。”孙悟空敲了敲地，几个妖精从地下钻了出来。

“大王，你终于又回来了，我们等着你的命令等得好苦啊！”

“大王回来了！大王回来了！”

漫山遍野，成千上万的妖精从地里爬了出来。

“看看这是谁！孙悟空！美猴王！他又回来了，我们有救了！”一老妖振臂高呼。

“孙悟空！孙悟空！孙悟空……”成百万的妖精望不到边际，喊声直冲云霄。

天空又是无数声闷雷滚过，与下界的喊声在天空相撞，没有一丝风，空气却在震颤着。

阿瑶吓得动也不敢动。

“你们离开这里吧。”孙悟空却说。

“什么？”

“散了吧。”

“大王，大家等了多少年，就等这一战呢！”

“我说散了吧！这是我与天庭的私怨，是神仙之间的事，和你们妖精无关。”孙悟空望着天说。

“哈！是……是吗？是你们神仙和神仙的事？孙悟空，这话居然是你说的？你真的是孙悟空吗？”那老妖道。

“我是齐天大圣孙悟空，不是妖王孙悟空。”

老妖后退了两步："齐天大圣孙悟空？是了，第一次神妖大战死了十万妖众，你成了个弼马温孙悟空，第二次神妖大战死了百万妖众，你便成了齐天大圣孙悟空。"

"没错！俺老孙是天生石猴，倒霉却生在妖精群中，你们这些嘴脸，我从小看了就讨厌的，成仙是俺毕生所愿，怎能再和你们妖精为伍，坏了俺的名声！"

"若不是你有勾销生死簿之恩，我现在就想揍你！"老妖叫道。

"哼！那是俺最后悔的一件事了，一时兴起，弄出你们这些老不死的家伙来。"

老妖跳到妖精群中："你们听见这只猴子说什么了？他现在是神仙了，咱们别认错了人，大家伙儿走吧，难为我们还在花果山苦苦等他，大家自找生路去吧。"

妖众沉默地站着，像是仍不甘心，仍在期待。

但动摇还是开始蔓延，不安的议论越来越响，妖众叹息着，叫骂着，终于开始渐渐散开了，他们像蚁群一样向四方散去。

"把这个小丫头给我带走！丢得远远的。"孙悟空一把抓过阿瑶，放到一个妖精的背上，"你要是敢吃她，要你小命！"

"不要，我不要走……"阿瑶在妖精背上挣扎着，被带远了。

几个时辰后，这百万妖众像一块被风吹散的乌云，无影无踪了。

孙悟空望着群妖远去，长出了一口气。

"花果山，什么时候才能重新长出花果来？不过，种子已经撒遍天下了。"他又抓了一把地上的黑土，脸上露出孩童般的笑。

天边的雷鸣已然越来越近了。

孙悟空靠在一棵焦树上，静静地等着。

等到那一刹那，黑暗的天空突然被一道巨大的闪电划开。

孙悟空一跃而起，将金箍棒指向苍穹。

"来吧！"

那一刻被电光照亮的他的身姿，千万年后仍凝固在传说之中。

【31.】

待至英雄们在铁铸的摇篮中长成，
勇敢的心像从前一样，
去造访万能的神祇。
而在这之前，我却常感到，
与其孤身跋涉，不如安然沉睡。

大战之后天宫

“天蓬，你可知罪？”玉帝问。

“知道，因为我扶起了自己所爱的人，所以有罪。”

“如何处置？”玉帝避开天蓬的目光去看下面的文武神仙。

太白金星凑上前：“老爷子，你说要什么罪吧。”

“混账！我是不按律处事的天帝吗？”

“臣明白了，这勾结妖魔，可轻可重，可处以升官、大赦、流放、极刑。”

“还能升官？我怎不知道？”

“孙悟空不就升了吗？”

“闭嘴！我还忘了为这事找你算账呢！”

“臣罪该万死，臣恳请被扔进酒缸淹死，要汾酒……”

“呸，卖什么乖，快说天蓬按律当处何刑？”

“这，此人情节特别严重，影响特别恶劣，当然是——极刑！”

玉帝摇头。

“啊？要不，流放？”

玉帝摇摇头。

“他毕竟是天宫大吏，天恩浩荡，就赦了他吧。”

玉帝摇摇头。

“这……这……天蓬他……他打入敌人内部，得到了重要情报，建议升为天兵总元帅！”

玉帝还摇头。

“老爷子你脖子痒吗？老臣帮你抓抓……”可怜的太白金星，已经快崩溃了，开始胡言乱语。

“混账！”玉帝大骂起来，“笨啊，一定要孤亲自说出来吗？极刑太便宜这小子了，想一死了之哪有那么容易！”

“可……可还有更厉害的吗？”

“当然有。”王母说，“世上最残酷的刑罚，就是让一个人失去他最心爱的东西，永远。”

天蓬把牙关咬得紧紧的。

“嗯。”玉帝说，“我也想出一个好玩的。如果一个威武英俊的天神，却变成一头猪，他会怎么活下去呢？怎么再让人去爱他呢？”

“这个好，这个好。”王母拊掌而笑。

“天蓬，天恩浩荡，不杀你了，只将你打下凡间，你谢恩吧。”太白金星说。

“带阿月上来，让他们告个别吧。”玉帝冷笑。

月女神穿着一身白纱衣裙，缓缓走上来，她的神情让人想起幽寒的月空。

“什么时候，你都是那么美。”天蓬对她笑着说。

阿月流泪了，却努力微笑：“我想让你记住我最美的样子。”

“我答应你，只要我不死，我一定会来看你。”

“你要去下界，会忘记一切，不会再记住我的。”

“我不忘。我永远不忘。”

“你一定要忘了我，那样你才能幸福……”阿月上前，在天蓬额上轻轻一吻。

她的手，却将一粒红色丹药放入天蓬口中。

“咽了它，你就忘记一切了。”她后退着，“忘记我，永远忘记我……”转身奔去。

天蓬就那样看着她消失在云雾中。

【32.】

一个神将带着一个女孩走了上来，那是阿瑶。

“禀玉帝，擒住妖猴后，在花果山巡视时，发现她一人在山上，不知找些什么。”

“这不是阿瑶吗？”玉帝说，嘴边露出一丝笑，“好好的，为什么要去做妖精？你如实说出那些残余妖精都逃去了哪里，我可以赐你重回天界。”

阿瑶很平静，惶恐从她的脸上消失了。“刚才我和一群妖精在一起。”她说，“他们什么脏话都说，我从没听过那些话，还有一句话我也没听过……他们问我以后想做什么。我第一次听到有人问我我自己想做什么……那时候我才明白，为什么那些妖精愿意在地上挨饿，因为没有人对他们说‘赐’字，他们也不靠‘赐’活着……”

“嘿，嘿，地上一日，天界不过一瞬，孙悟空究竟用什么将一个纯洁无瑕的仙女诱入罪恶之土？阿瑶，你原来多单纯多可爱啊，现在你变成这样我真是痛心啊……”玉帝做出一副沉痛的表情。

“他们说的那句话是什么来着……”阿瑶用手指支住下巴想了半天，“哦，‘请闭上你的鸟嘴’，不不不，没有‘请’字，我老学不像……”

“哧——”神将中有人忍不住笑。

“是谁！谁笑！”玉帝大叫起来。

当然没人吭声，每一个神仙都努力做悲痛状。

“这些是什么啊？”突然有人说。

却是一边正要被投入谪仙井的天蓬。

阿瑶转头看见他，一惊。眼中不由有了泪光。

“这些，是神仙啊。”她噙着泪答。

“哦，神仙啊！”当天蓬往下坠去的时候，他仰天大笑。

【33.】

五百年很漫长吗？

记得，

忘了，

或许没那么重要。

因为再重逢时，

我们仍然会相爱。

下坠中，天蓬看见另一人也从天界直落下来，像是阿瑶。她像一片落叶，被风吹向遥远的天边。

云雾散开，天蓬看见了凡间景色，那是一个安宁的小山村……

近了，近了……

一天后，一只圈中的母猪惊异地看着那只刚出生的小猪，别的小猪都往她怀里拱，只有那只，摇摇晃晃向栏外钻去。

忽然，“噗”，小猪狠狠从嘴里吐出了什么东西。

那是一颗红色的药丸。

【34.】

天宫锁妖柱

“那妖猴怎么样了？”

“报玉帝，五万狂雷击完，那猴子还没有死呢！”

“凌迟！”

“报！三千刀砍过，那妖猴还活着呢！”

“火烧！”

“报！他还活着！”

“派三百头天狼咬他！三百只天鹰啄他！”

“猴子还没死吗？”

“报！那猴子都被撕烂了！”

“嗯。甚好。”

“可是……”

“可是什么？”

“可是……他还没有死啊！”

“啊！”玉帝惊立起来，“他为什么死不了呢？”

一旁的观音微微笑道：“这是天地造化的灵猴，若心不死时，是杀不死他的。”

“我就不信这世上有我天帝都杀不死的东西，一直用刑到他死为止！”

“也许，有个方法能让他死。”观音说。

紫霞被带到玉帝面前。

“观音大士都与你说了，你知道该做什么？”

紫霞沉默。

观音在她身后道：“你看到他的样子，你就会明白你不能让他活着。”

“去吧。”玉帝说。

紫霞一步步向前走着，她不敢抬头，只一步步算着脚下的步数，一百步，快到他面前了。

她看见了血，流到她的脚边。

只听一个熟悉的声音对她说：“哈，你来了。”

紫霞猛一抬头，她看见……

眼前是一座铜铸高台，台上一根巨柱直入天顶。

柱脚上，有一具半血淋淋半焦乎乎的残躯，骨肉脱离，已不成人形，唯有一处还有两颗晶亮的珠子，里面放出她熟悉的欢喜目光。

“我就知道你一定会来的。”那残骸说。

紫霞就那么看着他：“你在等我？为什么？”

“我等你？没有，没有啊，我……只是想……你会来的……”

猴子有点儿慌，他说：“那天，我答应你蟠桃会回来就和你一起看晚霞……我很喜欢……花果山的大海……我常在那里……看太阳……太阳落下去了……其实……我是想说……等你来……和你说，花果山……那里的晚霞……很……”

血从头颅上淋漓下来，流进他正在嚅动的口中，但他每一个字却又说得那么清楚，眼中放出希冀的光。

“你死撑着就为了告诉我这个？”紫霞说。

“其实……还有，我一直想告诉你……你的梦，是真的……我见过那样一只松鼠，喜欢在树枝上看晚霞的松鼠。”

“我不是松鼠，我是从西天的云彩中化出来的，那只不过是个梦。”紫霞说，她忽然提高了声音，“孙悟空，你要记住，你是一只猴子，猴子，那天我说喜欢你，不过是气巨灵神的。我是天宫的神仙，我不可能和一只猴子在一起。你是一个妖精！你不是神仙，不是！你记住了吗？我们永远是不一样的！”

“我……我说的不是这个……”那残骸说。

“别骗自己了！你还在做着你的梦吗？我希望你清醒过来，永远记住你是谁！你是孙悟空，妖王孙悟空！你永远不要想和我在一起，因为孙悟空是不能成正果的！你要记住，花果山的天空其实是一片黑暗，在那儿是看不见晚霞的！”

“……是这样……原来是这样……”

“你明白了？你真的明白了？”紫霞问。

“是这样……这……样吗……”

那头颅上的两点光芒开始慢慢地暗淡了下去。最终完全消失了，那残骸完全真正变成了没有生命的躯壳。

只有绝望，能毁灭一颗不死的心。

“妖王死喽！”天界所有的神仙都欢呼起来。

“你真的明白……你真的明白我想说什么？”紫霞还在那儿怔怔地对着躯壳说话。

“把他的残骸拿到我的炼丹炉去，那可是灵气聚合之物，我要用它来炼制仙丹。”太上老君叫道。

几个天将一把推开紫霞，上去搬孙悟空的尸骨。

“咦，手里还抓着什么？都烂成这样了，还抓着不放。掰不开啊！”

“别管它了，一起拿去炼了。”

天将们搬着骸骨走过紫霞身边。

紫霞看清了那只剩枯骨的手上还死死抓着的东西。

那是一条紫色的披巾。

古老的陶罐上
早有关于我们的传说
可是你还在不停地问

这是否值得
当然，火会在风中熄灭
山峰也会在黎明倒塌
融进殡葬夜色的河
爱的苦果
将在成熟时坠落
此时此地
只要有落日为我们加冕
随之而来的一切
又算得了什么
那漫长的夜
辗转而沉默的时刻

【35.】

五百年后……

一个白色身影在黑夜中轻盈掠过，像深海内的一道银色水痕。

人界万灵之森

“死小白，你回娘家了？去这么久？”猪八戒说，“为了等你，我已经拒绝几百个美丽姑娘的邀请了，她们都以为我在等哪个绝世美女，结果是匹小脏马。”

“你就接着做你的梦吧，师父的……身体呢？”小白龙说。

“师父？哦！你说秃头啊，它在……在……咦……哪儿去了？昨天还有两条腿在这儿的……”

“猪八戒你浑蛋！你……你怎么能这样……”

“哎哟，世风日下，连马都会骂人。咦，马还会哭？我说你要秃头的肉身干什么？一个臭皮囊，害得苍蝇整天围着俺转！搞得那些小美眉都以为俺老猪不洗澡，冤啊……”

“我……我日夜赶路，一刻也不肯歇，只盼着能赶回来，可……”小白龙说不下去了。

“你就算是千里马，也追不上他的魂，何苦呀何苦，你定是想拿和尚的肉身去做纪念品吧，我告诉你一个我新发现的重大秘密……人死了以后，没活着时候好看！他活着时你不说要他，死了来哭？还不如那些女妖精呢，一个个多直白啊。”

“我……我……我不相信他就这么死了，他一定还能活过来，孙悟空不是已经去找他的魂了吗？”

“孙悟空……哼，能回来的话，他早回来了，想必是在哪儿遇上一只母猴，过幸福生活去了，俺老猪也要去找俺的幸福生活啊……”

“你天天脑袋里就没有别的，不是美女就是母猪！”

“那你那小马脑袋里天天又想什么？让爱人骑在身上也是情愿的吧？”

“猪八戒你……你……你明知我是因为不肯嫁上天庭才被罚做白马，又不是我想！”

“那怎么这么巧那天和尚正说要有匹马就好，你就屁颠屁颠跑来……不好意思，不该在女孩子面前说粗口，你变成马的样子，我老是忘了你性别。”

“关你屁事！别和老娘来这套，天天和你们仨流氓在一起什么脏话都学会了！”

“别这样，别这样，你爸看见你这样子的话他老人家要伤心的。”

小白龙“哇”的一声又大哭了起来。

猪八戒叹一口气，上去拍拍小白龙的背：“哭出来就好了，他们都走了，都走了，现在只剩下我们俩孤魂野鬼了，要保重啊。”

“呜……猪八戒你别这样，你突然温柔我会害怕……”

“唉，想当年，俺老猪也曾温柔过……”

“哈哈哈……”小白龙突然带着眼泪大笑起来，“猪，猪也温柔过……哈哈。”

猪八戒自己也笑了：“这个笑话好不好笑，这是老猪的看家笑话，没有一个女孩子能忍住不笑的……”

他抬头望了望天，天上，一片黑影，没有月亮。

【36.】

天界

“擒住妖猴啦！”欢呼声在天宫回荡开来，众神像在庆祝一个狂欢的节日。

紫霞立在一片云端，望着被围得铁桶似的宫殿，脸庞平静，一点儿看不出她的悲喜。

“你拿这些来给我做什么！我已经是齐天大圣了……再用不着它们了……”紫霞又想起了当年孙悟空对她的吼叫，“这披巾居然是紫色的……不要告诉我是你用西天的晚霞做的！”

齐天大圣？为什么，五百年前败了，五百年后还是要败呢？他什么时候又逃出天的手掌过？

紫霞离开众神聚集的地方，独自向天界一角走去。

她又来到了那块云边。

“小姑娘你找不着路回家啦？要哭鼻子也别蹲俺门口，别人还以为俺养了条紫色的狗看门呢！！”

死猴子，死猴子！为什么他和诸神不一样？为什么他又要做神仙？

紫霞深吸了一口气，然后缓缓地吐出来，她想，我转身的时候，从此就会忘记那只猴子了。

她望着云海良久，终于下定决心一转头……

“小姑娘，又在这儿哭鼻子啊？”一个熟悉的声音说道，一双眼睛正笑着看她。

孙悟空。

孙悟空就那样站着，好像五百年来他从没有走开。他手里还拿着一个蟠桃在啃，他的笑从五百年前直到今天，没有染上一点儿风霜。

“孙悟空？”紫霞盯了他好一会儿，问。

“知道吗？你的眼睛很好看，让俺想起了……好吃的葡萄。”

“你不是孙悟空。孙悟空不这样说话。”紫霞说。

“哈，其实我五百年前在这儿见你时就想说这话，可一张嘴就变成了别的，俺可不再那样没出息了。”

“你记得我是谁了？”

“你不就是阿月嘛！代我问天蓬好啊……哟哟哟，瞪眼了，哈，你生气的时候，眼睛就像一个毛桃！”

“胡说，我哪有那么丑！”

孙悟空忽然严肃了，他注视着紫霞。

“阿紫，你认出我了？”他平淡地说。

紫霞忽然想立刻投进他怀里哭一场。

但她却冷冷地说：“你不是去西天了吗？”

“西天？哈，西天在哪儿？老孙一高兴，把天翻个个儿，这就变西天！”

“你不是大闹灵霄殿被擒了吗？”

“哈哈哈，老孙自五百年前于炼丹炉里重生就没被抓住过。”

“那他们抓的是谁？”

孙悟空望着灵霄殿方向叹了一口气：“一个喜欢把金箍儿戴头上的傻帽。”

紫霞忽觉得心乱如麻，五百年来的记忆此刻一片混乱，哪些是真，哪些是假？孙悟空真的死过？他和自己说过的话是真的，还是自己的想象？那只骸骨的手上，真的握过那条紫纱巾？

孙悟空却环顾着天界：“靠！五百年没来，这儿还是这么阴沉沉地闷得慌，待俺开个天窗透透风！”

他一伸手，金箍棒从手中变成一束金光直插天穹。

“轰！”天庭震动。

天顶破了一个大口，火从那里流淌了下来，燃着了天际。

紫霞惊呆了，自女娲补天以来，天还从没裂过。

“新鲜空气，多新鲜的空气啊，像花果山边的海风。哈哈哈，紫霞你闻啊！”孙悟空狂笑道。

“孙悟空你疯了，这样三界都会有大灾殃！”

“哈哈哈哈！这样一个破天烂地，烧了吧！”孙悟空吼道，“火！好大的火啊！”突然又抱头呜咽起来，“火……不要烧，不要烧我的花果山……”

他好像疯了一般。

待他重抬起头来时，紫霞看见孙悟空的眼中被火光映红，神情分外狰狞。

那一边，天宫诸神仙早呼天喊地，乱成一片。

“怎么了？”太白金星喊。

“定是太上老君生完炉子不看着，这不，烧着了，五百年前那猴子复活时，就是这么大火！”巨灵神喊。

“不是我啊！”太上喊，“这火……这火……啊！啊！看哪，天上！天……”

众神一看天空，顿时一片尖叫。王母当场就吓晕了过去。

孙悟空笑嘻嘻看着，他回头对紫霞说：“好玩，是不？”

火光冲天，紫霞却觉得身上一阵寒冷。

孙悟空看着她：“你知道天外边是什么？”

紫霞抱紧身子摇摇头。

孙悟空说：“我也不知道，真奇怪以前为什么没人想打开来看看。”

火越烧越大，天宫却越来越冷。

【37.】

人界万灵之森

“出什么事了？”小白龙望着天上说。

猪八戒举目望去，天空东面一片赤红，红得像鲜血一样流淌过天际，越来越大的天穹被染红。

“好冷啊！”小白龙说。

一片火光的天上，居然有雪飘了下来。

“这样的场面，我只见过一次，”猪八戒说，“五百年前。”

“嗷——”万灵之森里传来了无数妖精的嘶号。

天界天囚塔

巨大的锁链动了一下。

“火……黑暗……黑暗中的火……花果山……火……黑色的……什么也看不见看不见……是谁……谁在喊我？孙悟空？……谁？……谁是孙悟空？”

“我是谁？”一只猴子问。

“你就是问问题的人。”那老者笑着答。

“……痛……头痛……”

“戴上它，你就自由了！”

“戴上它！你就自由了！！”

“你是谁？”年轻和尚笑着问。

“我是孙悟空！孙悟空啊！”

“孙悟空？好名字。悟空……”年轻和尚笑着，他的笑像是太阳，温暖的，愉悦的。

“孙悟空……孙悟空……孙悟空……孙悟空！”

“他就是孙悟空？”很多声音问。

“是，五百年前大闹天宫的孙悟空！”

“哈哈哈，这就是孙悟空？”

“他现在可是乖得紧啊。”

“瞧他那傻样，还瞧，瞧什么瞧啊！”

“哈哈哈哈……”

“哈哈哈哈……”

“孙悟空！”有人叫。

“不能应……会被葫芦吸进去的。”

“啊？行者孙也照吸？”

“哼哼，只要人心中抛不下自己，就会被我的法术所制的……”金角笑着说。

可我怎能忘了自己是谁呢？

“孙悟空！”

“是谁叫俺！”孙悟空应道。

他完全醒过来了。

眼前是黑暗的巨大空间，只亮着几点火焰。他看见蜿蜒在整个空间的巨大锁链，纵横交错，不见头尾。

身上一阵剧痛，有什么穿过了他的琵琶骨，不能运气，不能呼吸。

渐渐眼前清晰了点，有一个长鼻子天将站在他面前。

“你真的是孙悟空？”他问。

孙悟空想了想：“应该没错。”

“什么叫应该没错！”那人火了，“你是孙悟空，那外面那个是什么？”

这时一个声音响起来：“木岸，你先退下。”

观音从黑暗处走了出来。

“孙悟空，好久不见，身体好吗？”

“观音？来得正好，把我头上的箍儿去了吧！”

“你旧罪未销，又犯天条，还想去掉金箍儿？”

“你说什么都好，你可以把俺头砍下来，但也要记得把俺头上的箍儿去了。”

“当年你也死了，还不是又在炼丹炉里复活？若不是如来……孙悟空，上天有造化之德，你心中尚有佛性，所以上天给你一个机会，让你去保唐僧成正果。怎么你又反杀了唐僧，还再反天庭？”

“说了杀秃头的不是我，你不信俺也没法，还有事吗？没事老孙要睡觉了！麻烦你走的时候把门带上。”

“孙悟空，上天看你心中还是有一点儿佛性，所以再给你一个机会……”

“烦不烦，要俺老孙？有本事把俺杀了，大家清静！”

“孙悟空？”观音瞄着他，“你真的不想再成正果？”

……

“你真的不想知道杀唐僧陷害你的是谁？”

……

“你真的不想拿下金箍？”

那些巨大的锁链忽地都开始微微颤动起来。

孙悟空又看到了那紫金冠和黄金甲。

“这身行头很配俺啊。”他说。

“那是齐天大圣当年的装束。”一旁捧着战靴玉带的仙女说。

“齐天大圣是谁啊？”

“就是你……”

“就是你要去杀的人。一个胆敢闹天宫的家伙，他必须死！”太上老君在一旁接口道。

孙悟空套上了从乌云中捕捉到的闪电织成的战靴。

孙悟空系上了从初升太阳中取来的赤红染成的披风。

“还有呢？”他伸手。

“没有了。”仙女道。

“没有了？”

奇怪，怎么总觉得这穿戴少了点什么。孙悟空想。

他把金箍棒在手里掂了掂，走出了大殿。

【38.】

孙悟空一抬眼，便看见了远处那张和他一模一样的脸，正放肆无忌地狂笑着，暴风在他背后的天际狂卷，将血红色的火焰卷向四面八方。

那一个孙悟空的面前，各路天神正挥舞着刀枪，却只吆喝着不敢上前，这场面似乎在哪儿见过。

孙悟空的脸上不由得浮现一丝冷笑。

天神们的喧叫忽然静了下来。他们向前看，又向后看。

在诸神的两侧，站着两个石猴，同样的姿势，同样的神情，好像天空被一分为二，一半中映出另一半的倒影。

巨灵神认真地在神将群中找了找自己，他并没有变成两个，才相信并不是有人在空中竖起了一面巨镜。

“你是谁？”孙悟空喝道。

这声音在从天外涌入的狂风中被卷得在空中旋了几旋，撕散了又在高空聚合，又从这一侧翻滚到另一侧。于是各处都有了声音：“你是谁？”

孙悟空忽然觉得自己正在和一个影子说话，也许他不该问，而是该打破那面镜子，如果有的话。

“你为什么要变成俺老孙的模样？”孙悟空又喝问。

对面没有回答，朔风夹起大片白色羽毛漫卷过来，那竟是雪。一时对面的身影已朦胧，但孙悟空却分明感觉到那张和自己一模一样的面孔上，有冷冷的嘲笑。

“啊——”他大喊一声，直向对面那个暴风雪中的影子扑去。

诸神忙想凑上去观战，可是大风雪一裹，便将两个影子吞没了。

天空中传来金器相击之声，震人心魄，激荡于天地之间。

紫霞望着火焰与雪花交织的天空，她想：若是一会儿那个胜利者跳回她的身边，她该不该相信他？

那个在天神的痛苦惊惶中狂笑的孙悟空。

那个在西行路上心事重重的孙悟空。

那个在噩梦中惊醒，掩饰不住心中恐惧的孙悟空。

那个锁妖柱上眼神暗淡下去的孙悟空。

她忽然发现原来她从来不知道孙悟空该是什么样子。

她只有心中的那个孙悟空，那个披黄金战甲，视天神如无物的凛凛英雄。可是那个把天捅破的恶魔，那个抱头喊“不要烧我的花果山”的痛苦的猴子，为什么也是孙悟空？

她心念一闪，她究竟希望谁活着回到她面前？但她立刻不再让自己去想这个问题。

【39.】

风雪中

孙悟空发现自己遇上了从未见过的对手。

如果自己的每一举动都在对方的预料之中，那这仗就没法打了。

孙悟空觉得自己在同一个幻影作战，每次认为自己要击中他了，却又被对手奇迹般地避开。

他施展出了所有的解数，一瞬之间变幻几十个位置，使出上百招，他几乎是在用最快的速度同时从四面八方向对手击出，每次对手的身影都被他笼罩在幻化出的千万棒之下，可是，每次金箍棒击下，却又只击中了空气。

他的力量向四方激射，就算对手有与他相同的速度，除了跳出圈外，也是不可能不招架却又不被击中的。因为攻击就像太阳的万道光线没有死角。

似乎只有一种可能——对手并不存在。

但有时他下意识地一挥，竟就与对手的金箍棒相撞！

对方显然在回击，只不过他的棒法密不透风，对手每一次都无法攻入。

而他居然也无法看清对方的招式来路，这似乎又是一种不可能，对手的速度难道已经到了让他无法看清的地步？

不，孙悟空忽然想到，之所以他看不清对方的招式，正是对方在和他一样，同时向四面八方攻击而不是只对他的缘故。

原来对方也和他一样，无法击中目标。

而自己看不清对手招式，无法刻意躲避，正如阳光只能遮挡无法避开一样。而这样对手居然也击不中自己，好像同样是无法理解的事。

“当！”双棒再一次相撞在了一起，孙悟空觉得自己像是用力击在了钢铁上，金箍棒嗡鸣起来，震荡从手心直传到心脏。

而钢铁也是应该被砸烂的，世上还有金箍棒所不能毁坏的东西吗？也许只有金箍棒本身而已。

孙悟空心中一惊，难道……

他每次可以击中对手时，也是对手可以击中自己之时！所以才双棒相击，力量互消。

他究竟在和什么作战？

这样下去，战斗也许是永不能分出胜负的。

“你杀了他，紧箍咒自然就解除了……”观音的话犹响在耳边。

我不能输，我一定要胜！孙悟空想。他大吼一声，棒舞得更快更急……再快再急！“我就不信打不中你！”

而诸神只听见，风雪中的兵器相击声越来越密了，最后叮叮当当地连成一片，成为一种刺耳的嚣鸣。

人界万灵之森

小白龙跪在地上，看着大雪把唐僧的墓覆盖成一个白丘，与白茫茫的大地融成一体。

“天空快要烧塌了，世界就要毁灭了吧。如果天地不存在了，我们都会到哪儿去呢？江流，会不会有一个地方，你在那儿等我？”

“江流，这名字不错，你的前任男友？听名字就比秃子强。”猪八戒说。

“江流就是师父，就是玄奘，就是你们说的秃子！”

“是嘛！唉，一个人为什么要有那么多名字呢？像俺老猪多好，你们找不到俺，就只要大喊一声‘猪’——谁要俺是唯一一头知道猪是什么的猪呢？”

“猪就是猪，可人不一样，我从前见到的江流就和现在的唐僧不一样，从前像自在的流水，而现在，却像深不可测的湖泊……”

“是像流不动的沼泽地吧！整天就没个好脸色，好像谁都欠他八百两银子，最可气，给俺起个名字叫猪八！”

“是猪八戒！”

“可他每次都不喊后面的‘戒’！害得猴子、沙包都跟着喊。还是你好，干脆就直接喊‘猪’。”

“他以前不是这样的，以前他看什么都是笑着的，像看着朋友一样，也许西天的路太苦了，你们又处处和他过不去！”

“我们只是负责完成任务的人，就好像公差把囚犯押到目的地，我们就交差走人啦！还用得着和囚犯交流什么感情！”

“可是你们自己也是囚犯啊，我们除了师父，哪一个不是受了天谴的人？”

“所以更看不得他！”

“虽然上天没有要他赎罪，可我看他心里却好像比我们每个人心里都沉。”小白龙长叹一声，“唉，说是到了西天就功德圆满，可是没人告诉我们西天在哪儿啊？”

“俺老妈把俺生下来时，也没告诉俺猪一生的意义是什么。俺正在苦想，一看其他兄弟都先抢着把奶头占光了，才知道什么叫真他妈蠢！”

“猪八戒你……”

猪八戒抬头望天：“你看，雪在烧，龙要下海，猪要上天了。”

【40.】

天宫忽然静了下来。

在那一段令人惊心动魄的打斗后，突然一瞬间悄然无声了。

被两根金箍棒搅起来的狂风也消歇了下去，白茫茫的雪雾开始散开。

诸神都抬头望着风雪散开的地方。

那儿什么也没有。

“猴子们去哪儿了？”太白金星问。

“猴子们？请不要用这么恐怖的词吧，一只我已经在打抖了……”武曲星君说。

“他们同归于尽了吧。”托塔天王道。

“你想得美啊！”有人在他身边答。

李靖一回头，“啊”的一声吓得手里的塔也飞了出去。

那不正是孙悟空！

一边听得有人叫苦，却是太白金星，那塔正扣他头上。

“你……你是哪个孙悟空？”李靖跳出几十丈远，大声问道。

“孙悟空还有几个？”猴子笑道，一伸手，棒子伸出老长，将李靖顶个跟头，“傻鸟，以为你站得远俺就打不着你了？”

“这个好像是真的……”巨灵神凑到太上老君耳边说，“他就是会这么干的……以我的经验，他下一步……啊……别过来！”

巨灵神还没来得及捂头，被孙悟空抡棒像打球一样扫到天上：“老孙最讨厌有人在下面偷偷摸摸讲话！”

巨灵神重重摔下来，他捂住屁股：“啊，果然不出我料，他第二个准打我，哎哟……而且又打这儿！老君，这个一定是真的！”

武曲星君定睛一看：“啊！这是假孙悟空！”

孙悟空立刻出现在他面前，一把揪住他的衣领：“老头，熟归熟，你乱讲话我一样可以去告你诽谤！”

“虽然……咳……你说话行事都像，可是……咳……你没戴金箍儿啊！”

“哦哦……”孙悟空一把丢下他，抹了抹头上的毫毛，“俺老孙的发型是不是有些乱，可是凭这说俺老孙不是真的你可就太——蠢——啦！”

他飞起一脚，将武曲星君踢到云外头去了。

他转过头来对诸神："大家看见了，我不是个喜欢乱发脾气的猴子，可是这里的蠢货实在太——多了。"

诸神愣是没人敢吭声。

突然人群中传来呜呜声。

"谁？谁在叫唤？"孙悟空扛着棒子喝问。

众神立刻左右闪开，把一个年轻人晾在中间。

"你有什么意见？"孙悟空道。

那年轻人浑身颤抖道："太……太可气了……太欺负人了……我……我……"

孙悟空走到他面前，用棒子轻敲他的脑袋："你想怎么样？"

"我……我……"那人嘴气得发白脸涨得通红，"我虽然不是你的对手，可是就凭你这样我也要和你拼命！"

"哈！你新来的啊？"

"咦？你怎么知道，我的确是前天刚调上天界的替补星宿，我叫奎木狼。"

"怪不得，有谁告诉他天上的规矩！"

太白金星凑上来："天界三大定律是：一、玉皇大帝最大；二、当玉皇大帝和王母在一起时，王母叫你拔玉帝的胡子，你照拔；三、如果玉帝、王母、孙悟空在一起，前面两个是孙子，姓孙的才是大爷！"

"哈哈哈哈哈！"孙悟空狂笑起来，他又敲着奎木狼的头，"你知不知道什么叫齐——天——大——圣！"

"对不起，齐天大圣，把你的棒子拿开。"

"你说什么？"孙悟空问。

所有的神仙都又多躲出去几百丈。

"我叫你把你的棒子从我头上拿走！"

"你敢再说一遍？"

"把——你——的——棒——子——拿——走！"

"哦？！"孙悟空唰地把棒子扔到背后去了。

"哎呀！"这次不知又砸着了谁。

孙悟空回头："哪位请帮我捡一下，师父说的话我老忘！"

“你也有师父？”奎木狼问，“你也有听他话的人？”

“哈！我师父可不是别人，正是……咳，俺要是说了他的名字，他要怪俺。”

“你也会有怕的东西吗？”

“不是怕！是答应了别人就要算数，我看你也算是心神未灭，还懂得宁死不要赖活着，当什么神仙啊，和俺老孙一起当妖精去，吃吃人肉骂骂娘，好不痛快，不比在这儿窝着强？”

“我正是因为不想受气，才死活修炼成仙的，毕竟当妖精能当出你这水平的，还是少数。不过说不定哪天不爽，我真的去下界当妖精去！”

“哈哈哈！”孙悟空大笑，“好！是条汉子，不像他。”

“他？他是谁？”

孙悟空脸色突然沉了下来：“一个早该死了的家伙，丢尽了我们妖精的脸！”

【41.】

“见鬼，这是哪儿？”孙悟空问。

刚才还和假悟空打得不可开交，正要使出全力一击，不料一头从雪雾里撞了出来，眼前的一切就全变了。

天宫呢？诸神呢？紫衣服的仙女呢？假悟空呢？

眼前，却是一座秀丽高山。

有诗为证：

千峰开戟，万仞开屏。日映岚光轻锁翠，雨收黛色冷含青。枯藤缠老树，古渡界幽程。奇花瑞草，修竹乔松。修竹乔松，万载常青欺福地；奇花瑞草，四时不谢赛蓬瀛。幽鸟啼声近，源泉响溜清。重重谷壑芝兰绕，处处巉崖苔藓生。起伏峦头龙脉好，必有高人隐姓名。

风从山中吹来，带着清新凉意，送来隐隐歌声：

观棋柯烂，伐木丁丁，云边谷口徐行，卖薪沽酒，狂笑自陶情。

苍迳秋高，对月枕松根，一觉天明。认旧林，登崖过岭，持斧断枯藤。

收来成一担，行歌市上，易米三升。更无些子争竞，时价平平，

不会机谋巧算，没荣辱，恬淡延生。相逢处，非仙即道，静坐讲黄庭。

也怪，孙悟空虽不知歌词什么意思，却觉得那风也从他身体内吹过去，刮走了多年艰辛的闷气，刚才还想与人拼个你死我活，现在想想倒忘了为了什么。

“孙悟空，谁是孙悟空，孙悟空是谁，倒有什么要紧，我便是我罢了。”

他一看这青山，仿佛又是当年那山野跳跃的小猴儿了。

兴起之下，他发足狂奔，口中呼啸，手舞足蹈地向那山中奔去。

却把金箍棒忘在了地上。

他在山林中游荡，那歌者却一直没有看见，歌声在苍翠林中萦绕，在每片树叶间回荡，倒像是那大山唱出来的一样。草地发出潮湿的清香味，孙悟空发现这味道很亲切，仿佛使他想起了什么，但是那感觉又如这气息，你觉得它存在，它却又不在任何地方。

孙悟空在林中走着，脚下是柔软的落叶与蔓草，他想了想，甩掉了他的靴子，赤足踩在湿漉漉的土地上，凉丝丝的感觉从足心传上来，脚下的土地仿佛有了生命似的，那些小草在轻挠他的脚心。

微笑出现在孙悟空的脸上，他忽然翻了一个跟头，双手触在地上，摸到了那泥土的温度，细嫩的草像小猴的柔顺毛发。

孙悟空又是一个筋斗，这回他把自己背朝下摔在地上，可大地是那样小心地托住了他。

天庭的地面全是冰冷而坚硬的砖，而西天路上全是泥泞。

他为什么会一直在那些地方？

孙悟空躺在地上，那青草气息直冲进他的七窍。他开始觉得全身痒痒。

他一纵而去，扯去了身上的衣裳，赤身裸体在丛林里纵情叫跳起来。

直到他累了躺在地下，觉得身体正在和草地融为一体。

“为什么俺会这样？”他自言自语道。

“因为你本来就是只猴子啊！”

忽然一双大眼睛从头上方伸了过来，对他眨巴两下。

孙悟空一个倒翻跳了起来，瞪住那个东西。

那大眼睛吓得跳了开去，却是一只松鼠。

孙悟空在身上摸金箍棒，却发现不见了，心中大惊，不由得恼恨起来。

“你在找什么？”松鼠眨巴着大眼睛问。

“滚开！俺掉了一样很重要的东西。”

“你各部分都在啊，我看没少什么。”松鼠举小爪挠挠头说。

“你懂什么，老孙从来就没离过它！”

“你一生下来就带着它吗？”

“……这……我不记得了，也许吧。”

“它有什么用？”

“没什么用，就是可以用来杀人！”

“也杀松鼠吗？”

“如果我想的话。”

“你为什么要杀我呢？”

“比如，因为你话太多！”

“可是你杀了我，就没人和你说话了，你会闷的。”

“哈！你倒挺替俺着想，俺在一片黑暗的五岳山被关了五百年，没有一个人来和俺说话，俺早就不稀罕了！”

“五百年没人和你说话！太可怜了，如果我知道，我一定会去陪你的，如果……我能活五百年的话……”

“陪我？哈！为什么？”

“什么为什么？陪一个人说话需要理由吗？”

“不需要吗？”

“需要吗？”

“不需要吗？”

“哎，我只是和你探讨一下，别生气嘛，我才一岁，特别想和人讨论事情，这个世界上太多东西可以让我们高兴地讨论，是吗？”

“是，是你个大头鬼啊！俺居然在和一只一岁大的松鼠讨论这种问题？让别人知道要笑掉大牙，俺可是要成就正果，让天地颤抖的猴子啊！”

“为什么要让天地颤抖？”

“我喜欢！你管得着吗？”

“可我喜欢在树上跳跳，地上跳跳，如果抬起头来正好看到了蓝天，我就更高兴了，你难道不是吗？”

“树上跳跳……”孙悟空蹿上树梢，“地上跳跳……”他又跳到地上蹦两下，“然后抬头看看天……我怎么总觉得这样像只傻鸟！”

“是啊是啊，我有个好朋友就叫傻鸟，他总是乐呵呵的，本来他今年要到南方去过冬，可我希望他能留下来陪我玩，于是他就决定不走啦！”

“他会被冻死的！哼哼。”

“不，不会，我会把我的洞让给他住。”

“那你就会被冻死，反正一样！”

“为什么？为什么要被冻死？我不想死可以吗？”

“不可以！想不死就不死？凭什么？那我这么多年又是为了什么！”

松鼠垂下她的大眼皮，有些黯然，随即眼中又有了闪亮的光，道：“听说万物都是有魂的，他们一种样子过得累了，就死去，变成另一种样子是吗？如果是那样的话我要变……”

“那不是由你决定的！你可能会变成一只鸟，也可能变成一块石头……”

“也许我会变成天边的彩霞呢？”

“也许你还会变成一个破瓦锅！”

“我不能想变什么就变什么吗？”

“做梦的时候吧。”

“可有人能啊！”

“谁？”

“须菩提。”

“须菩提，听起来像树上结的果子。”

“咦，他有时真的是的，他可能变成任何一样东西和你说话，或者说他就是任何一样东西。”

“还有这种东西？我倒想见见，是妖精就一棍打死，又可以加功德分。”

“功德？什么东西？”

“你哪会懂，要成仙成佛全得靠这个。”

“我也想成仙成佛啊，要怎样才会有功德分呢？”

“这个多了，放生有分，杀妖精也有分……”

“妖精不是生吗？”

“……可妖精不是由神造的，他们是自然化生的。”

“那神又是由谁造的呢？”

“神？也许有天地就有他们了吧。”

“那天地又是谁造的呢？”

“你很烦耶！天地是盘古开的……那盘古又是谁造的呢？盘古是从一个蛋里蹦出来的，那那个蛋又是谁下的呢？……你问我我问谁去！当初俺老孙从石头里蹦出来，俺又怎么知道那石头是该死的谁放的！”

“那，我不问那个蛋是谁的了。我想问，盘古不是神造的，那他是妖精啰？原来神都是妖精造的吗？”

“啊？这……哈哈哈哈哈……神是妖精造的……俺怎么没想到？哈哈哈哈！”

松鼠挠挠头：“你笑我吗？唉，虽然我知道，松鼠一思考，猴子就发笑，可我还是忍不住不去想它。”

“什么松鼠、猴子，谁告诉你这些乱七八糟的？”

“须菩提啊。”

“我越来越想见他了，他在哪儿？”

“这我也说不清，他说不同的人，去见菩提的路也是不一样的。”

“去！我猜他是有了仇家，东躲西藏，家里挖了好几条地道。那你又怎么见他？”

“有时他会变成树上的果子和我说话，有时我想找他，就从我家树洞一直向下钻……”

“那家伙果然是只兔子，俺没猜错。快带俺去。”

“可是我走的路，不一定是你走的啊？”

“哪儿来那么多废话？快带路！”

“就是这儿了。”松鼠指着那黑黝黝的树洞口，这叫斜月三星洞，这里进去，就是灵台方寸山。

“靠，一个树洞，还叫个什么‘斜月三星’！”孙悟空将身一摇，化作一道光，直射了进去，消失在黑暗中。

松鼠又挠挠头：“这猴子总是个急性子。”她凑到洞口大喊，“记得等会儿回到这儿来和我说话啊，我就在这儿等你——”

【42.】

一到了那洞中，孙悟空发现自己突然消失了。

是的，他感觉不到自己的身体了，也再用不出任何的法力。黑暗没有边界，他自己也没有了边界，他的触觉一直伸展，无边伸展，可触到的只是虚无。

忽然一个声音传来，像是那只松鼠的：“猴子，你一定要回来啊——”

“我不是猴子，我是齐天大圣孙悟空！”他喊，可是声音却只在自己的思想里回荡。

而那松鼠的声音却也分明地从他的头脑中传来：“猴子，你说你是谁？”

“我是……”

他一直向黑暗深处坠了下去，直到感觉完全消失。

仿佛一阵叮咚的仙乐，又像是叶子上的露水落在山中深潭，叶子变幻着色彩，在空中轻盈地飞翔，穿越了天和水的界限，变成一条鱼，又幻出人形，身影如雾朦胧，长发像风飘然，一转眼又消失了，只剩下悠悠的歌声，咏叹着世间苍茫。虚空中隐隐传来千万和声，又变成精灵的狂笑。

没有边没有界，是我；
花园也是荒野，是我。
光阴，在花绽开中消亡；
歌舞，却永不停下。
他看见了那方寸中的世界。

但见：

烟霞散彩，日月摇光。千株老柏，万节修篁。千株老柏，带雨半空青冉冉；万节修篁，含烟一壑色苍苍。门外奇花布锦，桥边瑶草喷香。石崖突兀青苔润，悬壁高张翠藓长。时闻仙鹤唳，每见凤凰翔。仙鹤唳时，声振九皋霄汉远；凤凰翔起，翎毛五色彩云光。玄猿白鹿随隐见，金狮玉象任行藏。

“这是哪里？”孙悟空问。

“这是哪儿？”忽然也有一个声音问。

孙悟空一转头，啊！那不正是假悟空？

只见他却无了金冠金甲，只在腰前系了一条草编的腰裙，赤着足，脸上神态也大有变化，那种狂傲凶顽不见，倒是满脸的稚气。

好，正撞到俺老孙棒上来，咦，棒呢？糟了，没有金箍棒，如何斗得过他？

孙悟空忙隐到一边。

却见那假悟空好像完全没看见孙悟空一样，自顾自说：“那打柴的说是这儿，怎不见一座寺院？”

“你找寺院作甚？”地上一声音道。

那猴子一低头，却见是一个会说话的酒壶。

“我要拜师，找菩提祖师。”

“菩提？祖师？没有，只有酒壶一提，要不要？”

“要你何用？”

“哈哈哈哈！”酒壶大笑，唱曲一首：

天地何用？不能席被，风月何用？不能饮食。

纤尘何用？万物其中，变化何用？道法自成。

面壁何用？不见滔滔，棒喝何用？一头大包。

酒壶越唱越快，越唱越高兴，从地上一弹而起，在空中变成一只大肚子胖熊，嗵嗵拍打着自己的肚子作乐，唱：

生我何用？不能欢笑。灭我何用？不减狂骄。

一时间，天地间竟应他的拍打鼓声大作，一时间，天上的飞鸟，地上的树草，连石块都在蹦跳着应和：

从何而来？同生世上，齐乐而歌，行遍大道。万里千里，总找不到，不如与我，相逢一笑。芒鞋斗笠千年走，万古长空一朝游，踏歌而行者，物我两忘间。嗨！嗨！嗨！自在逍遥……

“神仙老子管不着！”那猴子也手舞足蹈叫道。

“猴子，你听见了什么？也如此高兴？”胖熊又一闪，变成天上一张大嘴，问。

“也不知听见了什么，只知心中大悦，喜欢得紧。”

“哈哈哈哈！”那嘴又一变，却化为一黄衣老者，白发童颜。“来找我者甚多，没被吓跑，还能笑逐颜开的，只你一个，我便收你了！”

猴子大喜，纳头拜道：“师父在上，受俺一拜！”

“你叫什么名字？”那老者问。

孙悟空躲在一边心想，只要那厮敢说他是孙悟空，便跳出去掐死他。

那猴子却说：“我无性，人若骂我，我也不恼；若打我，我也不嗔，只是赔上个礼儿就罢了，一生无性。”

菩提笑道：“还有这等乖的猴儿，我说的不是这个性，是……你父母却又姓什么？”

猴子道：“我也无父母。那天生时，身前一片大海，身后群山，只我一人孤立，叫也无人应。入得山中，别人倒都有父母兄弟，独我一人，从此天地便是家，万物皆当兄弟了。”

“哦？”菩提道，“难道你还会是石头里蹦出来的不成？”

猴子抬眼道：“咦？你怎知的？”

“咳！这个……”菩提心中暗喜，如此先天生成的资质，哪里去找，“不知你找我，要学什么？”

“我只想学道，却又不知，道是什么？”

“学道？好像不是一个系的，哈哈不过无妨，我倒有一些道儿不知你学不学？”

……

孙悟空躲在一边看，只觉得此景何处见过，却又想分明不可能。

“咦，参禅打坐，诵经念佛，你这也不学，那也不学，到底想学什么？”菩提做怒色对猴子道。

猴子说：“看来，我想学的，你却教不了我。”

“什么？那你倒说说，你到底想学什么？！”

猴子抬头道：“我有一个梦，我想我飞起时，那天也让开路；我入海时，水也分成两边；众仙诸神，见我也称兄弟；无忧无虑，天下再无可拘我之物，再无可管我之人，再无我到不了之处，再无我做不成之事，再无……”

“打住！”菩提说，“你快走，快走，我却教不了你！我若教得你时，也不用在这变酒壶自要子。”

菩提转身便走，猴子一把拉住他衣角，菩提却忽地变作一根棒槌，在猴头上击了三下。棒槌生出一对翅来，向山中飞去，猴子疾追了过去，却见棒槌飞入一座高墙寺院中去了。

寺院大门紧闭，猴子想，师父不出来，我便不去。于是跪在门外。

几只仙鹤扯了一块天大的黑幕飞来，夜晚一下便至了。草间的萤火虫儿全飞上天去，在天空中变幻着各种星座。

猴子跪在那儿。

一边的孙悟空却等得倦了，心想这却不是假悟空，也许天下猴子都长得有几分像吧，他直接从另一边飞进寺院去找菩提。

越过墙来，他却愣了。

墙的这边，是一片白茫茫的大地，什么也没有。

孙悟空开始在这大地上飞奔起来，他一口气跑出几万里，什么也没看见。

“我倒不信这地就没个边。”

孙悟空一个筋斗翻起来，再落地时，还是一片空荡荡的大地。

孙悟空急了，跳起来一口气便是十来个跟头，这回该翻出几百万里了吧。

还是一片空旷。

孙悟空不禁有些奇了。

“今天我还非走到这个头不可！”

他又是一路纵了下去，消失在远方地平线。

猴子在寺门口，已跪了六天了。

一片树叶从树上落下来，掉在他的头上，他动也不动。

一只瓢虫嘚嘚嘚走来，到他身边，抬头望望他，又嘚嘚嘚爬走了。

“我走了几万里路，历尽了千辛万苦，绝不能在门口停下。”

却听有人叹了一声：“门口？心未至时，虽到了门前，再走几万里也敲不到那门哩。”

猴子一转头：“你是？”

这时却见一个白衣人从山那边行来，走在路上，轻盈如脚不沾泥，他来到猴子身后，却是一个年轻人，微笑着，风吹起他的衣角，他立在那儿，静如与天地一体。

“你刚才从那边来，我怎听得你在我身边说话？”猴子问。

“我身未至，意达即可啊。”

“哦。”猴子说。

“哦！不要告诉我你听懂了！”那白衣人做鬼脸道。

“我虽不知你说的是什么，可是却猜你是说要跟别人说话，不用人在，直接用你的心去告诉他的心便行了。”

白衣人面露惊异的笑：“猴子，这可是别人教你说的？”

“不是啊，我以前试过的。”

“咳……咳，什么？你试过？”

“我在花果山时，因从石中生，无父无母，别人都欺我，于是我便时常在夜深时独自在洞里说话，不想却有人能听到。”

“哦，那人好耳力啊。”

“不是，他说他用心听见的。”

“他是谁？”

“他是一棵老树。”

“树也有心吗？”

“他本来没有心，后来有只松鼠在他身上出生，他把身子予她住，她便做他的心，帮他思想。”

“哦？”白衣人开心地笑了，“有趣，多与我讲讲吧。”

“花果山的故事，说七天七夜也说不完哩，改天专门写一本吧。奇怪，我在说什么哪？”

“先把猴子的故事写完吧。”

“什么？”

“啊？哈哈，不是和你说的。”白衣人抬头望望星空，“知道吗？我们生活的这个世界，现在正在被他们所注视着。有时他们会借我们说出他们想说的话，你若知道了这一点，你也就可借助他们为你创造的灵魂与他们说话，这世上万物都是可以随意被变幻的，你要想不被变幻掉，就要先知道自己是什么。”

“你说的什么变啊不变的？”

“呵，你知不知什么是唵嘛呢叭咪吽？”

“什么唵嘛呢叭咪吽？”

“唵嘛呢叭咪吽就是……七十二变！”

白衣人唱：

佛即心兮心即佛，心佛从来皆要物。若知无物又无心，便是真心法身佛。法身佛，没模样，一颗圆光涵万象。无体之体即真体，无相之相即实相。非色非空非不空，不来不向不回向。无异无同无有无，难舍难取难听望。内外灵光到处同，一佛国在一沙中。

一粒沙含大千界，一个身心万法同。万世轮回一瞬永。千变万化不离宗，知之须会无心诀，便是唵嘛呢叭咪吽。

哗啦啦啦……忽然下雨了。

白衣人将身一转，本来洒满天的水珠竟随他的身形聚向一个方向，化作一条银练绕着他身体转动着，最后在他掌心一颗接一颗垒起一根垂直银柱。

雨瞬间又停了，星星重新飞舞萦绕。

大地上，却忽然又有无数绿草长出，又变成千万朵花开放。

白衣人对猴子一笑：“你现在知道什么是千变万化，不离其宗？”

“我要学这变化！”猴子叫道。

白衣人一笑：“里面那个会，为何不让他教？”

“我惹他生气了，他躲进门里不肯见我，进门前，还在我头上敲了三下。”

“这个死菩提啊，喜欢玩些这个东西，带坏了后人。他不出来，你在这儿干吗？”

“我在这儿跪了七天了，可是他不肯出来见我。”

“哈哈哈，因为他在等天下雪……你是要求道，还等道来见你吗？”

孙悟空啪地落在地上，气喘吁吁。

“……见鬼，老孙走了七天，行了几万万里路，竟见不到一粒灰！”

“你走的路不对，累死也枉然。”忽有声音答。

“哈！终于有吭声的东西啰！你在哪儿？”

“这儿没有哪儿，我又能在哪儿？”

“少跟我玩这套！你不出来信不信我打烂你的庙！”

“哈！本来没有庙，还怕你打去！孙悟空，听说天下没有你战不胜的东西？”

“是！”孙悟空一挺腰，心里却想起了那个假悟空来，“你又如何知道我的名字？”

“哈哈哈……你的名字是谁给取的？”

“……这……俺老孙一生下就是这名字！”

“那你又是从何而生？”

“……我从何而生？”孙悟空想，“我从何而生？从何而生？”

一时间只觉得心中崩塌了下去，无数记忆思绪直落向无底深渊，就像他投入松鼠的树洞时的感觉。

“啊！我不知道不知道不知道！”他捂住头大叫起来，“头痛，痛啊！”

“唉，紧箍咒。观音你够狠……”那声音喃喃道，忽而又大声起来，“孙悟空，你要记住，你当年和我说了什么！你说……”

“我要天下再无我战不胜之物！”那是孙悟空的声音。

菩提心中一喜，化出身来：“你醒了吗？你醒了吗？”

却见孙悟空仍在地上挣扎，那声音却是来自菩提的身后。

菩提一转头，看见了那只猴子，赤着足，围着草叶，满面稚气的猴子。

那一刻，菩提眼中晶光转动，百感交集，多少心绪一齐涌上来。

但那只是一瞬，他随即又变得冷冷的：“你怎么进来的？”

猴子道：“我踢开了门进来的。”

菩提眼中露出一丝不易察觉的惊异之色，“不对啊？历史不是这样的。”他想。

“你怎会有胆踢门？难不成有人教你？”

“是啊？你怎么知道？”

“哈哈哈哈！”有人笑道，“这猴子真不会说谎。须菩提，别来无恙？”

须菩提一见，大叫：“金蝉子？”

那白衣人笑道：“须菩提，几千年不见，你还是喜欢装腔作势作弄人！”

“我可不曾作弄他，是真不敢教他！”菩提凑近金蝉子道，“你难道还会看不出来他未来要做的事？”

金蝉子却笑道：“你以为你料到了，其实它却已变了，若知万物运行之法，便知未来是永不可去算知的。”

菩提笑道：“师兄你每次都这么不给人面子，我好歹也是祖师级的人物啊，当着一只猴子这么戳我漏。”

“哈哈哈哈！”金蝉子笑道，“我若顾你面子，我定不是金蝉；你若真有面子，你也不是须菩提。”

两人会心大笑，两只猴子站在那儿，对着看，摸不着头脑。

“你不一直在灵山深居苦修，怎有闲跑来？”菩提问。

“是，师弟妹都在静心苦修，准备灵山第四次结集，将记颂修订《三藏经》。可我却觉在世间山水走走，沾沾尘土，染染生气更好，所以偷偷溜出来喽。”

说罢金蝉子从怀中掏出一东西来：“我在路上捡到这个，也不知是谁丢下的，砸坏了花花草草！”

孙悟空一看，那不是他的金箍棒吗?

他伸手便去抢，一把抓住，却夺不过来。

金蝉子单手轻轻握住金箍棒一头，笑说：“你想要吗？你想要就说嘛，你不说……”

菩提忙道：“师兄请打住！”

金蝉子哈哈大笑：“在灵山终年面壁苦思，几千年没和人说一句话，现在总想多讲些。”他转身对那系草裙的猴子说，“是不是你的？”

不能给他啊。孙悟空心中暗急。

那猴子却将嘴一撇：“这东西又不能吃，我要它作甚？”

孙悟空摔倒在地。

金蝉子道：“好！我就喜欢你这天生的猴子，不如我们做个朋友，有空一起玩耍？”

那猴子却翻眼对金蝉子道：“你会不会翻筋斗？”

金蝉子一愣：“啊，这倒不会。”

菩提道：“哈哈我会，我的筋斗翻得可远了。”

猴子道：“我还要你做我师父呢！”

菩提道：“师父是做不得的，我可以教你七十二变，却不准你叫我师父，免得我听了伤心。”

金蝉子道：“你闯了祸他也好推掉！”

“金蝉子！”菩提叫道。

那猴子望着他们笑了：“好，我就交你们这两个朋友了！”

孙悟空被晾在一旁，忽然有种酸酸的感觉，也不知是为什么。

“可惜，我不能在这儿久留。”金蝉子说，“结集论法大会就要举行了，我要赶回灵山。须菩提，你还是不回去吗？”

须菩提微微一笑：“你也知为什么的，我宁愿在这里，对着山野唱唱歌，和花草松鼠说说话，想想生死的道理，这佛法经论，我却已忘了，去了讲不出来，怕是师尊又要生气。”

金蝉子正色道："人只为自己解脱，却不能算得正果。这一路上，我看到众生心中懵懂一片，丢不下个爱恨痴缠，苦也由之，乐也从之，却总是一个欲字。我佛劝人清心忘欲，可生由空而生，又教之向空而去，不过是教来者向来处去。苍生之于世间，如落叶纷纷向大地，生生不息，何需导引，也许还有别的真义。我想到了很多东西，师尊的法却不能解我心中疑惑，我这次回灵山，不只是诵经，还想请师尊解解心中之惑。"

"师兄！……请教可以，却不可与师尊争论啊。"

"我不争论，怎解我心中疑惑？"

"可是……师尊是不会有错的。你想不通，定是你自己错了。"

"那就更要问个明白了。"

"可是……"

"可是什么？"

"可是你错了倒也罢了……"

金蝉子注视着须菩提好大一会儿，忽而大笑起来："如来是什么？"

"是如实道来。"

"鸿蒙初辟原无姓，打破顽冥须悟空。"金蝉子仰天笑道，"我为如来，又有何惧？"

他将手一挥："接住了！"将手中的金箍棒抛向孙悟空。

孙悟空跳起接住金箍棒，金蝉子却问："你知道它是做什么用的？"

孙悟空看看金箍棒。

金蝉子笑道："将来若是有人脑袋不开窍，你就用它敲醒他！"

说罢，转身大笑而去。

风正紧。尘沙大起，却没有一粒沙能沾到他的身上。他的身影一路远去，天上的风云紧随着他漫卷向天际。

"这人是谁？你叫他什么子？"系草裙的猴子道，"将来我若有他这种气派，也不枉此生。"

"唉，这是个了不起的人物，以你们俩的心气，倒适合做师徒。可惜他痴迷于大道，总说自己未通，哪还能教别人。"菩提说，"他的名字，你不知道也罢，也许这个名字很快就要被人忘记了。若是有缘，将来有一天，你们自会相见。”

猴子一直望着金蝉子去路，点点头。

“对了，”菩提说，“你曾说你没有姓名？”

“是，俺是石头里生的。还请师父，哦不，菩提赐个姓名。”

菩提长叹一口气，每个字咬得清清楚楚道：“你像个猢狲，不如便姓孙吧。师兄刚才诵道：‘鸿蒙初辟原无姓，打破顽冥须悟空’，你便叫作孙——悟——空吧。”

“好！好！自今就叫孙悟空也！”

那边孙悟空正看着金箍棒，想着金蝉子与他说的话，一听得“孙悟空”三字，忽然心中如什么裂开了一般，一道雪亮的光芒照来，像自天而降，又像自心而出，直将他射得通明。身体便融化在这一片明亮之中。

“哈哈哈，我有名字了，我有名字了！”那猴子欣喜若狂地在天地间蹦跳。

孙悟空来到须菩提面前，跪倒：“参见师父。”

须菩提看了看他道：“不是告诉过你不要叫我师父吗？”

“是……师父……”孙悟空突然有了悲声。

须菩提再也忍不住了，他跪下一把将孙悟空抱住：“你终于想起自己是谁了吗？”

“师父……弟子这些年，没有你指路，好苦……”孙悟空一时千思万绪涌上心头。

须菩提抚他头道：“我正是知你志向，自知指不了你要寻的路，才不肯让你说是我徒弟。”

“师父，这紧箍儿害得我好苦，帮我去了吧。”

菩提神色却渐渐变得黯然。

“我做不到……这紧箍是将人的心思束缚，将欲望的痛苦化为身体的痛苦，你若如诸神佛达到无我之境，自然就不会受紧箍之苦。”

“我要如何做，才能达无我之境？”

“忘记你自己，放下你的所爱及所恨。”

孙悟空站起来，沉默良久。

忽然他抬了头说："我可以忘了我自己。"

须菩提心情复杂地望着他。

"可是，"孙悟空说，"我忘不了东海水，忘不了花果山，忘不了西天路，忘不了路上的人。"

他忽然欢喜了起来，对菩提道："师父你看，我有这么多可记住的事。多么好。"他转身道，"现在我要回天界去，打死假悟空，我就能解开紧箍咒了。"

须菩提摇头含悲而笑："这是观音对你说的？可你能够胜吗？不，你胜不了的，结局早已安排好了。还是留在这逍遥之地吧，这儿不是有当年花果山一般的自在安乐？忘了你是谁，忘了西天路。你回去，就逃不出如来、观音为你设计的路。"

"师父，你的心意我明白，可我一生就是要斗！战！胜！"孙悟空望着天河，"我不会输，不论他们设好什么样的局——俺老孙去也！"

一道光芒注入寒天。

须菩提仰望那光芒划过星河，叹道："我终不能改变那个开始，何不忘了那个结局呢？"

【43.】

巨大的雪片在天外涌出的火光的映照下像凝血的冰晶，整个天界被这飞扬的红色充满，冰雪折射着火焰，像红宝石般在空中闪耀，这些红亮的星尘在宇宙间飞旋，以不可阻挡的气势和极美的姿态冲毁着它们面前的一切物体，诸神的宫殿在这狂潮中支离破碎，分崩瓦解。

在这毁灭的狂舞中，诸神惊慌地躲藏，他们分明听见那个天地间的狂笑声，纵是飓风也无法盖过，在灵霄殿的顶端，那个身影立着，背后是燃烧着的天穹，他巨大的阴影随着火焰的升高移向整个天庭。

西天

"金蝉，你回来了。"如来说道，"你准备好你的法论了吗？"

"我突然不想论什么了。"金蝉子说，"我永远无法用语言来表述一棵树的生长，一朵花的全貌。我只想问一个问题：生命的真义是什么？请不要用语言来告诉我。”

如来不再看金蝉子，他从座边拈起一朵花。

金蝉子定在那里，一句话也说不出来。

迦叶却在一旁微笑了。

如来叹道：“金蝉，我本以为悟的会是你，迦叶，你可得我正法了。”

迦叶上前跪倒。

众弟子皆唱法颂。西天霞光大盛，天空花雨纷纷散下。

金蝉仍立在那儿，如木雕一般，花瓣纷扬，落在他身上的，却全都枯谢了。

“金蝉，你还有何心路未通？”

金蝉双眼虚视道：“通便通了，悟却未悟，花落死木，不得生机。”

如来道：“既如此，你再去修行个五百年再回来。”

金蝉子却还是沉默，沉默。

“你走吧。”如来道。

观音上前：“师兄先下去吧。”

她去推金蝉子，却挪不得他分毫。

金蝉子忽抬头直视如来，双目如电：“我要与你赌胜！”

“什么？”如来笑道。

“是！与你赌胜！我用我千年修行，与你赌个胜负！”

“你可当真？”

“师兄不可！”观音拉金蝉子。

“师兄何必，不悟回去多思索也就是了。”普贤等众弟子均道。

“师弟你这是何必，要用千年道行与师父斗……”迦叶也从地上起来说道。

“我为真义！”金蝉子跳起脚来，“你明白了他的意思，你为你悟而笑，却忘了那天下千万笑不出之人！”

灵山顶上轰隆隆一声炸雷，众佛一颤，闪电照入每个人的内心深处，那一刹那大殿中一切忽然变得只有黑白两色，黑是死寂，白是灵动，它们在不断流转而互相消长，原来万事皆是由此而生。

“雷音寺，原来真的会有雷音的……”他们向天惊疑地望着。

“你这分明是误会于我。”迦叶说。

“迦叶，莫与他争。金蝉，说吧，你要以什么赌胜？”如来缓缓道。

“便赌众神是否真能控制世人的命运。”

“金蝉，你输定了。无人能跳出我的掌心。”

“我坚信有。”金蝉子道。

“金蝉，此番赌胜，你若胜了，众神被证明无法掌控苍生，自是无颜再见世人，神佛便从此不再现身世间。但你若败了呢？”如来道。

“我便散了这道行，重坠轮回，去做个平常人，在凡生中找我所找的东西。”

金蝉从怀中掏出一部手卷，转头对观音道：“我有《三藏经》一部，内有我千年苦思的大乘教义，此次不论我胜负，望你将此卷传于世间，这不是经案，不是度人的法门，却是我毕生所得收于其中，也许对未来求路之人有所助。”

观音接过，见那薄薄一卷，心中疑惑，打开一看，不由得叫出来：“师兄，这是……”

金蝉对她微笑：“是。”

“金蝉子，”如来道，“你好不容易修得如此功德，为何还要冒险重走西天路？”

金蝉子转眼大笑问：“西天在何处？”

“我处便是西天。”

“说得对，”金蝉子说，“我处便是西天。”

如来望着金蝉，目光如广博大海，那是慈祥深邃的目光，据说受此目光都能得无上法。

金蝉望着如来，那却是一道宇外极光，照见那大海深处，巨大的潜流急旋。

灵山的云越来越低沉，闷得让人透不过气，没有人敢大声喘气。

神色平静的只有金蝉与如来二人而已。没有风，他们的袍袖却全高高鼓动。

久积在灵山的云层忽然崩塌了，大雨狂泻下来，天地间一片哗然风雨声。

【44.】

“快去请如来佛祖——”玉帝从灵霄宝殿下面一层探出头来，声嘶力竭地大喊。

“玉帝老儿！”猴子跳过去，一把揪住了他的衣领，“你是不是就会这一句啊？”

他一甩手，玉帝“啊”的一声被抛在了空中。

可是一个人跳出去把玉帝接住了。

那是沙悟净。

“你是好样的。”玉帝道，“你在哪儿做事？我定要赏你。”

沙悟净连连磕头道：“玉皇大帝在上，臣只有一个心愿，望能重返天界！”

“哦？原来你是犯了天条的。”玉帝冷笑道，“你的罪赎了没有？”

沙悟净颤抖着从怀中掏出了那个满是裂纹的琉璃盏：“当年打碎琉璃盏，被罚下天庭，我日日夜夜搜寻撒落在世间各处的琉璃碎片，终于将其补好，只……只差一片了。”

“哦？这也能让你找回来，还能把粉碎的盏拼好，真有你的。”

“臣在下界找了五百年啊！”

“五百年？什么五百年？”

“陛下？你不记得当年的事了吗？”

“不管了！你能把最后一片找到再说吧。啊，孙悟空来了，快拦住……”

沙悟净挺杖一拦，被猴子一棒打得直飞出去，那琉璃盏也飞到空中……

“啊！不要！”沙悟净扑上去接住那盏，“呵，还好……”

一群天将冲上来与孙悟空相斗，纷纷踩在沙悟净的身上，血从沙悟净的嘴角流出来，他还把那个盏死死护在怀里。

“只剩最后一片了啊，五百年了啊……”

【45.】

孙悟空觉得自己的身体化开又重新凝聚，他又回到了天界。

孙悟空看见了自己，那个天宫上狂笑的自己。

他从菩提那儿回来，心中却突然异常平静，他想，要去做的事，无法逃避。

他看见了紫霞，她正抬头仰望着天宫，凝望那个身影。

“你只是一只猴子。”他想起了紫霞对他说的。

“是我杀死了唐僧，是我打死的龙王，是我撕去了生死簿，是我捣毁了天地伦常！哈哈哈哈！你们颤抖吧！原来恐惧是如此美妙，死亡是如此幸福啊！哈哈，哈哈哈哈！”

那个灵霄宝殿高端的妖猴还在大声叫嚣。

“求饶吧，而我将不赦免你们！哈哈哈哈！”

孙悟空望着灵霄殿上那个狂笑的猴子：“他疯了，他必须死，是吗？”

“我要天下再无我战不胜之物。”

他忽然觉得很累了。

方寸山那个孱弱而充满希望的小猴子，真的是他？

而现在，他具备着令人恐惧的力量，却更感到自己的无力。

为什么要让一个已无力作为的人去看他少年时的理想？

另一个孙悟空的声音还在狂喊：“你们杀不死我！打不败我！”

他又能战胜什么？他除了毁灭什么也做不了了。

孙悟空每向前走一步，就觉得自己变老一些，但他尽量把自己的头昂起来，尽量把步子迈得更稳一点儿。

火中不见了人影，只有他自己和那个疯狂的笑声。

到了灵霄宝殿上，那个声音还在叫着：“我是不可战胜的！不可战胜，谁也不能打败我，谁也不能！”

孙悟空深吸了一口气，纵身而起。

他高举着金箍棒，向上飞着，穿过那重重烟幕，他终于看见了那个火焰中赤裸着，执着一根金箍棒，站在灵霄宝殿最高处，向天下叫骂的猴子。

他双手猛击了下去。

他看见的，是一个惊愕的眼神。

【46.】

天界

“猪八戒！你飞慢一点儿！”小白龙叫着，她已化成了人形，迎面而来的飞旋的冰雪锋利无比，划破了她的衣裳和脸颊，她不得不闪避遮挡着；而她的前面，猪八戒却不管不顾地向前直飞，任凭脸上身上被划出无数血印。

“天上也没有吃的抢，也没有高老庄，你怎么急成那样，像要去见媳妇？”

“回你的东海去，我没要你跟着我！”

“哎哟，学会耍酷了，告诉你猪八戒，孙悟空不在，我可不会再让你逃了，师父的魂儿一天找不回来，你一天别想溜号！”

猪八戒四处张望着：“糟了，天宫变成这样了，星辰全都被天外飓风吹移了位置，找不到银河了，糟了，糟了。”

“什么时候了，你还有闲心看星星？你和孙猴子都有这怪毛病，一个晚饭要对着西边吃，一个半夜不睡觉看星星，那个沙和尚也不是很正常，整天拼着些破碗片唉声叹气！”

猪八戒却不理会她，只顾四下找寻，小白龙还没见他这么急过，看着他肥胖的身躯四下乱撞，东张西望把两只大耳甩来甩去，很是滑稽，不由得想笑出来。

忽然猪八戒站住了，眼睛直盯住一处。

小白龙一看，风雪弥漫中，隐约有一颗银色的星在远处闪耀。

猪八戒直飞了过去，小白龙忙跟上去。

近了，猪八戒落下云头，看着眼前的东西出神。

小白龙赶上前一看，那是一棵桂花树，风雪中已变得光秃秃的，在高处一根枝杈上，有一个灯笼，内放着一颗明亮的银星。

那树干上，还隐约刻着什么。

猪八戒冲上去，抹去树身上的雪。

那上面，是几个字：

天蓬，家就在前面，阿月。

猪八戒站在那儿，愣愣地看着那几个字。

他突然猛冲入前方的风雪中。

小白龙满心疑惑，也只能跟上去。风雪几乎使她迷失了方向，好不容易猪八戒站在前面，她冲到他身边，叫：“猪……”

她停住了，猪八戒正看着前方，她从来没见过猪八戒那样的眼神，像风雪一样纷杂，那纷杂中，却有星辰一样明澈的东西。

那是他眼中映出的人影。

一个白衣的女子。

“暴风已经冲毁了银河，我们几十万年筑起的家园。”白衣女子望着怀中玉雕般的小兔儿说，“天蓬回来，要找不着家了，不过没关系，我会一直在这儿等他，我在这里，他就不会没有家。火焰快要烧过来了，玉兔儿，你走吧，到下界去，那儿有许多天界见不到的神奇，如果有一天，你见到了天蓬，请你告诉他，阿月在这儿等他，让他回家。”

她撕下一片衣角，将玉兔儿裹在其中，一松手，那衣角化作一片白云，载着玉兔儿向下界飘去，玉兔儿在云中跳着想回来，却跳不出来。

她望着玉兔儿远去，忽地又笑了：“我真傻，天蓬不知已变成什么样了，你又怎么认得出他来？他也早忘了你了吧。但我相信，有一天他会醒来，然后他就会回到这里……为了这一天我每天用星星排出图画，那是天蓬和我才懂的图画，希望他能看见，想起我，回来。可现在，大风把一切都刮走了，记忆、爱情、希望，一切一切，都刮走了……

“但我不会走，我在这里等他……大风、火焰，都不能让我离开这里。”

隐在风雪中的猪八戒身子开始颤抖起来，突然，他肥胖的身子跪倒在了地下。他咬住自己的手，无声地哭了。

小白龙看着猪八戒，她好像突然间明白了什么，明白了猪八戒每天夜晚在别人入睡后仰望星空时的心情，明白了为什么一旦没有星光的夜晚，猪八戒就那样地易怒和脆弱。

“猪八戒。”她凑到他耳边，“过去啊。”

猪八戒摇了摇头。

“她在那儿等你，过去啊。”

猪八戒突然跳了起来，小白龙想她就要看到那感人的一幕了，可猪八戒却向相反的方向没命地狂奔起来。

小白龙急追了上去："为什么？"她喊，"猪八戒，为什么？你等的不就是这一天吗？她不就在你的面前吗？"

猪八戒在天空中没命地左冲右突，"忘记路，忘记回家的路！"他喊，"明知道是不可能相见的，为什么还要记住？"

他跌跌撞撞地跑着，小白龙很容易就追上了他，她在他背后踢了一脚，把他踢倒在地。

"为什么？你连见她一面也不敢？她在那儿等了你那么多年，还准备一直等下去！"

"不，"猪八戒说，"她很快就会结束她的漫长等待了，大火很快就会烧过来，她会在期待中死去，带着她的美梦，好过她发现她苦苦等来的是一头猪！"

"猪怎么啦？猪怎么啦！"小白龙叫道，"我就觉得猪挺可爱！猪好得很！猪会笑，会哭，比天上很多神仙都强！"

"可我不能接受——我可以是一头猪，可我不能让她为我……你又为什么不告诉唐僧你是谁？"

小白龙呆住了，半响，她扬起手重重打在猪八戒脸上。

"猪八戒你……你为什么……为什么要把不能说的话全说出来？"

她也跪在了地上，嘤嘤地哭泣。

"这就是命运啊！无比神奇美妙的命运啊！"猪八戒大叫道，"需要多么高的智慧，才能想出这些绝妙的安排啊！伟大的上苍啊，众生都战栗在你的威严之下！"

他狂笑起来。

他再回头时，看见火焰已烧入了阿月的宫殿。

猪八戒忽地一转身，又冲了回去。

火焰已烧着了阿月的裙角，但她还在地上用手指慢慢摆着她的银沙。

忽然一头猪冲了进来，狠狠地踩着她裙上的火苗。

阿月惊异地看着这头猪。

那猪却不敢看她。

火焰一退，又扑过来。猪八戒发出狂怒的吼声，用肥胖的身躯扑向火焰。

忽然阿月从背后抱住了他。

“天蓬……天蓬，你好……”

猪八戒感到眼泪滴在他的背上，他笑了。

火焰猛一卷，吞没了猪八戒还没完全绽开的笑容。

小白龙站在远处，望着火焰奔涌的银河。

“猪八戒，你好了，终于和你的爱人在一起了。只剩下我一个……我一定要找到他，我不想一个人死去……不……”

她一转身，没入了茫茫风雪中。

【47.】

战斗仿佛没有结束的时候，两个孙悟空不知连续拼杀了多久。

四周的一切都已经不再重要了，火光、风声、叫喊，一切都已消失。

唯剩下一种意志，决不能让“失败”这两个字的阴影出现在自己的脑海。

所以孙悟空已不能停下，尽管他觉出那场战斗的怪异，尽管还是捕捉不到对手的影子，尽管他有时怀疑自己是独自在世界上疯狂地挥舞着金箍棒。

当两个孙悟空都快用尽最后一点儿力量的时候，如来出现了。

“孙悟空。”他向那斗成一片的二人道。

两人全跳了开来，“叫俺老孙作甚？”

“孙悟空，你若跳得出我掌心，我便把天宫让你；若跳不出时，你便老实下界，再修几劫，莫来争吵。”如来道。

“你在和谁说话？”孙悟空道。

忽然那只没戴金箍的猴子狂笑起来。

他拄棒立在那里，大风卷起他的红色披风，他道：“呸！”

“什么？”

“我现在不就已在你的掌心外吗？”猴子狂笑道，“谁要与你赌，老孙很忙，还有很多地方要拆，没空陪你耍子。”

这个场景如此熟悉，可又想不起来哪里见过。

“你不想回花果山吗？”如来一挥手，云散开了，露出一片青翠群山。

“花果山……是了，花果山，漫山的花，漫山的果，漫山的朋友……回花果山……回家。”那猴子眼望天外，流露憧憬之光。

“可是花果山已经毁了，没有了，没有花果，没有生灵……”猴子接着喃喃道，忽然转头怒视着诸神，“是你们毁了它，毁了他们！我已经什么都没有了！你们也什么都不会有！啊——”

他大叫一声，冲向诸神。

一片巨大的黑暗直扑过来，是一只巨手，是整整一座五行山。亿万钧的力量全打在了他身上，他被山体压着直坠了下去。

众神发出了一阵欢呼。

可随即欢呼止住了，他们惊恐地看着那山被拱了起来，那妖猴暴怒着欲挣脱而出。

“你还不动手，更待何时？”如来说道。

孙悟空一震，是在叫他吗？他刚才几乎以为那个挣扎着的就是自己。

那不是我，是的，幸好那不是我。

我是孙悟空，孙悟空怎么可能忍受那样的失败？怎么可能接受那种毫无胜利希望的战斗？

他感到有什么就要发生了。

果然，大山轰塌的巨响中，妖猴再次猛地跃了起来。

“我——不——认——输！”

他发出了野兽般的吼叫，血从他的眼睛里喷了出来。

孙悟空知道，这是他最后一次跃起了。

他像一个静伏的猎手等待着这样一个机会。

孙悟空蹲身，曲足，起跳，那一瞬棒已在手。

一道纯正的金光，一个完美的弧线，一次旷古绝后的进击。

【48.】

灿烂的火星在空中溅开，又纷纷不止如雪般落下来。

孙悟空站在那里，火花落在他的肩上、臂上，也落在他脚下的战败者身上。

他又一次胜利了，像每次与妖精的战斗一样，他总是最后的胜利者。

等一等，众神都在交头接耳议论着，到底是谁死了，谁活着？

死的真的是妖猴？

或者，倒在地上那个才是他自己呢。

他摸了摸头上，还好，金箍还在。

那是证明他是孙悟空的唯一标志。

紫霞一步步地走了过来。

她是来拥抱胜利者的吗？

她来到了他的面前，却跪了下去。

跪在了倒在地上的那只猴子的身边。

她哭了。

她握起那只妖猴的手。就是刚才本应拿金箍棒打中他却伸向了紫霞的那只手。

她把那只手轻轻地掰开。

那手里，是一条紫色的披巾。

孙悟空忽然觉得身体里什么东西裂开了，像是一块石头崩碎了。

他突然记起了一切。

五百年时光，五百年前，五百年后，突然重合到了一起。

西游果然只是一个骗局。

没有人能打败孙悟空。能打败孙悟空的只有他自己。

所以要战胜孙悟空，唯一的办法就是让他怀疑他自己，否认他自己，把过去的一切当成罪孽，把当年的自己看成敌人，一心只要解脱，一心只要正果。

然而，在神的字典里，所谓“解脱”，不过就是死亡；所谓“正果”，不过就是幻灭；所谓“成佛”，不过就是放弃所有的爱与理想，变成一座没有灵魂的塑像。

血开始从他的七窍中流下来，那是太久的战斗而震坏了五脏，或因为他笑得太厉害。

“我明白了。”

“你明白了？当你杀死过去的自己，才终于找到了通向成佛之路。”如来道，“现在，魔王孙悟空已经不复存在，以后，世人只知道孙悟空成佛了，从此他们再也不会看见你。”

“原来是这样，原来这就是正果，这就是成佛。”他大笑着，发觉自己的身体正在粉碎，他正在失去所有的力量，他将要消失，将要成为虚无的佛……可是……他不想。

他就要忘记一切，所有的痛苦，所有曾在身边的人，所有路上的足迹，一切一切都将被抹去。但是不、不、不！

他突然跳了起来，高举起金箍棒，喊着自己的名字：“天地生我孙悟空！”

他喊得那么响亮，使出了他最后的所有力量。

那个身影，以无与伦比的速度冲向天地间至高无上的意志。

然而他落空了。

那只是个幻影。

当他落在地下时，他几乎已拿不起他的金箍棒了。

但他仍在挣扎着站起来：“如来！出来！我们面对面大战三百回合！”

“哈哈哈哈……”那个声音在虚空中大笑了，“你战不胜我，因为我无本无根，以空为凭，而你却是欲望化出的实物。”

“如来！出来与我一战！”

“哈哈哈哈……”那声音仍在虚无中笑了。

“如来……出来……与我一战！”

笑声中孙悟空的意识开始消失，他的眼前变得模糊。

“我是谁？”他对身边那已然看不清的影子说。

“你是不肯放弃梦想的人。”紫霞含泪说。

“……那……在与如来决战的又是谁？”

“他……他是失去了一切，除了自己，什么也没有了的人。”

“如来！出来与我一战！”孙悟空瞪大了眼睛，用最后的力气高喊。

一颗火星落在他脸上，熄灭了。

孙悟空死了。

或许他早已死去。当年从炼丹炉中跳出来的，是那不甘心不认输不肯死的意志。

紫霞看着孙悟空，握住他的手。

这次他真的死了？

不，他分明好像还是随时会跳起来，吓你一跳、对你笑的那只顽皮的猴子。

孙悟空，再逗逗我吧。

她把他的手贴到了自己的脸上。

那只手却渐渐冰凉了。

“我要你记住你是一只猴子，因为你根本不用去学做神仙，你的本性比所有的神明都高贵。”

泪水沿那只手滑落。

天界的火还在烧着。

“如来佛祖请快把火灭了吧。”玉帝说。

“此乃天外之炎，无根而出，其源却是人间的欲望。心魔一去，其火就自灭了。”如来道。

“这火是灭不了的。”紫霞说，“因为我们会做它的燃料。”

她托起孙悟空的尸体，走向火焰。

众神闪开一条路，他们还在忌惮着那个身躯。

【49.】

幻影消失后，现实是一片无边黑暗。

五行山已重现在人间。

一切不过是宿命。

一切不过是轮回。

一切愤怒和挣扎都是徒劳的。

只有五行山是战死者的墓碑，上面书写着：

这个人曾经震撼天地。

如来回头望着金蝉子道：“你输了。”

“是的，就让我永远忘记这一幕吧。”金蝉子仰头向天，一个巨大云旋开始在他头顶汇聚，本弱下去的风又一下急了，吹得诸神佛也睁不开眼，金蝉子却伫立在狂风中，衣袍狂舞，神情安然。“这才只是开始呢，”他缓缓道，“……我去也。”

云旋中心一道巨大闪电直劈下来，把金蝉子的身体击了个粉碎。

风散了，云弱了，一切又平静下来。

天火熊熊燃烧。

在人间看去，天空中正幻化着浓烈的光彩，燃烧的巨云像是一幅巨大的穹顶画。

“看哪，那是一只展翅的凤凰。”一老者说。

“不！那是一个人挥舞着兵器跃起怒吼。”一个少年说。

他们的旁边，一个青衣女孩也在仰望被映红的夜空，人们没注意到她有一张丑陋的脸和晶莹的泪。

当西游的历史并不存在，虚无时间中的人物又为什么而苦，为什么而喜呢？

……

“一切都结束了吗？”王母不知从哪儿冒出来问。

“等一等！”喊的人是沙悟净。

他冲到太上老君的脚下，“麻烦你，麻烦你把脚抬一抬……”他举起一样细小得谁也看不清的东西，“我找到了，我终于找到了！哈哈哈哈，最后一片！最后一片哪！哈哈哈哈……”

他颤抖着把琉璃盏捧到了王母面前。

王母接过盏，看了看：“我要这东西还有什么用呢？”

她一松手，那盏坠下，重新摔成粉末。

“不——”沙僧就那样看着那五百年凝聚修复的盏在一瞬间重新美丽绽开。

他愣愣地站在那儿。

渐渐地，他脸上的神情有了变化。

“我要宰了你们！我要宰了你们这些兔崽子！来呀，我要杀了你们！”

他歇斯底里地大吼着，可是所有的神都看着他笑，他们都在笑。

哈哈大笑。

当五百年的光阴只是一个骗局，虚无时间中的人物又为什么而苦，为什么而喜呢？

【50.】

天宫的大火又烧了七天。终于熄灭了。

诸神查找着废墟与灰烬，他们只看到两样东西。

一块烧焦的石头。

一根烧断的金箍。

有人说，听见了那火中传来的歌声与笑声。

有人说，曾看见有一道金光和一道紫气缠绕着从火中升起，向天际而去。

当然更多人什么也不说。

观音拿到了那根金箍。

“我们的目标已完成，西游可以结束了吗？”观音问。

如来手中正握着那块石头。

“你能猜到这个结局吗？”如来也问。

“弟子未猜出。”观音道。

“我也没猜出。”如来说，“我输了，原来世上真的有我不能预料之事。”

“难道一切不都在你的股掌间？”玉帝问。

“不，他已经跳出去了。因为……”

他宁愿死，也不肯输。

如来拿着那根断了的金箍，只在心中默默地感叹。他将手一挥，石头飞落下尘世。

……

阿瑶找到了那块石头，她把它埋在了一片焦土的花果山。

多少年前那一幕又显现眼前……

“花果山，什么时候才能重新长出花果来？不过，种子已经撒遍天下了。”孙悟空抓了一把地上的黑土，脸上露出孩童般的笑来。

天边的雷鸣已然越来越近了。

孙悟空靠在一棵焦树上，静静地等着。

等到那一刹那，黑暗的天空突然被一道巨大的闪电划开。

孙悟空一跃而起，将金箍棒直指向苍穹。

“来吧！”

那一刻被电光照亮的他的身姿，千万年后仍凝固在传说之中。

“如果下雨，这里就会长出花草来吧？我没有种子，如果上天知我心诚，就让石头也开花吧。”

她割开自己的手腕，将血洒落土中。

忽然，天空一声雷鸣，隆隆滚动。

阿瑶抬起头。这时，第一滴雨水落在了她的头上。

“下雨啦！孙悟空，你看……下雨……下雨了……花一定会长出来的！”阿瑶喜极而泣，仰天高喊。

天空中，黑云后，一条白色的龙翻动着。

远处天兵的战车隆隆驶来，天将的喊叫已可听闻：“是谁犯天条在花果山私降雨水！”

“唐僧、孙悟空、猪八戒，这是我能为你们做的最后一件事了。”小白龙想。

“别了，永别了！”

瓦砾重新聚成殿宇，天宫又回到了安定与祥和。众神开始各归其位。

二郎神驾云出了天庭，奉命收拾战场，他忽然愣住了。云头下烧焦的花果山大地上，孙悟空扔下的金箍棒不见了。

怎么可能有人将它拿走？除了孙悟空还有谁搬得动它呢？

观音驾云出了天庭，她从怀中摸出了金蝉子那本手写的经文，抚着，若有所思。

他们飞过的天空下，五行山，默默地立着，等着那漫长岁月后的一声巨响。

这个天地，我来过，我奋战过，我深爱过，我不在乎结局。

落叶纷纷飘向大地，白雪下种子沉睡，一朵花开了又迅速枯萎，在流转的光的阴影中，星图不断变幻，海水中矗起高山，草木几百代的荣枯，总有一片片迎风挺立，酷似它们的祖先。

怎能忘了西游？

注：

待至英雄们在铁铸的摇篮中长成，
勇敢的心像从前一样，
去造访万能的神祇。
而在这之前，我却常感到，
与其孤身跋涉，不如安然沉睡。
——引自荷尔德林《面包和美酒》

古老的陶罐上
早有关于我们的传说
可是你还在不停地问
这是否值得
当然，火会在风中熄灭
山峰也会在黎明倒塌
融进殡葬夜色的河
爱的苦果
将在成熟时坠落
此时此地
只要有落日为我们加冕
随之而来的一切
又算得了什么
那漫长的夜
辗转而沉默的时刻
——引自北岛《传说的继续》

（文中部分古诗引自《西游记》）

第二卷

百年孤寂

人生在世，百年也好，千万年也好，都是未来前的一瞬，
这一瞬后你什么都没有，你曾有的只有你自己。
你在这世上永远地孤寂着，永远找不到能依托你心的东西，
除非你放弃自己，融入造物之中，成为万重宇宙中一点尘埃。
你就安乐了。

【01.】

“唐僧死了，谁干的？”一个声音惊问道。

孙悟空于是从梦里醒了过来。

头还有些痛，像是睡了太久，他一下忘了自己是谁，现在身处何处。

酒碗的碰撞和喧闹声在草屋中传来，满脸通红的猪八戒喊着：“再来一碗！”碗里酒和饭混在一起，他咕噜咕噜喝下去，浑然不顾旁边的村民正看着他。

他看着这一切，重新想起自己叫孙悟空，正躺在路边的某间民舍墙脚的草堆里。

孙悟空走出来，站在屋外的天井中，向篱笆外的一片夜色望着。

唐僧从屋里走了出来，笑着向屋里人扬了扬手，转头看见孙悟空，说：“一片漆黑能看见些什么呢？”

“睁着眼也是黑，闭着眼也是黑，我可不可以站在这儿等天亮？”孙悟空转头瞥了一眼唐僧，“你居然也喝酒了？”

“气不死的阿弥陀佛，我是出家人，出家人不能喝酒，只喝水。”

“白水？那猪八戒干了二十碗也全是水？喝水喝成那个样子？”

“咳……唉，他既然只求一醉，又有什么不可以呢？”唐僧把空碗凑到嘴边装作一饮而尽的样子。

“沙僧呢？”孙悟空问，“不会也醉倒了吧？”

“他还不是那样，一看见碗啊杯子之类的手就发抖，杯子也端不起来，这次他吃饭的竹筒丢了，明天要去再弄一段才是。”

啪，屋里传来瓷碗摔碎的声音，沙僧一声惨叫。

猪八戒狂笑道：“哈哈。碎了，这声音好听！破了，破成一片、一片、一片一片一片……”

沙僧抱着头在屋里地上打起滚来。

“又发作了吗？”孙悟空冷冷道。

唐僧微笑着，拿着空碗在嘴边呷着：“啊，好酒。”

“我头痛发作的时候，样子是不是比他还难看？”

“嗯，”唐僧想了想道，“我总在想，什么东西可以把人变成那个样子。”

“哼哼哼。”孙悟空冷笑着，“你从不痛苦的吧？”

唐僧望着黑漆漆的天空愣了一会儿：“他们不能用那种痛苦来挟制我，因为……我没那样的欲望。命运找不到我的弱点，所以——我才能当你们师父。”

“呸！”孙悟空咬牙说。

屋里传来响亮的歌唱声：“人生有花……直须折，莫使金樽……空对月……啊啊啊。”

“听这声音，有谁知道唱歌的是一头猪呢？”孙悟空道。

“我醉了，我要回去睡个大觉！明天下午再上路吧，反正你喜欢看落日的，还好你没看日出的习惯。啊——”唐僧打了个呵欠，摇晃着摸着篱笆往回走。

“用空碗都能喝醉？我真是服了你，师父。”

“我只要想一想，自然就醉了。长夜漫漫，太清醒不是会很难受？”唐僧边说边走远了。

夜风流转，草虫微鸣，一时显得那么安静，只有大醉的猪八戒还在轻声地嘟囔着：“人生……美酒……须……尽欢……呼……呼……”

屋里灯灭了，孙悟空还在外面站着，一点儿睡意也没有。他想，上天永远不会睡去，宿命一定也和他一样正在黑暗里静静等待明天。

【02.】

第一天

她在风草飞扬的时候静静地等待，白天和黑夜不停轮换，而风从来没有停止过。终于在那一天，黑颈的鸟儿出现在天空，高而黑的雨云从森林后移来。带来了死亡的气息。

风忽然停了，云也停止了移动，她站了起来，望着森林的边缘。在那里，他出现了。

她就那样看见了他，没有想象中的巨大的身影和震颤，她想着他的名字，他的战斗，她还总在想他使天庭颤抖的狂笑。现在，她看见一只折了翅膀的鸟，一跳一跳地穿行在灌木丛里。他还能一瞬间穿越九重天际吗?

他站住了。他是否嗅到了危险的气息？不，他似乎毫不在乎。她就站在那里，可他并不朝这边看上一眼。他拄着棍子，歪着头，懒懒的眼神看着远处连绵的森林，他好像很累了。

一只猪从他背后的树林里晃晃悠悠地出来了。猴子开始站着打瞌睡了。

猪说："我知道你在想什么，你现在一定想找一棵树，能用尾巴倒吊在上面睡觉。"

"是一棵大树，我一辈子都在找这么一棵树。"

"这和你推倒五庄观的人参果树有什么关系呢？"

"那么大的树不应该长在庭院里。它被神仙改造过了，长满了神仙爱吃的古怪果子，长着神仙才喜欢的金色叶子，它不再是一棵树了，它让我看到就难受，就想给它一个断根！"

"我明白了。"猪八戒说着，挥起钉耙向孙悟空头上打去。

"死猪！你要干什么？"

"我也讨厌找不着大树要站在地上睡觉的猴子啊！这还能叫猴子吗？你这个样子我见了就难受，就想……"

"我更讨厌会思考的猪！这还能叫猪吗……"

乒乒乓乓！

沙僧出现了："打架吗？好！"

"我们讨厌从来不背行李不洗碗的师弟，这他妈还能叫师弟吗？行李呢？又给秃头背？揍他！”

乒乒乒乓乓乓！

“打不死的阿弥陀佛，”唐僧出现了，他牵着一匹白马，马背上放着行李，“你们这样，也不怕前面的那位妖精姑娘看笑话！”

“呸！我最讨厌见了妖精也不怕的和尚，这还能叫和尚吗？嗯……前面有人吗？”悟空方才抬头望了，“我还以为那是一棵枯树。”

“魔不入寸心，你的境界又高了一层。”唐僧道。

“他的近视又高了一层。”猪说，“现在我们来下注前面这个女妖精会不会又像前几个那样疯狂爱上和尚！”

“长老，是云游僧人吗？走得累了，随便用点饭食吧。”女子笑盈盈走了过来。

唐僧意味深长地笑着看她，那女子不好意思地转过脸去。

“师父，白骨啊。”孙悟空说。

“我知道美人即白骨，你就不能有点儿礼貌，不要说出来吗？”唐僧说。

“师兄啊，为什么你总是喜欢透过现象去看人的本质呢？你不知道拿眼透视女孩子是不好的吗？”猪八戒说。

“你们，你们……是不是在故意戏耍我？！”女子气极，一跺脚想要发作，却被孙悟空一把扭住。

“小丫头，我们可都是妖精，你别指望收饭钱了，最好跑远点，等会儿我们一下忍不住，会把你也吃掉。”

“哼！”女子一听这话倒放松了下来，“你们是妖怪我信，我就不信那个眉清目秀的光头也是妖精。”

“他不是妖精，他是妖精杀手，杀女妖精尤其厉害。”

“你莫不是把我也当成妖精？”

“哈哈哈，我孙悟空天生火眼金睛，什么时候看走眼过？你要不是妖精，那猪八戒就是帅哥了。”

“啊？这也被你看出来了？”猪八戒说，“猴头，你干吗对着树说话？唉，在地底下压了五百年，小姑娘你见过鼹鼠吗？你觉得他眼神怎么样？”

“死猪八！又揭俺老孙的短！”孙悟空说，“想当年，我的眼睛好的时候……”

“住口！”猪八戒、沙和尚同时喊，“不要在我们面前提‘想当年’这三个字。”

“想当年！想当年！想当年！想当年！我偏要说，你奈我何？”

猪八戒和沙和尚从地上跳了起来，抄出家伙。

“你有胆子就再说一百遍‘五百年前’！”猪八戒说。

“五……我凭什么啊！猪头？”

三个家伙拿兵器互相杵着，吵成一片。

“唉！”唐僧从地上站起来，“又开始了……我要到美丽的林中去散散步……”

“我跟你去！”少女跳上前去。三个人打成一团也顾不上唐僧了。

树林里有一股树叶的芳香味，蘑菇从潮湿的地里咕咕往外钻，树木唰唰地长高，抖动着自己的身体，叶子哗哗地笑着，鸟的声音夹在叶子里，从这边响到那边。只有两个人的脚走在带水珠的草上，没有声音。

“我叫白晶晶。”少女说，唐僧走在她前面。

“嗯。我们好像见过。”唐僧自顾自在前面走。

“你……很喜欢在树林里走？会迷路的。”

“嗯，只有这个时候我不用去想哪边才是西边。”

“为什么要去西天？”

“太多人问我了，我只是想知道它在哪儿。”

“就为了这吗，一个不知道在不在的东西？”

“很傻吧，呵呵。”唐僧笑道，伸手接着空中的落叶，贴在鼻前想着什么。

白晶晶看着唐僧的背影，眼中忽现杀机，将手伸向他的背。

唐僧忽然转了回来。白晶晶低头装作修指甲。

唐僧道：“你要小心。”

“啊？什么？”

“林中有很多妖怪。”

“……我知道。”

唐僧又转回身："有些妖精是很可爱的……"

"嗯？"白晶晶双手叉腰，有些不耐烦。

"但是有些就会吃人。"

"嗯。"

唐僧又转过身去了，白晶晶再次伸出手去……突然又收回来，可唐僧并没有转身。

"我也并不是不让他们吃，我只不过是要他们给我个理由。"他背向着白晶晶说。

"理由？"白晶晶问。

树林里很静，似乎能听见水汽从树叶中钻出来的声音。

"当年我把猴子从山底挖出来的时候，他有泥土恐惧症，最大的愿望就是脚不沾地在树上挂着，我用了三个月逼他重新拿出勇气在地上走路。

"一年后，我遇上了一只自卑的猪，那时候他正在痛苦，一个小姑娘疯狂地想嫁给他，想和他一起去做妖精，而他只喜欢对着月亮流口水。为了逃跑，就混进了我们之中。

"后来我在河里救起了沙僧，这个可怜的家伙五百年都没有学会游泳，可是天帝罚他在流沙河里当妖精，他就不敢在河岸上待着，只好在河中心的一块石头上站了五百年。"

"而现在他们每一个人都恨我。"唐僧叹了一口气，"如果我死了，他们就会解脱吧。"

"为什么？"白晶晶不由得问，然后觉得自己问得很傻，她就是为这个来的。

"为什么？"唐僧抬头看了看被树叶遮蔽的天空，"所有的人都想逃。所有的妖精都想杀我，我每一次都问要杀我的妖精'为什么'，可是，每一次他们还没说出答案的时候就死了。所以我发现，当我想杀死一个妖精，只要问他'为什么'就够了。"

唐僧忽然一把抓住白晶晶的手，盯着她的眼睛大声喊："为什么？！"

"不要啊！"白晶晶恐惧地大叫起来。

树林外

“天哪，我听见了什么？师父他又在……不行，把你的脚拿开，我要去救小美人妖精！”猪八戒喊。

“你先叫爷爷。”

“休想。猴脑！”

树林里，白晶晶觉得自己已经慌乱了，她无法躲避那眼睛，她自成为妖精以来就没有这样被人注视过，她忽然又变成了当年活着的那个小姑娘，感到自己正在那眼神下透明，所有的秘密都将暴露在他的面前。

唐僧却放开了手，他不再看白晶晶：“对不起，只是个玩笑。”

他叹息着站起来，向树林外走去，“没错，就当这一切只是个玩笑好了。”

白晶晶惊魂未定，她定了定神，还是将手变成利爪……

但她的手在半空定住了。

孙悟空站在了她的背后。

“妖怪……”

白晶晶转头看着孙悟空，和他对视，她反而镇定了：“是，是妖怪。孙悟空，你，你本也是妖怪！”她逼视他说。

“我不是，我要成正果了。”

“所以就杀了我吧，杀了我成正果吧。”

“你以为我不敢杀你？你以为你换了个人形我就不知道你是谁？我刚才放你一马可你还想杀唐僧！”

“你知道我是谁？”白晶晶冷笑了，“我是谁？杀我之前能不能告诉我？”

孙悟空抬起棒来，白晶晶忽然向他伸出手去。

“如果有雨水，花果山就能长出花草来吧。”她颤声说。

孙悟空愣住了。

“花果山……”

“你记起了什么？”白晶晶惊喜道。

“痛……”

“痛？”

孙悟空忽然丢了棒子，直蹦起来又摔在地上，抱头狂喊："痛，痛啊！"

"紧箍咒？"白晶晶抬头怒视着唐僧。

唐僧并没有念什么，他平静地看着，好像眼前只是静静的丛林。

"孙悟空你忍住，我这就杀了唐僧。"白晶晶冲上前。

但是孙悟空跳起来一把抓住了她。

白晶晶惊疑地回头："为什么……"

唐僧道："不要！"

但是那闪电般的一击，万钧的力量落在了她的身上，瞬间那身躯也粉碎了。

唐僧静静地看着孙悟空。

孙悟空却突然像是一个苍老的人，像是那一击已用完了他全部的生命。他躬着腰，每一步都要花很大力气站稳一样，低着头从唐僧身边走过。

唐僧叹口气道："把解开的行李整好搬上马。"

"知道了。"孙悟空低低地说。

【03.】

第二天

"和尚，你究竟要把我们带到什么鬼地方去？"孙悟空拨着密集交错的枝叶说。

"这个世界上本来是没有路的，因为有人要到他想去的地方，所以他们需要一条路，其实路通向哪儿也没关系。"

"我受够你了！不过我现在不会去想你到底说的是什么意思了，我再也不想了！"

"你的境界又高了一层。"唐僧悠然说，忽然"啊"的一声，他身子一矮掉进了泥坑。

"境界高又有什么用呢？"孙悟空在他肩上用足一点跳过去说。

"啊，要下雨了。"唐僧站在泥潭里说。

天际，铺天的黑云向四个人卷来。

"有妖气！"孙悟空跳了起来。

“气你个头啊，谁都看清楚了，那是一群大鸟啊。”猪八戒说，“越来越近了，我能看见有血红的嘴，如刀锋利的羽毛，燃烧的眼睛……啊，你们等等我！”

唐僧、猪八戒、沙僧连着白马跳进了一个土坑，露出头来，只有孙悟空一人独立在漫天飞旋的黑色羽翼下。

“又有好看的了。”猪说，“那猴子眼神差又反应迟钝，活该每次挨扁。”

“又有血了，又有东西要死了。”沙僧抑制不住内心的激动。

“不知杀这些鸟有多少功德分，是不是要让猴子一个人赚呢？不然他以后升佛俺就只能升个使者什么的了。唉，这天杀的功德分，谁想出来的？杀一个神仙多少分？杀一只猪呢？妖精要不要赚功德分呢？”猪八戒又开始胡思乱想。

“又要弄脏衣服了，我的袈裟已经补了几千个洞了，我要穿着草裙去见如来了。”唐僧说。

孙悟空还是惊疑地望着满天的黑色飞鸟，四肢僵硬。他的眼中，那些盘旋而下的黑色如火焰般抖动。

“这……不会……这不会是你们……不！！！”他猛地大喊，抱住了头倒在地上抽搐。

“坏了，猴子这时候犯病，要出事，行李呢？”猪八戒伸手摸向小白马身上的包袱，被踹了回来。

“鸟！血的雨，你下吧！冲垮我们吧，洗清我们的罪吧！把我们带回天上吧！我靠你的老天！”沙僧眼中冒出少见的光亮，面对死亡他变成了一个诗人。

“见鬼，猴子想起什么来了！”唐僧从土坑中一跃而出，冲向倒在地上的孙悟空。

天空的怪鸟见了唐僧，如得了命令，雨一般地射下。

唐僧把身上袈裟一甩，一道红光直冲天空。

“万佛朝宗，破！”

怪鸟全是一惊，俯冲下来又惊鸣着飞起，交错划过他们头顶。

唐僧抱住孙悟空就跑：“笨鸟！你们什么时候见过唐僧会法术？”

怪鸟一顿，又挟风而来。

唐僧听身后风紧，又扯下身上布衫一抛：“金蝉脱壳！”

嘶嘶嘶嘶，无数黑光在那布袍上穿梭而过，那布袍还未落地已成碎片。

而唐僧又多跑出几丈：“啊！没有衣服可以抛了，死猪你还在看戏，明天扣晚饭！”

猪八戒的声音在他背后传来：“我们能活到明天再说吧！”他摆动钉耙，呼呼的狂风卷了起来，搅下无数黑色羽毛，在他四周旋转。

在这无边黑色中，忽然射进了一道白色闪电。

唐僧带着孙悟空坐在白龙马上飞驰，黑色的羽箭在后面疾飞，纵然它们的速度甚至越过了它们的尖鸣，却仍然追不上那草原上舒展腾越的白色骄影。

白龙马猛地一停，马上二人向前栽了出去，摔在草丛中。

“这是什么地方？”唐僧晕乎乎地站起来，“这城墙好熟，像女儿国，这城楼上写……啊？你怎么跑回长安来了！”

他“扑通”往地上一坐，大笑起来：“我走了七八年，原来在你眼里不过是这么短的路程。哈哈哈哈！”

小白马轻嘶一声，走过来用头轻碰他，好像在安慰他一般。

“不是我……不是……我的花果山……”孙悟空在地上昏迷呓语，忽然他一个翻身蹦了起来，擎出金箍棒，惊雷一般吼着，“如来！出来与我大战三百回合！”

“你又在做梦吗？”唐僧平静地说。

“……好像是，我刚才喊什么？天这么冷？你怎么光着膀子坐那儿？”

“嗯，我最后的一套衣服送去洗了还没干。”

“哈哈哈，和尚你真逗，我发现我越来越喜欢你的莫名其妙了……”

“呵呵呵呵……”

玄奘看着这只猴子，不由得伸出了手去，在他的头上抚摩了一下。

孙悟空像被雷劈了一样跳起来，他举着棒子对着唐僧怒吼：“你干什么！”冷雨浇在他的身上，冒出丝丝白气。

唐僧像个做错事的孩子一般缩回了手，他记起眼前这只猴并不是他少年时在山中常抚摩的那些猴子的同类。

“没有人敢碰我的头，没有人敢！我笑了，你就轻视我是吗？”孙悟空咆哮着，神态有些不正常。

“从没有人……是的，你没有父母，我忘了。”唐僧低头轻声地说，

“抱歉。”

孙悟空举着金箍棒愣在了那里。

白马长嘶一声，不知是笑还是凄凉。

天空昏暗阴沉，不知又在孕育着什么。

“师父你把袈裟给丢了？那可是观音给你的护体袈裟啊。”夜晚火堆边，猪八戒说。

“对啊，特别吸引妖精，丢了它就能护体，真是宝物。”

“啊？我说你怎么那么好，每天夜里拿袈裟给我盖上，然后所有的蚊子全叮我。”

“好沉，好沉！”一边儿躺着的孙悟空说着梦话，手在空中乱挥。

“这猴子在五行山下被压出毛病来了。”猪八戒说。

“何止是毛病！”唐僧说。

“紧箍咒能压着他多久？金箍儿怎么可能压住这样的一个人？还有那么多愿意用自己的命换他的自由的人。我想，迟早有一天……”猪八戒说。

“我也在等那一天。”唐僧说。

“那一天他会消灭所有他面前的东西，包括你和我。”

“我知道，但我会等那一天。”

唐僧望着噼啪飞溅的火堆，火光映得他面色阴暗不定。

【04.】

第四天

唐僧围着兽皮衣去化缘。远处，一栋白屋正冒出炊烟。

“长老，你来啦？”白晶晶娇笑着，唐僧看见她手上正捧着一件衣服在补，那是他丢掉的袈裟。

“我以前见过一个小姑娘很像你，不过被我的大徒弟打死了。”

“哦？原来你们是杀人的强盗。”

“不是强盗，主要是我大徒弟从前仇家太多，总是杀来杀去，恩恩怨怨爱爱恨恨的，我做师父的很是受了不少连累。”

“看来你很照顾你的徒弟啊。”

“是啊，没我他早死多少回了。”

“这么麻烦？不如让他们走啊，你留在我这儿，咱们好好聊聊天。”

“这个世界上，有些人是没有地方可去的，他们是流放者，你让他们回去，他们找不到来时的路，找不到过去的家园，就会死在某一个角落。”

“那你呢？你有家吗？”

“有，这就是我家。”

“胡说！这是我家！”白晶晶嚷道。

“对我来说，任何一个地方都是家。可有的人却把家放在世界某一个地方。”

“所以他们才会找不到，才会死在路上？”

“你比我的徒弟聪明，不过这世上有些事，不是想通了就能做到的，有些人宁愿一辈子在路上走。”

“我又不明白了，为什么恋家的人反而要流浪呢？”

“因为……这世上没有什么能永远不失去，可有些人不相信这些，所以他们失去的，他们要不停地找回来，找一辈子。”

白晶晶忽然不说话了，她低头望着地面，窗外的斜阳把两人的影子拖得好长。

“你没有这样的牵挂吗？”白晶晶说。

“没有。”

“你在嘲笑那些看不开放不下的人吧？”

“你为什么要这么想？”

“你简直就不是人！你什么都能抛弃，什么都能忘记！”白晶晶忽然喊起来，白色小屋散成烟雾，她转身奔去。

红色袈裟飘上天空，缓缓落在唐僧的手中。唐僧望向她奔去的路，还是脸色平静。

“你错了。我不是忘记一切，我是一无所有。”

是的，我知道美好的总会失去，但我却答应过我会等他回来，因为我傻，我不肯放弃。所以我成了一个妖精。漫长的等待中，风吹散了我的头发，吹朽了我的皮肤，吹化了我的身体，只剩下一个等待的姿势，白森森地立着，用没有眼球的黑洞望向天涯。

“这个世界上，有些人是没有地方可去的，他们是流放者，你让他们回去，他们找不到来时的路，找不到过去的家园，就会死在某一个角落。”

他真的已倒在这世界的某一个角落？还是已不再记得在这世上的某一个地方，是家？

五百年前花果山

天上积起万里高的乌云，中心像太沉重的皮囊一样直坠下去，伸出几千里长的触角，时而某处突然透出赤红，膨胀起来，然后炸开来，将一道极巨大的闪电击在那海中，海水一下分开，陷成一个巨坑，然后又轰一声变成无数的泡沫冲上高空，被风狂卷向那海中的孤岛。黑色风暴卷起的百丈高的狂涛席卷着花果山，想冲走所有附着在地面上的东西。

白晶晶在风暴中死死抱住一棵大树，可这棵树很快就在大风中要被拔起了，她在空中逆风扑向另一边的一块巨石，在被风扬起的石块上左点右跃，刚伸手抓住地面，这地面却又升了起来，水柱从下面直冲上来。

白晶晶惊恐万分，这时她看见一个黑色身影在高空掠过。

“牛魔王！”她大喊，海水灌进了她嘴里，水中附着了龙王的魔咒，她看见几条火龙向她射了过来。

这时一股力量把她提出了水面。

“你是哪个部族的？”牛魔王问，“你不是挑选出来的妖军？这点修行也敢待在这儿？碍手碍脚！”

“我不是妖精，我是仙……现在不是了。”白晶晶说，大风把她的声音卷得七零八落，“我没有地方可去了。”

“哦，你很聪明，知道来花果山，这可是个极乐园，不过你来得不是时候。”牛魔王道，“现在是海风季节，每隔几年就要来那么一次，不要紧，过段时间，风暴过去，一切还都会长出来的。”

“我看这儿要沉了，神的力量你们是无法抗拒的，妖族永远也掌握不了这么大的力量。”

“是的，我们总是自然的顺从者，我们在海水、泥土、落叶中而生，不会想到要控制天地的力量，把风雨雷电据为己用。但我们并不是没有令人畏惧的力量，我们……”

一道巨大的电光在前方闪过，把天地连成一体。

“小心！”牛魔王喊，俯冲下去，又是数十道闪电在他身边掠过，他迅疾地左右横晃，在闪电中间穿梭。

这时他们头顶的黑云像大海的泡沫一样膨胀了起来，一声巨响炸出一团几百里宽的巨大火球，牛魔王的身体几乎贴着地面，地上的无数大石被爆炸后收缩的气浪吸上天空。

这时天地间忽然静了下来。

白晶晶抬起头来：“怎么了？”

刹那间，忽然一道红光贯穿了满天的黑云，一连串巨响从东炸到西。

牛魔王落在乱石纵横的地面上，长出了一口气。

在北方，铁铸的黑云后，传来了铿锵之声。天兵的喊杀声起了又落。

“是他，看哪。”牛魔王指向天际，“他在战斗。”

猛地，一道巨大电光把千里厚的云层映得通亮，一个巨大的舞动兵器的身影被映在滚滚云涛上。

地上的人不由得都惊叹一声。

牛魔王学着云中的身影摆着姿势。

“你干什么？”白晶晶问。

“唉，我永远都做不到他的造型，那么帅。”

白晶晶笑起来，在黑松林没有月光的夜里，她沉浸在她的回忆里。

“孙悟空……”她喃喃地念道，而脸上的笑容却渐渐消失了。

“孙悟空。这样的一个人怎么能被铁箍拘束！绝不！”

她走上高岩，夜风吹动她的衣衫，月光偷偷从云中露出来，照见她可怖的原形。

【05.】

第五天

“我走得再远，也走不出这片天吗？”玄奘仰头看看，天空中有几道碧蓝的划痕，像是随时会“砰”的一声碎裂成晶亮的几块。

“师父，你又带错路了。”孙悟空说。

“没错。”

“西在那边。”

“没错。”

“没错你还往北走？”

唐僧停住了，回过头道：“你不信我你可以走。我没让你跟着我。”

“你以为俺喜欢？是观音让俺跟着你的。不然老孙早飞到西天去了。”

唐僧冷笑道：“那你为什么不去？”

“俺要把你送到才能成正果呢。”

“要是我突然不想去了呢？”唐僧抱手胸前道。

“你敢？你要害得老孙成不了正果我就不客气。”

“我们这些年一直往西走，你们难道不想试一试往北走会发生什么？”唐僧诡异地一笑。

“不可以，绝对不可以。”沙僧说，“往北走是错的。”

“谁说的？”

“老天。”

“老天还高着呢，这儿究竟是谁说了算？”唐僧大声说。

“我！”另三个都道。

“如果是这样，我建议我们往东走，这样我还能回趟高老庄。”猪八戒说。

“我的方向就是向西。”沙僧坚决道。

“没有人愿意跟着我走吗？”唐僧问。

没人理他。三个人在争吵不休。

唐僧静静地看着争吵的三个人，眼中却渐渐有了柔软。

“当有一天你们终于知道哪里才是你们真正想去的地方，才会想起我这个师父的。”

他转身向北走去。白龙马忠实地跟着他。

三个人吵闹了半天，孙悟空忽然愣道：“唐僧跑了。要是他被妖精吃了，我们的辛苦又全得白费。”

三人追上去，穿过密林小溪，却见唐僧站在前面的林中，静静地望着前方的树林和远处山峦。

“你站在这儿做什么？”孙悟空上前道。

唐僧一摆手不让他们出声，他出神地望着前面。

三个人都把头凑过来。

“美女在那儿？”猪八戒小声说。

唐僧摇摇头。

“妖怪？”沙僧道。

唐僧摇摇头。

“你到底在看什么？”孙悟空忍不住大叫道。

“它，它就在那儿。”唐僧伸手一指远方。

“哪儿？是什么？”三个人放眼远眺。

“在那儿。”

绿树闪着透明的光泽，蓝天下山脉如浪连绵，白云丝丝清细，千万丝缘纷而不乱，众人的目光忍不住如野马般在前方开阔平展处狂奔开来，在每一寸山肌与绿风中转折跳跃。

“好景色。”猪八戒道，“平时忙着赶路也没有时间停下来注意身边的世界啊。”

“别乱感慨了，我不是让你看风景！为什么你们都对眼前的东西视而不见呢？”唐僧道。

“眼前？”三个人这才定睛来看眼前，“什么也没有啊。”

唐僧缓缓把手指伸了出去，点到一处不动了。

猪八戒好奇地凑过去，突然他的长鼻子碰到了什么，一缩回来看那儿却又什么也没有。

孙悟空的脸上露出一丝阴云。他忽然猛地跳了出去，但是立刻重重地撞在了什么上面。

那儿，就在他们的面前，竟然如有一堵透明的墙！

“这就是界限。”唐僧说。

“界限？”猪八戒问。

“是的，这个世界有你不能到达的地方，有你不应到达的地方，有你一辈子也不会到达的地方，你的世界并不如你想象的那么大。界限也许就在你身边，可你却以为你可以去任何地方。”

“但是事实上我只能选择一个方向，而那恰好是界限所规定好的？”猪八戒问。

“是的，那就叫选择。是界限选择你，事实上你没有任何选择。”

“我可以选择。”沙僧说，“我可以选择向西。”

“而界限是由谁来定的呢？”猪八戒道。

“是他。”孙悟空冷冷地道。他突然变得狂躁不已，一次次猛撞着那透明的界限。

他忽然转身怒视唐僧：“为什么要告诉我们它的存在！”

“是我的错。”唐僧正视着他的怒目平静地道，“我想了很久，终于决定要告诉你们，哪怕……我会后悔。”

“你告诉我们又能怎么样呢？我们什么也做不了！”孙悟空怒冲冲道。

“不。”唐僧说。

他向前迈了一步，停了一会儿，又迈了一步，这一步迈出时，他已穿过了那条界限。

他回过头来：“要做我的徒弟，就跟我来吧！”接着，转身大步向远方走去。

“不！”猪八戒大喊，“他们会杀了你的！”

“外面是什么？”孙悟空大声问。

“是真正的恐惧。是我们诞生的地方。那儿有花果山和高老庄，还有……真正的妖魔。”猪八戒怔怔地说。

“我们的来处……”孙悟空望向唐僧行去的方向，喃喃道。

“你跳不出这个世界，是因为你不知道这个世界有多大，一旦你知道了，你就超出了它。”唐僧的声音还在远处响。

“我怎么能知道呢？我翻了无数筋斗也翻不出去，难道你用脚还能走出去吗？”孙悟空说。

“可是边界并不一定在远处啊。”唐僧笑着说。

“他说得对，边界就在这里。”一个声音说。

三人抬头看去，白晶晶立在高崖之上，山中凛冽的风吹起她的衣襟，她站了片刻，一纵凌风而下。

“真美，像俯视大地的鹰，以无尽的决心投向死亡。一个妖精最美的时候就是她以为自己是神，可以拯救他人。”猪八戒流着口水说。

“所有比神还酷的人都要死。”沙僧说，“这是我常年总结出来的法则。”

猪八戒瞟了他一眼，那眼神忽然让沙僧想起了当年的很多事情。

于是他们都望向孙悟空。

“走吧，我带你超出这个界限。”白晶晶对孙悟空说。

唐僧一路独自向西行去，越过雪山，天像雪洗过一般明澈，他看见了一座城的影子映在瓦蓝的天际。

这时他听见一声马嘶。他回头，雪山上，一匹白马抖着身上的雪，像一块美玉抖落身上的玉屑，轻颤着走过来。

唐僧愣愣地看了它好久，笑了。

一人，一马，白皑皑的大地，蓝苍苍的天涯。

高山之上，雪岩顶端。一个人站立在那里看着唐僧在雪上踏出的足迹越来越长。风鼓起他的黄色衣袍。

一只黑翼鸟飞来，落在他的肩上。

“没想到唐僧能走出来。”那鸟说话了，它有着锐利的眼神，“前面就是宝象国。黄袍怪，那可是你的领地。决不能让唐僧到真正的西天。”

“放心。”那黄衣人的话音像雪山掠过的风一样冰凉。

波月洞

黄袍怪在洞中想着什么。灯光移来，一个美丽女子走了进来，她的容颜和温暖的灯光立刻使洞内的阴森之气一扫而空。

“啊，公主。”黄袍怪恭敬地站起来。

“我说了不准叫我公主的。”百花羞倚在他肩上娇嗔着，“一个人躲在这儿想什么心事？”

“我想，我们要去拜见一下你的父王，我的泰山大人了。”

百花羞退开，吃惊道：“为什么？他如果知道你是一个妖精……我们一直待在这里不好吗？”

黄袍怪叹了一声，望着那摇曳烛光：“有些事情，是我们逃避不了的。我不做这件事，只怕连妖精也做不了了。”

“可是……”百花羞上前握紧了黄袍怪的手，“你须记住你答应过我再不杀一个人。”

黄袍怪沉默了，烛光在他的瞳中跳动。

【06.】

五百年前

一道光芒。一声巨响。那喷薄而出的烈火，那烈火中闪闪的眼睛。

巨响震醒了天宫。有人在心胆俱裂地喊：“妖猴复生了，从炼丹炉中复生了！”

奎木狼站在他的星位上，看着火焰的血红色在天宫漫开。

他四周的星宿乱成了一片，诸星官全在慌乱奔跑。

从下界看，便是宇宙的深处开始泛红，而那天空的星座在急速地移动变形。

“报，妖猴已打死了五行官，冲过了虚斗门！”

“报，无相真君被杀，妖猴已过了太辰门！”

“报，李天王军落败，那，那那那那妖猴冲过无忧宫了！”

无数流星探马在天穹间来回穿梭。在天空中划出千百道亮痕。

“玉帝有旨，所有的天将星官，全部会集南天门，守卫灵霄殿！”

传令的神将从赤九星座掠过。

“把所有星辰神灵都集中到南天门去吗？那样星座就会移位，天穹会失衡，人间会起极大恐慌，会大乱的。”奎木狼道。

“可是玉帝如果不在了，天宫就会瓦解。不要忘了，众神不是为了凡人而存在的，人间不过是托起天界的平台而已。”飞过的胃土雉对他说。

南天门里已经密密麻麻挤了一群神仙，闹哄哄像人间的难民。奎木狼皱了皱眉头。

远处忽然传来巨响，轰鸣中远方的宫殿一间接一间倒了下去。诸神都不闹了，心惊地感受着那雷声、巨响、火光、烟尘一点点逼近。

奎木狼忽然觉得有些有趣，当神也不能主宰自己的命运的时候，什么是可以相信的呢？如果人世间流传起这段历史，还有谁会膜拜神呢？会有越来越多的“妖”吗？

忽然一个东西从空中飞过。

“来了！”众神惊叫道，本挤得满满的南天门前立刻如退潮般出现一大片空地。

那东西“砰”的一声重重砸在了地上，却是巨灵神，他是头朝下落下来的。

不一会儿又“嗖”地飞来一个，撞坏南天门的牌楼摔到地上，跳起来还乱挥兵器，连北也找不着。这人谁啊，武曲星君。

奎木狼不禁又皱了皱眉头，他今天看到了太多不应该看到的事，将来天宫平复，诸神将如何挽回他们的颜面呢？

遣云宫碎了。

毗沙宫碎了。

无忧宫碎了。

那一座座宫殿倒塌的回响像是一个巨人的脚步声一步步逼近。来了，就要来了，诸神抬头心惊地看着红光漫过了他们的头顶。

奎木狼忽然看见了一个紫色的身影，站在风暴的边缘。

是她？他想。

紫霞望着白云被狂风撕卷成碎絮，被火燃烧成血红，从她的头顶疾驰而过，她痴痴地望着，耳边仿佛听不到任何声音，并不知道眼前发生的一切。她似乎大喊了无数声他的名字，但又似乎没有开口。

忽然那个身影挟狂风越过了她的身边。

“孙悟空！”紫霞忍不住叫道。

孙悟空回过头来，有些吃惊地看着她。

他说了三个字。

“你是谁？”

没有任何其他语言比这更冰冷。

它代表着一无所有。

一无所有的悟空。

一无所有的紫霞。

你是谁？

能记得你的人已经不在了，我也已经不在了，没有人再爱着你也没有人再恨着你，一切不过是虚无。我也只是虚无，在宇宙间飘忽，没有倒影。光线穿透我而去，没有人看见我。

孙悟空活了，但活过来的真的是孙悟空吗？

“我不能再向他解释什么，他已经不再记得我，他记忆中只有刻骨仇恨，可他甚至连恨我也不会了。从此世上再没有人想起我，从此世上再没有我了。”

她望着那高大身影，忽然他一纵飞逝在天空，她的泪流了下来。

“尽情地飞吧，忘记情感才能有这样的力量啊！”

孙悟空头也不回地飞走了。

他为什么还在战斗？

金光射入了灵霄宝殿。大殿“轰”的一下分成两半，慢慢向两边倒下去，金光停也没停地游走了，剩下一个戴皇冠的小人儿愣愣地坐在露天瓦砾中。

“啊，快去请如来佛祖——”

【07.】

五百年后宝象国

入夜，奎木狼在为驸马准备的宫中。他按剑桌前，若有所思。

士兵走了进来："驸马殿下，你擒住了化成西行和尚的虎妖，国王设宴要为你庆贺。"

"我今日作法擒虎太累了，请禀报国王，明日吧。"

卫兵退下，奎木狼还想着白天的事。

"我从虎妖口中救出公主，但公主有好生之德，饶那虎不死而去，但不想三年后却化成西行和尚，来此陷害于我，想加害国王。今日我便让他现形。"

唐僧微微摇头："现形？你真知我本相？"他微微一笑，拿起桌上茶杯一抿。

茶杯还未放下，黄袍怪的法力到了，唐僧变成了一只猛虎。

殿中大乱。

猛虎懒洋洋地摇摇尾巴，还伸头想去喝茶。一位宫女跑过，腿一软跌倒了，老虎转头冲她微微一笑。宫女一愣，也笑一笑，然后昏了过去。

黄袍怪抓抓头，他想事情有点儿不妙。

"我真知他本相？若我不知，我又如何变化他？"夜晚，他在宫中烛光前想。

忽然一阵清风，一个绝美的白衣女子如雾气般滑了进来，托着一盘酒具。

奎木狼抬头看了她一眼，仿佛痴了。

好半天他悠悠道："人间必没有此等绝色，姑娘莫非从天上而来？不，你又不似天上仙女不沾烟火，你心中有凡情愁结，更添你万种风情。"

"莫非你见过天上仙女？我比之如何？"小白龙笑道。到底还是女孩子，什么时候了也不忘问个清楚。

"也曾远远遥望，银月圣洁，紫霞流彩，却还都不如那雾不沾衣的云中玉龙啊。今日得睹，此生幸事。"

小白龙脸色微变，随而又娇笑："良辰美景，一人独对，岂不有憾？"她轻盈一滑，到奎木狼身边，纤手轻探，却触在奎木狼按剑的手上，不由一抖。

黄袍怪轻叹一声：“你虽美，可惜却还不如一人。”

“是谁？”小白龙几乎要跳起来。

“内子百花羞。”

“我呸呸呸。”小白龙心中暗吐，脸上却仍笑意盎然。

“十三年前，我神仙也不做，为她去当妖精，只为她一笑，能让我倾倒。姑娘你虽绝色天下无双，可你的笑却是假的，无有真情，只有杀意。你也有心上人吧，他何等有幸见你那会心一笑时，那才是天下最美。”

“他永远也见不到我的笑。”小白龙咬牙道，“我爱的人永远不知道我的真面目，我留了我最美的笑，他却要看不见了，我恨！”

动作如闪电，“锵”一声，黄袍怪腰中剑已被小白龙拔出，剑光如龙游于壁上，黄袍怪一纵身蹿出宫殿，那游动剑光也追了出来。

黄袍怪叹一声：“你救不了他，叫孙悟空、天蓬来吧。”手掌挥出，小白龙惨呼一声摔了出去。剑光游向天上，隐入云中不见了。

白云悠悠，光影闪闪，白晶晶与孙悟空来到了天庭。

“你带我来这里作甚？”

“你不是要超出界限吗？界限便是天宫设的了，不如与他们说说吧。”白晶晶俏皮地眨眨眼道。

“这不是猴子吗？你怎么又来了？”看门的四天将斜着眼说。

“麻烦通禀一声，俺要见玉帝老……老人家。”

“叫什么名字？”

“啊？”

“干什么的？”

……

“你他妈的怎么不吭声啊？”

“我说……”

“停！”白晶晶跳出来，“你应该这样说，”她挽了挽袖子，学着粗声粗气道，“靠！叫玉帝孙子滚出来见他爷爷，看看他养的这帮重孙子！”

“啊……不得了啦，那孙悟空、那孙悟空他又打回来了——”四天将连滚带爬跑进灵霄殿去了。

“他们这不是知道你名字吗？”白晶晶回头笑。

“祸事了，你这不是找死？”孙悟空道。

“我不怕，因为有人会护着我。”白晶晶笑如桃花灿烂。

“可是我怕……你说谁会护着你？”

“齐天大圣。”

“是那魔头，他在哪儿？”孙悟空左顾右盼。

“哎哟，真的，天兵天将来了耶！”白晶晶笑道。

当当当当当，天兵天将列队鱼贯而出，按刀踩鼓点在天庭间来回走，穿插队列，翻筋斗，摆造型。

“妖……妖猴在……在哪里？”等他们摆完造型，不见了孙悟空。

白晶晶拉着孙悟空已经走到后面玉阶上去了。

灵霄殿前的玉阶这个高啊，三千三百级，宽得看不到边，上边能站一百万人。孙悟空连蹿带跳，几十级地往上蹦，忽然想想不对，又跳下去重新慢慢往上走，因为据说三千三百级台阶不全踩到，灵霄殿的门不会开，要换了人间自修仙法的上天见驾，还得一级一级磕着头上去呢。

到了大殿前，孙悟空抬头看看高高的大门，还是没有开。

孙悟空上前轻轻敲了敲，侧耳听了听，又轻轻敲敲。

“停停停！”白晶晶大叫，“你以前不是这个样子的。”

“以前？我以前来过这儿吗？”

“来，学着我。”白晶晶一运气，跳起来就往窗上撞。

“啪！”她整个贴在了窗子上，那窗一点儿事都没有。

“哈哈哈哈哈哈！”孙悟空笑得跳脚，“就这样？”

白晶晶一点点滑下来，不好意思地抹抹头发：“我不行了，但你是可以的！没有东西能挡住你……真的！试一试啊。”

孙悟空看了看那紧闭的门，又看了看白晶晶。他运了运气，一脚踢了出去。

……

白晶晶神色黯然，嘟嘴道：“你一定没用劲。”

“我用了。”

“没有，你一定是心里害怕，不敢用劲。”

“我真的踢不开。”

“你能的，你试一试啊。”

“不试了。”

“试一试啊，试一试。”白晶晶上来抓孙悟空的手。

孙悟空忽然有些烦了，一把甩开她：“试什么！”

白晶晶眼睛垂了下去。

“我为什么要到这么个破烂地方来玩这个？你当我看不出那些天将全是妖精扮的？这些全是布景。”孙悟空恼道，“好笑。”

白晶晶的头低得更低了：“人家……人家只想逗你开心。”

“为什么要逗我开心？我是谁？你又是谁？”

“你……你……你是……”白晶晶要脱口而出，又使劲咽住了，“我想你一路上，一个人，也不知该往哪儿去……好可怜。”

“我可怜？！”孙悟空跳起来，“我修的是正果，自然是往西天去。用你来可怜我？你什么东西？一个妖精？可怜我？哈哈哈哈哈哈哈哈，哈哈，哈……咳，哈哈。”孙悟空气得又跳又笑。

白晶晶满脸通红，手指卷着衣角：“我知道你难受，你哭吧，你哭出来就好了。”

“我干吗要哭啊？我笑，好笑得很，哈哈哈哈哈哈，哈，哈，哈……”

孙悟空停下来喘气。

白晶晶忽然一把抱住了他大哭起来：“你哭吧，我知道你心里不好受，你受了那么多苦，没有人说，没有人帮你，那么多人想害你，想看着你死，我也想害你。你一个人，对着整个天地，又不能放弃，不能输，又没有回头路。那次你打黑风魔，我们都在，你的力量还没从前的一半大，我们看着你在地上艰难地撑起来，好多妖精都哭了，可我们没办法，我们不能不杀唐僧，因……”

孙悟空想一脚踢开她，但白晶晶猛烈地咳起来，血染红了孙悟空的布靴。

“妖精也有紧箍咒吗？是谁给你们安了这个？你们的首领大鹏王？”

白晶晶摇摇头："现在已不是齐天大圣的时代了……不过我的不是法咒，是心锁。"

"心锁？"

白晶晶转过脸摇摇头："这个罪，是我要受的。"

"不明白……"

"你当然不明白了……"白晶晶低头喃喃道，"谁要我还总想着，总不肯忘了，总盼着有一天回到从前的日子……"她哽咽起来，一抹脸满脸都是血。

"你的血就快没了，省着点儿用吧。以后还能多吐几次。"孙悟空把棒子拿出来担在肩上，双手压在上面，用他经典的表示不在乎的姿势，绕开白晶晶走了。

"是的，我要省着点，我还要活到那一天……"白晶晶似乎一点儿也没听出是嘲笑，她俯下身，吮着她吐在衣服上、地上的血。

孙悟空皱了皱眉头，走远了。

南海的静夜，观音在紫竹林中编完她的花篮，又逗了逗莲花池的金鱼，披散了头发，轻轻松松赤着脚在石子路上一蹦一蹦。

"观世音菩萨。"孙悟空忽然从阴影里跳出来。

观音吓得尖叫一声，好半天定了神才说："你……你进来怎么不敲门？"

"我没找着门。"

"哦，是我的错……你没事跑这儿来干什么！"

"我没地儿可去，咦，这条金鱼我在哪儿见过……"

"不要碰！我这儿不是无家可归的妖精的营地！"

"可是以前我每次正要打死什么妖怪，观音菩萨你就蹦出来说你家需要一个什么什么看门的、种树的，把他们全收走了，现在菩萨你行行好也把俺收下吧。"

"怪不得你这样进来连个通报的人也没有，原来全吓跑了。"观音暗恼，"我这儿容不下你这大人物……可是……你怎么会……你不是保唐僧的吗？"

"那秃子忽然发了疯，说世界有什么界限，说我们不能破那个界限，便不能做他的徒弟了。咦？菩萨你的脸好白，你光着脚不冷吗？你不是什么都算得到的吗？"

"天哪！怎么会这样？我真的没法算到我的师兄……他居然发现了边界？"

“什么师兄？”

“嗯，没有，你怎么会想要来紫竹林？”

“我总觉得，我有家，在一个山明水秀的地方，可我走遍四海，却总找不到，求观音指一条明路吧。对了，俺现在不保唐僧，那金箍也请予我解了。”

“你走不到西天，永远解不下来的。你没有退路。别忘了你还要除去四个魔王。”

“菩萨，我找不着他们啊，你能不能把他们叫到这儿来让俺一次解决。”

“你从这儿出去向北走，就能碰见他们了。”

“真的？你不骗俺老孙？”

“真的真的，你快走吧。”观音一把把孙悟空推出竹林。

她转身直奔竹林深处，一轮光环展开，如来出现在光环之中。

“玄奘他似乎察觉什么了。”观音道。

“我都知道了，不过无妨，他一开始就看破，又能如何？他走不出去。”如来用他一贯洪亮而无起伏的声音道。

观音打开一个匣子，拿出一卷经文握在手中，想着什么。

她忽开始拆那绑卷的布带，可那个结却怎么也打不开。

【08.】

五百年后

孙悟空一直向北走去，天空越来越暗，后来全成了黑夜，但遥远天际却有七彩的极光流转变换。

终于他来到了那光彩的发源处，一片平坦黑色大地上只有一根巨大的旗杆，上面有四个字，在流光中若隐若现。

“齐——天——大——圣。”

“这儿必是四魔王之一的齐天大圣的洞府了。”孙悟空亮出了金箍棒，“妖精，出来！”

“你找人吗？”忽然一个声音说，一个穿黑盔甲的大个子从黑暗中走了出来。

“你就是齐天大圣？”

“不，我是平天大圣——牛魔王。”黑大个说，“齐天大圣，我也一直在找他，如果你看见了他，告诉他，兄弟们都很想他，我们什么时候再回花果山去喝酒。”

“花果山？他住在花果山？”

“是，一个很美的地方，流不尽的泉水，天边自由飞翔的羽翼，从山脚的苍翠草原到山腰的黄杆子紫云花，山顶的红叶林，整座山变幻着色彩，都那么让人心醉。”牛魔王望着漆黑的天空，仿佛陷入回忆。

“妖精会住在那么好的地方？”

“从前那个时代是的，在美猴王的时代，但是他做错了一件事。”

“是什么？”

“他以为可以让天下所有的人都和他一样快乐，一样超然三界，无惧生死。”

“可以吗？”

“不可以，那不是天地间的秩序。”

“那就放弃吧。”

“可那不是他，他是一个永远不违心，永远不认输的人。”

“这样的人可能在世间存活下去吗？”

“我一直希望他还能活着，你如果看见了他，请你告诉他，兄弟们都很想他，我们什么时候再回花果山去喝酒。”

“你已经说过一遍了。”

“那酒是用水帘瀑布的水酿的，纯得照透人心，用了千种花百种果，蕴了万物的芳醇，用太阳的光刻入七种色彩，开坛时，全山都弥漫着香气，凡人喝了一口，要醉上一百年。那一天，我们全喝醉了，他拍着我的肩膀笑着说，他不记得自己是谁了，我说，不要紧，记得这杯酒就行了。”

牛魔王举起了一只木杯，里面的酒像钻石一样晶亮。

“这是最后一杯酒了，喝了它，百年的梦醒过来吧。”

孙悟空看了那杯酒很久，然后他用棒漫不经心一挑，酒杯飞上了天空，化成漫天闪亮的水雾。

“妖怪，你休想蒙骗俺老孙，俺杀了你们几个，就能成了正果，去了金箍。亮兵器吧！”

牛魔王慢慢俯下身，捡起那个酒杯，小心地擦拭了，放进怀中。

“你不喝算了，不要弄坏了我心爱的东西。”他抽出了长剑，面对那面旗大吼，“你纵然不在，我也不会辱了你的这面旗！”

在漫天花酒的醇香中，冲出了浓烈的血腥气。

罗刹坐在家中拭着牛魔王的佩剑，白晶晶走了进来。

“他走了？”罗刹擦着剑问。

白晶晶点点头。

罗刹的眼泪落在了剑上，她将它擦去，可怎么也擦不尽。

“杀他的人已去狮驼王处了。”

“为什么呢？结束吧，还要死多少人？”罗刹大喊。

“不！”白晶晶咬牙道，“孙悟空绝不可以成佛！那一天，世界将没有任何希望。”

北俱芦洲狮驼岭下

“牛魔王要你还什么东西给我？”大鹏王道。

孙悟空丢下那面齐天大圣的大旗。

“嗯，很好。齐、天、大、圣。”大鹏王拿起那面大旗摸着，“它终于到我的手中了，哈哈哈哈，我终于是天下妖魔之王了！”

“你很快就会死！”

“孙悟空，我要怎么样才能让你知道你是谁？你好像忘记了很多事，我帮不了你，我们看着噩梦一点点地发生，却永远醒不过来。”

“我除去金箍需要你的头颅。”

“你当然有本事拿到它，不过这样你也不能成正果，因为我们会杀死唐僧。”

“你在要挟我？”

“哈哈哈哈！孙悟空，居然也要受人的要挟，你真可怜，是什么拴住了你？成正果对你来说就那么重要？”

“我有第二条路吗？除了西天我有地方可去吗？！”

“是的，如果你不是孙悟空，任何地方你都可以容身，可惜你是。这不是要挟，因为不管怎么样我们也会杀死唐僧的，你已经怎么也不可能成正果了，如果你还要杀我，就杀好了。”

大鹏王说完，眼前已不见了孙悟空。

他拿着那面齐天大圣的大旗，脸上露出阴沉的笑。

他的背后出现了两个人。

“这面大旗终于如愿到你手中了。”一个金角妖怪说。

“现在应该实现你对我们的承诺。”另一个银角妖怪说。

“好的好的。不过，”大鹏转过头，“还有地方要两位仙童帮忙。借用一下你们的宝贝，去收拾了另外三个……”

【09.】

宝象国

阳光普照，百花开放。

黄袍怪正看着唐僧的行李，他随手拿起一本册子来翻着，那封皮上写着大唐西域。里面的字迹凌乱，仿佛每一个字都在尽力扭转了身体跳舞。

天泽国，多少年前也许有着一次不同寻常的爆发。但这是一次悄然无声的爆炸，这就是冰河时代的终结。我在天泽国巨岛的景观中去把握这次变化的情景。在这个巨大的岛屿上，刻满它万年前流动的几千里长的痕迹；而当冰河期的积雪消融之时，大陆开始百花开放、百果生长。人类从岛屿动身，漫游了。

而这出发地一定不止一个，如此多千奇百怪的生灵在我的眼前跳跃，我从他们的祭舞和赞歌中查询那被遗忘的部族若隐若现的历史，在不相同的传说源头有着相同的天地开辟，无限水域中的无数个孤岛，汇聚于这片狂欢的海洋，而那些孤独漂动的故土，又是在亿年前像花种一样被喷向万里之外的冷寂，在那里孕育出生命，然后那必不在其中的皈依识促使他们从四面八方历尽艰难回到原始土，这也许是保证灵类永远多样的必然之选。

百万年之久，历尽难以想象的艰辛，终于突然发现大地鲜花盛开，四周动物成群，从此开始了一种与从前迥然不同的生活。

灭法国，他们的经文认为，自然可以创造出另外一种自我复制的法。存在着比我们所知的四相多得多的各种可能。如果这是正确的，那么，为什么生命，正如我们所知道的，是由同样的四相所制约的原因就在于生命碰巧是由这四相开始的。按照这种解释，这四相就证明了，生命只能开始一次。因此，任何一种新的编排方式，都将无法与现存的生命形式相通。在这大地上还有生命正在从虚无中被创造出来。

隐雾山，当那里的占星者在观察一颗星时，他能知道有大量的事使他所见的偏离了本相。于是，他阅读若干记载，自然希望这颗星的位置的最佳估计是一个中间数——即散布的中心。他们绘出一种图，使这种离散可以由图中曲线的偏离或分布来表示。由此，产生了一个具有深远意义的观点：这条线标明了不确定的区域。我们不能肯定曲线的中心是否就是那确凿无误的位置。我们只能说“它位于不确定的区域”，而不确定是否一切真实。

长青海，当月圆时分，那种叫月光的鱼能感知到水面上的光线盈满，只在每一百年的这一刻，水面能涨到使它们通过那阻断海水峡谷中的石头，从而溯流到山中天池内，与那里的雌鱼会合，在月光下孕育生命。世上每一种生灵都表现出这种精确而美妙的适应性。凭借这种力，它们都像无比巧合那样适应着自己的生存环境。每一处像特地为那里的灵物定做般天衣无缝。三界中只有一个地方有双色的叶子，也只有那儿有会飞的双色叶，一边碧绿一边紫红地扇动着，它们从不飞出自己的天堂。但是，我没有找到人适应任何特定的环境，人没有故乡，我没有找到人的源头。

……

黄袍怪翻着翻着，脸色变得越来越惊恐，他忽然大叫一声，冲出了宫殿，冲到了关着老虎的偏殿院中。

那老虎正望着眼前的一盆生肉发愁。

“你不吃荤？”黄袍怪一挥手，还了老虎说话的能力。

“不，我不吃生东西。”老虎说。

“这儿待得习惯吗？”

“有什么地方比这里更好？没有妖精，没有陷阱，没有唠叨的徒弟，可以静静晒太阳。人一生追求的不就是这么一个地方吗？”

“我刚看了你的笔记，原来……你是妖精。”

“好吧，我是妖精你是神仙，我不在乎。”

“我本来就是神仙，我只不过让你恢复了本相。”黄袍怪笑道，“神仙和妖精的区别就是神仙给一切东西定下它们是什么，而妖精打乱这一切，神仙创造天地的时候，没想到有妖这种东西。妖精是谬误所生，他们因为意外而得以存在……”

“……而他们试图成为符合天理的东西是吗？因为他们诞生了，就拒绝被当成神无力的证据而被抹去。当他们反抗神的定义，他们就变得不合理，而他们顺从神的定义则理应被消灭，这就是他们的命运。”老虎说。

“哼，你才是真正的妖精。”黄袍怪冷笑，“你端正俊朗的外表下是一颗妖的心，想挣脱出道法的不羁心，想重置一切定法的野心！想所有至高无上的东西倒覆的魔心！”

“我只有一颗心，我只是在路上看到了不同的风景，看到来自不同源头的人们所构造的自己的世界。这个世界是混沌的，但当有人说他发现了世界的本源，发现了万变不离其宗的真相，他便成了指引者，而当他的宗法被铸成铁卷不可动摇，世界便有了界限，成了囚笼。”老虎伸头在笼子铁栏上蹭痒，“其实，谁在笼子里谁在笼子外也不过是个定义。你真的不想出来吗？你想出来可以和我说一声。”

黄袍怪大笑了起来，他打开笼子钻了进去，和老虎坐在一起。

“现在我们都出来了，但是笼子外面好像小了点。”

“没错，这个世上本来大多数人在笼子里，只有几个人能在外面。真相永远比虚幻狭小得多。”

“哦？”黄袍怪陷入了沉思，这话里有很深的东西，那是……

“跑了，老虎跑了！”院外的宫女尖叫起来。

“啊！阳光！宫殿！美丽的女子！笼子里有这些为什么我还要自由！”老虎在宫殿外大声抒情。

“啊？死和尚，让我出来，自己却跑到笼子里快活去了！教训是千万不要相信哲学——让我出去！！”黄袍怪摇着不知什么时候被锁上的笼子大喊。

忽然天空阴暗了一下。

孙悟空站在了他面前。

“出来。躲在里面也没用。”孙悟空用金箍棒敲着笼子说。

黄袍怪笑了笑，打破了笼子：“你师父刚走。”

“少唬我！都在骗俺老孙！”

“没有，其实，这世上真的有什么可以关得住他的东西吗？”黄袍怪望着天空想了想，“他知道边界的所在，为什么还要留在笼子里呢？”

他又低了头看着孙悟空：“多年不见，你还好吗？”笑容出现在他脸上，很诚挚。

“多年不见？你……”

天空的云移过来，光阴被切成一层层、一片片的阳光在地上行走，翻山越岭，被风追逐。五百年，很多东西沉埋了，再过五万年，就不会有人记起，但它们还在，记录着当年的光线与光线所照过的人。你把它挖出来，它会告诉你一个故事。你觉得它很可笑，因为你看见了历史，原来它和你想的那么不一样。你不知道是该相信光，还是相信黑暗的岩石。五百年了，五百年不见阳光的岁月，所有的人都欲言又止，每个人都知道你的过去，他们认为你不应该是你。而你知道你就是你自己，从来也没有改变过。改变的，是世道与人心吧。

是的，眼前的人，都无比熟悉，无数次在五行山下的梦中，听见这些声音，却唯独没有自己的。他们在说话，没有回答者，你不知如何回答，他们在说着你毫不知晓的故事，你的历史和他们的历史错开了，不过是五百年。

“你一个人，对着整个天地……你，好可怜。”白晶晶说。

“这是最后一杯酒了，喝了它，百年的梦醒过来吧。”牛魔王说。

“好久不见了，”黄袍怪说，“当年你对我说的话，我一直还记得。”

他们在对谁说话？

这个世界上，其实并没有我。

也许曾有过那样一个我，那样地生活过。他的身影印在这个时代里，我看见了他的传说。

【10.】

“孙悟空，我问你，你为什么要成佛？”黄袍怪说。

“因为……佛是没有边界可约束的。”孙悟空听见自己的心在回答。

“你以为你可以带着这个心去成佛吗？”

……

“你盼望着打碎一切界限，为了这个力量，你要成为界限吗？”

……

“你胜不了我的。五百年前我根本无法阻挡你，而现在我知道你胜不了我。”黄袍怪说，“你害怕你自己的力量，还能战胜别人吗？”

猪八戒叼着草叶，扛着钉耙哼着小曲在山路上走，忽然他脚下一滑哎哟哟滚下山去，一直摔到山脚。他摊开四肢躺在地上一动也不想动。眼望着蓝天，忽然看见一个东西从天而降，是他的钉耙。“哎哟哟！”他跳起来捂住被钉耙打出的大包，“为什么它会比我晚到呢？是哪一丛草哪块石头拦住它让它在这时候掉下来呢？这无关紧要，可是如果我被这东西打死了，我又怎么想得到我会因为离我出生地几万里远的某座山某个坡上的某丛草而终结我的生命呢？如果一切都是天定的，天难道在我出生时就为我的死亡而设计了万里外一座山上无数草的长法？”

他胡思乱想了许久，直到他的包不太痛了，他才抬起头来看他四周的一切。

山坡下是一片农田，风吹起了绿黄变幻的波，一个村庄正宁静地立在阳光里。

猪八戒看着，张大了嘴不觉口水流了下来。

猪八戒走进了村里，村中静静的，不知是不是人都还在田里。

他看见了一个猪圈，走到圈边，手搭在圈边上看着里面的猪们快活地哼哼着，小猪挤在母猪的身边乱拱，翘起白白的小屁股。母猪把头伸到太阳照到的地方蹭着痒，欣赏着自己的毛在阳光下变成金色。

猪八戒低头看了看自己，被划成一条条的衣衫露出一条条的新伤旧痕。

“原来我不知道什么叫幸福。”他叹一声。

一个少女提着篮子从田里回来了。走过自家的猪圈，忽然站住了，她往猪圈里看了一眼，大喊起来：“老爹，我们家圈里多了一头猪！”

猪八戒躺在圈中张着大嘴睡着了。

“这儿不欢迎你。”那栏中母猪转了头对猪八戒说，“你也想被分块拿到镇上去卖吗？”

“你知道这一点，还这样自在？”

“猪活着不就是为了这个吗？我们还有别的存在的意义吗？你这样的野猪为什么要存在，没有理由啊？”

“是啊，没有理由，我走了太多的路想去成佛，也不知道是为了什么。”猪八戒拍着肚子。“如果我说我并不是一头猪，我其实是天上的天神，很威武的天神，你信不信？”

“信。其实我上辈子是天上的仙女花花，我们一定在天上见过面吧？”

“哦？你上辈子什么样？”

“嗯……短短的腿，大大的肚子，长鼻子，大耳朵，还有一双翅膀！”

“靠！你是我见过的最有想象力的猪！”

“什么啊！”花花叫起来，“难道还有比这更漂亮的东西吗？”

“……是啊。”猪八戒望着圈棚顶，“如果我从来就是一头猪，如果我从来就没有见过她的美丽，如果我从来就没有看过那么浩瀚奔流的银河……”

“见过又怎么样呢？我从来也不觉得银河比猪食槽更美丽，人类的美女在我看来简直就是——猪啊。如果你从来就是一头猪，你根本就不会感觉到这种痛苦，你就和神一样幸福。”

“可是人随时可以把你切成他想要的形状！”

“不会的，如果麦子不熟他们就不会收割，我不长到斤两他们就不会杀我，猪和人都不过是受规律支配的东西，为了活着他们就得像机械一样动作，如果他们不想这样生活他们就会被天惩罚。如果你能顺从这种规律，该吃的时候吃，该被吃的时候被吃，你就同他们一样。他们在兵乱和瘟疫中死生，同样没有反抗的气力，我们反抗不了人，人也反抗不了神，我们不过是这个世界的无数精巧设计中的零件，一个推动另一个，无休止地转动着，没有区别。你懂得越多，你就越明白你操纵不了它的运作，越明白自己是多么渺小无力。从这一点说，猪比人伟大。”

“难道猪都是思想家？你简直比我师父还有思想，要是人知道一头猪正鄙视他们的智慧，他们会不会全部被气死？”

“可是我还是希望能变成人啊。”母猪头贴在地上做憧憬状，“不知道为什么呢，我明知道做人比做猪更痛苦的……如果做了神仙就好了吧，想有什么就有什么了。”

“如果那样，才是真的了无生趣了。”猪八戒回想着。

“啊？那你还想去西天？”

“我一点儿也不想上西天！可我根本就没有选择！”

“真的没有吗？”

“没有，我超不出那个界限……”

“界限？”

“是神做出来设置你命运方向的屏障，你无法往他们意志不允许的地方去。”

“哦，我明白了。”

“你明白了？！你是一头猪，这么深奥的东西我都搞不清楚你就明白了？不要污辱我和神的智慧！”

“可是你说的不就是猪圈吗？”

……

“你可以出去的啊，只要我想，我随时都可以出去。”母猪看着那破木栏说，“问题是，我为什么要出去？给我一个理由。”

“随时都可以出去？只要一个理由？”

“是啊，你不就是从外面进来的吗？”

“对，可我以前是从这儿跑出去的。”

“现在你回来了。外面很苦吧？”

“原来我这一辈子，全然是自己在追求痛苦……”猪八戒沉思道。

“是啊，这样想就对了。你超出了一个边界，就又得到了另一个边界，你的空间越来越大，但你想要找的东西，你就越找不到。”

猪八戒沉思良久，忽然道：“我明白了。”

“你明白了？”花花眼中露出喜色。

“你如果真是一头猪，我就把自己的鼻子吃下去！”猪八戒跳起来，亮出钉耙，“亮本相吧。”

光线大亮，猪圈在光芒下融化，猪八戒发现自己在一座巨大的殿宇中。诸神高坐。

“猪八戒，你悟了吧？”光亮之处的声音说，强光射来，使猪八戒看不清光中之人。

“我师父还没悟我先悟吗？那唐三藏又如何？”

“他离经叛道，自有天谴。”

“好啊，呵呵，像对付我一样吗？”猪八戒憨笑道，“你们在怕着什么？好像边界之外有什么不能让人知道的东西嘛，呵呵。”

“不是不能知道，是不该知道，为什么千卷的佛经奥义放在那儿你不取，偏要另走一条路？”

“这你得去问唐僧，当初是菩萨让我们跟着他上西天的，现在他找不着路跑了，猴子跟着小妖精飞了，难道叫老猪去取经不成？历史是不会写上一头猪把经文带回东土的啊，哈哈哈哈哈……”

“严肃点！”一边的罗汉护法喝道。

“如果……”光芒中的声音说，“你不再是一头猪呢？”

猪八戒心中一动，什么东西一直投进他的心底，把情绪溅上来：先是咸的，像眼泪，那是等待他的女子的眼泪；再是酸的，像五百年的感伤，那是这一路的风尘；然后是腥的，是血，是夜中望着明月苦痛时咬破了自己的舌头咽到肚子里的血，是每次梦中想杀死所有人然后狂笑沐浴其中的血！

“去……去……去你妈的吧！”他大骂道，“现在老子就爱做一头猪，我喜欢，谁他妈也别想把我变来变去的，我就这样了，别惹我！”

四周的座上传来一片唏嘘之声。

“一个好好的人怎么会变成这样的呢？”

“那唐僧果然是个魔障的！”

“这头猪还真蠢顽不识点拨。”

“你们都滚！都他妈给我下来！”猪八戒陷入了疯狂之中，咆哮着乱舞着钉耙。

那些声音变成了一阵阵的狂笑，尖厉的、诡异的，大殿也不见了，一阵阵妖雾直上天际。

“逗你玩呢，蠢猪！”

“你来真的了？你真当你见着佛祖了？”

“哈哈哈哈，嘻嘻嘻嘻……”

“金角大王说，不受点拨，就去死吧——”

无数的黑影在猪的身边穿梭而过，他举起钉耙，四下乱挥，可是一个也够不到，一道又一道伤痕出现在他的身上。

猪八戒忽然再没了力气，他跪倒在地，头在地上蹭着，不住颤抖。

“我又怎么了，我又控制不住自己了，说过怎么样也要忍耐的，说了不管受些什么也要笑的，我要回去……我要回家！”他捶着地面，“可是我能做什么？让我跪下来求那三个人去西天好解了我的苦吗？唐僧走不出那个迷宫，孙悟空不能杀了他自己，沙僧找不着那些碎片，全是不可能的事！对于有些人这太简单了！可我们不是他们，我们不是！”

猪忽然抬起头，仰天一个字一个字地大喊：“我虽然是头猪！可是我不、任、你、们、宰！！”

吼声卷起狂风大作，黑影吱叫着被吹散了。云散开，月亮重现天空。猪爬起来，泪流满面，抖个不停，分不清方向，他抬头，月光轻抚他的脸。

“西天，我要去西天了，可是我到了西天我就不能再记着你，我不能去西天，我不去西天，我永远见不到你了，我迷了路，我要死在路上了，但我会想着你，我答应过你……”

他“扑通”一声重重栽在了地上，几许尘埃飞扬起来，被风直送上天际，那一轮冷月孤照，在尘埃中模糊了。

【11.】

沙僧一直向前走，也不停下，因为没有人叫他停下。

夜很深了，面前是一个深谷，他一直往前，掉进山沟，又走上来。前面出现一片密林，他踩倒树木走过去。前面是一片峭壁，他像没看见一样一头撞上去，在石壁上钻出一个隧道。

终于前面是一片空旷了，他就在这没有一点儿光线的空旷中大踏步地走。但一种声音在黑暗中渐渐地响了起来，终于变成了一种磅礴的轰鸣，就在他面前，像是一架巨大的绞碎天地的机器正运作。但他没有停下。

直到一个声音叫："停！"

沙僧站住了。

有一个人从他的背后走了过来："你知不知道这前面是什么地方？"

沙僧想了想："通天河。"

"原来你是知道地理的。"

"我曾在天空俯视大地的一切。"

"你也该知道没有什么能在通天河里浮起来。"

"那又怎么样？"

"你还是要走下去吗？"

"那我该做什么？"

"有很多可以做的事情吧。比如娶个媳妇，养个娃娃，种点玉米……"

"不能做。"

"为什么？"

"你不知道那是不是神让你做的事，你不知道神会不会喜欢你这样。"

"那你为什么走路呢？因为有人让你走？"

"是。"

"你没有自己想去的地方吗？"

"有自己的方向又怎样？又不能到西天。"

"到了西天又怎样？"

"可以赎罪。"

"赎了罪又怎样？"

“可以重新做卷帘大将。”

“重做了卷帘大将又怎样？”

“可你忘了——琉璃盏真的是你打碎的吗？”

沙僧不说话了，八百里河水滔滔，像在冲刷久远的记忆。

很久很久，他才说：“是的，是我打碎的。”

“你在说谎，分明是孙悟空打碎的。”

“那是因为她惩治不了孙悟空。而对你来说，要你反抗比要你一辈子受罚更痛苦吧。”

“因为那是没有用的，强大的孙悟空最后又如何呢？”

“所以你就安心了。西游对你来说是什么呢？”

“不断地寻找痛苦，比我更深的痛苦。这样我就知足，就宽心，就领悟神的力量，他使追求越多的人越痛苦，而安卧于他脚下的人得极乐。”

“这就是你向前的动力？你这孤独的人。你走吧，你看那前面的大河，它一直通到天上，向前走，顺着它，你可以重归天界。”那声音说。

“天界……”沙僧眼中露出憧憬。他于是一直向前走去，河水漫到了他的脚边。

狂涛扑过来卷走了他。

唐僧走上高山，魔法消除，他又变回了人形。

眼前是一片白云山冈，山下隐隐显现一片绿色平原。

“我终于迷路了啊。”他喃喃道，在山顶坐了下来，“不知那三个家伙找到他们的破界之处没有，只跟着我有什么用处呢？”

他在高山之巅坐了很久，看长风浩荡，吹卷云海气象万千。

“真的没有人能跳出你的掌心吗？”他喃喃道。

“玄奘！”

唐僧猛地回头：“谁？”

没有人叫他，只有林中树木重生，层层叠叠像人的心。唐僧一步步向那个传来声音的树林深处走去，一层又一层的树木移开。最后，他来到了一块林中最深处的空地，看见了他面前的一口幽深古潭。他走过去，头伸到潭边，潭水中映出一张清秀的少年面容。

……

金山寺的钟声惊动了林中的潭水，少年玄奘坐在潭边，看着波纹一点点刷过自己的倒影。

“玄奘，你又不去念经！”老方丈不知什么时候站在了他背后，合掌长叹，“你看着这潭水，能看出什么？”

“我在想，它是从哪里来的？”玄奘仍怔怔地看着水中的自己。

“从造化中来。”

“造化又从哪里来？”玄奘一抬头，一滴叶上露珠落到他的掌心，他将掌一斜，水珠顺指尖落到潭中，溅起微小涟漪。

“造化就在掌心吧。”长老说。

“这潭又是谁掌心上的一滴水？它日后是会变成大海，还是一个泥坑呢？你看那江水滔滔不尽，又何曾有干涸的一天？它的源头是什么呢？我的源头又是什么呢？我是成为海还是泥坑，又是谁的造化？”

“江流，”老方丈说，只有他会在静心长谈时叫他的小名，“你还小，不要想得太多。”

“不，师父。”玄奘说，“我总觉得，自己已经出世了一万年。”

“金蝉子，你在世间游历了这么久？你准备好你的法论了吗？”黑暗中一个宏远的声音说。

“我突然不想论什么了。”一个声音说，“我永远无法用语言来表述一棵树的生长，一朵花的全貌。我只想问一个问题，生命的真义是什么，请不要用语言来告诉我。”

玄奘听到这个声音，微笑了。

忽然四周全亮了，他身处于一座宝殿之中。

“玄奘，观音大士现身，命朕寻你去西天取经。”金殿上，皇帝说。

“我不去。”玄奘说，“我没时间。”

“是菩萨叫你去的。”

“可是佛不让我去。”玄奘笑了说。

“哪个佛不让你去？”

“我心自在佛。”

“哪来的这个佛？”

“哪来的那个菩萨？”

“朕的话你都不信？”

“若是真的，为何他不自己给我，却要我去拿？”

“这……当然是你去参见佛祖，难道让佛祖来见你？”

“佛祖也等众生去求他普度不成？”

“你是不是和尚？你不心诚，佛祖怎会传经与你？”

玄奘叹一声：“我心诚否，却无须别人知。我已在取经的路上，怎么又让我去取经？只怕是有人好心要告诉个答案与我，好使我不再思索了吧。”

“你这次若西去，我封你为国师，率万乘车马，带黄金宝器，一路抚国纳贡，弘我国威，也好让诸国知我大唐盛名。”

玄奘笑了：“那是出使经商，却不如派个经营大臣，佛法却是取不来的。”

“你待怎样？”

“请让我自在游于天地，快可百年，迟可千万年，可得真义。”

“哪有这样？菩萨指了明路你不走，现成三年五载可取回的经卷你不要，却要自己去找？”

“有三年五载可取的经文，哪有三年五载可得的无上法？若心中不明了，取回万卷经文，也无异白纸几箱！陛下要取那样的经文，自可派使前去。天下经文千万，真解其中意者又有几个？真正奥义，又岂能纸上得来？”

“那也该去灵山见佛祖，受他点拨才是。”

“佛祖化身万千，无处不在，何处是灵山？菩萨要我取经，可曾说经在何处？”

“这……自然在西天。”

“西天在何处？”

“想必一直向西便是了吧。”

“呵呵，我若找不到西天，自然是不配受这经的。”玄奘叹道，“可是……”

“可是什么？”

“可这世上，能达极乐者又有几人？我若自度，却弃不下尘世众生。我若度人，自己便永不能极乐，所以我永世到不了西天的！”玄奘回头。背后已又是一片黑暗。

那声音叹道：“你既想得通，又何必回头呢？”

黑暗中出现了那静潭，亘古平静的潭水却变成了一个深旋，将玄奘吸了进去。

【12.】

狮驼岭

黄袍怪从云头落下来。

孙悟空也紧追而至。

“看你逃到何时？”孙悟空挥棒一指。

黄袍怪大笑：“若是当年，我根本没有逃的机会。可是现在……再也不是齐天大圣的时代了。”

“齐天大圣？”

“是的，你看。”黄袍怪回身伸手一指。

孙悟空望去，落下的地方已不是宝象国，是在一片黑沉沉的山谷之中。

山谷是黑色的，因为遍野已聚满了群妖，怕有百万之多。

他们聚在一面大旗之下，那旗上猎猎舞着四个大字：

齐天大圣

大鹏王就站在这面旗下。

两个妖精来到了大鹏的身后，他们头上长着角，金色的和银色的。

“金角银角，事情已办完了吗？”大鹏王没回头。

“是的。”他们两人上前呈上手中的葫芦和玉净瓶，“猪八戒、沙和尚、玄奘，全收在里面了。”

“这两样东西真这么神？”

“只要你能抓住他们的心事，自然就能收服他们了。”金角笑道。

大鹏王拈着两样东西，这时他嘴边露出不易察觉的笑容，那是内心真正的狂喜。

“那就是孙悟空？”

“当年大闹天宫的孙悟空吗？”

遍山窃窃声。

大鹏王跳到山谷间：“孙悟空！你一路上杀了多少妖精？连结拜的兄弟你也杀了，这笔账，今天我要与你清算！”

一小妖振臂吼道：“杀了他！”

“杀了他。”大鹏王帐下的小妖精全部叫起来。但远处群山都静默，那里有许多老妖都是当年花果山与天庭大战的参与者。

牛魔王帐下的群妖也高喊起来：“杀了这个妖族的败类，为牛魔王报仇。”

孙悟空冷冷笑道：“杀我？”他环顾群山，众山妖魔忽然间都静默了。

“杀我？”他握紧了金箍棒，“你们全都来啊！”

他的大吼响在群山之间，百万妖众都默默看着他。

“来杀我啊。为什么不动？”

众妖的眼神中露着复杂的光芒，看着这个当年他们心中的英雄在谷底孤独嘶吼。

大鹏王飞身想上，被金角拦住了，“还不到时候。”他笑着。

忽然一只老妖跳到了谷底：“大圣，大圣忘了我们了吗？”

“混账！”大鹏王怒道，就想跳下去一斧劈死那老妖，又是金角拦住了他。

“沉住气。”金角说。

“你是谁？”孙悟空问。

“大圣，你真的忘了当年？现在百万妖众又聚，只要你一声令下，我们又能杀上天界，推翻那天庭，跟随你直到战死！”

“我不知道你在说什么。”孙悟空冷笑一声转过头去。

老妖悲愤地发抖，忽然大声道：“只因心高嫌地窄，立心端要破瑶天！”

“你在念什么怪咒？”

“当年也不知是谁与我们说，若天压我，劈开那天，若地拘我，踏碎那地，我等生来自由身，谁敢高高在上？”

孙悟空狂笑道：“竟有人这般说吗？哈哈哈哈！”

“你定是还记得的，我不信你忘了我等……”忽然老妖直飞了出去，口吐鲜血。

“孙悟空，你连当年跟随你的手下也杀？真是无情无义！”金角一步上前，大喊道。

孙悟空道：“我没……”

大鹏王展翅而起，巨大的翅膀阴影掠过群妖的头顶。他落在山谷之中：“孙悟空，你不再是我们的兄弟了，你受死吧。”

“杀了他！杀了他！”在金角的带领下，群妖狂喊。

天界翻起云涛，众神也伸出头来看着这一切。

“杀，杀……”神仙们也小声喊起来。

托塔天王瞪了他们一眼：“诸位，你们是神仙啊，就算心里想，也不用喊出来吧。”

孙悟空与大鹏战在一处。

他们碰在一起，气浪把地上滚滚的烟尘鼓起，向四周卷去，像万象狂奔，踏过重重山脉。

他们蹿上云头，云涛开始漫卷。忽随他们的飞纵像山一样耸立起来，忽又随他们的分开而崩碎。

金角对银角使个眼色，二人拿了紫金葫芦与玉净瓶也要纵身上天。

黄袍怪却拦在了他们面前。

“二位童子还好吗？咦？这不是老君的宝贝吗？不要告诉我是你们趁他瞌睡之时偷的。”

“奎木狼，你这天界的叛徒，我们现在没空追究于你，快让道，别阻着我们办事。”

“二位上仙有正事啊？”黄袍怪笑道，“我明白了，我明白了。”

金角对银角使个眼色，银角将玉净瓶一举：“黄袍怪……不，奎木狼。”

黄袍怪想了想道：“在。”

眼前忽然一片炫目光华，光华过后，黄袍怪发现自己又站在玉栏白云之中，穿着锦绣神袍，成了那个英俊的天上星辰。

眼前的一切都像天宫，连那终年不断的乐曲也是一样，不知从什么地方流淌出来。他走了很久，却找不到原本熟悉的宫阙。仿佛一直是同样的场景循环走不完。

又走了很久，他看见一个人。

那个人坐在地上，很认真地看着地上。他背后有一扇门，但也仅仅是一扇门，因为从任何地方都能走到那门后头。

“卷帘大将。你好吗？”奎木狼笑道。

“嘘！”卷帘大将对他竖起指头，“别碰坏了我的琉璃盏。”

“盏？在哪儿？”

“不就在这儿！”卷帘大将一指空空的地上，“我还是移个地方吧，这儿也不安全。”

他小心翼翼地捧起空气，走来走去想找一个放的地方，放下又拿起来，“这儿不好……这儿也不好。”

奎木狼叹一声：“卷帘大将不卷帘，在这儿做什么呢？”

“没有人从这扇门过，我自然也就没有帘子可卷。”

“卷个帘子也封将，看桃园的也封齐天大圣。这天界真是越来越可笑了。阿月你说是不是？”身后有声音说。

奎木狼回头，他看见了那个高大英武的人，生着双翼，脸上永远带着迷人的微笑和傲气。他正望着身边无限柔情地说话。

可是，奎木狼看见，他身边没有任何人。

“天蓬。”他说，下面却不知说什么。

天蓬笑着对他点点头：“星官，今天没去当值？”又转头对身边说，“阿月，我们去玉水桥那边吧。”

“这边走。”卷帘大将跳起来，支起背后那扇门上的帘子。

“我为什么要从那儿走？”天蓬笑道。

“你不从这儿走！我怎么做卷帘大将？”

“你做不做卷帘大将，与我何干？我要去玉水桥。”

“玉水桥要走这边！”

“玉水桥不是走这边！你说是不是，阿月？……阿月说是！”

奎木狼好奇地看着他们。这时前面一黄衣僧人走了过来，身罩圣光，面带庄严法相。

“唐僧？”

“阿弥陀佛，什么唐僧？在下是如来座下二弟子金蝉是也。”

“死老虎，又装。这里是何处？”

“此处便是西天哪。”

“西天！我怎么到这里来了，他们……”黄袍怪手一指天蓬与沙僧。

“他们已得道了。”

“得……得道了？”

“是。”

“那他们成佛后在……”

“在玩过家家。”

“过家家？”

“是啊。”唐僧笑道，“世上有什么比玩过家家更幸福的事？你想要的生活，你想得到的一切，都可以得到。”

“可是……那些全是假的！”

“人生难道不是梦幻吗？你所得的你最终全会失去，你认为那是真的，你就会痛苦，而你知道那不过是一个游戏一场梦境，你就能解脱。人生在世，百年也好，千万年也好，都是未来前的一瞬，这一瞬后你什么都没有，你曾有的只有你自己。你在这世上永远地孤寂着，永远找不到能依托你心的东西，除非你放弃自己，融入造物之中，成为万重宇宙中一点尘埃。你就安乐了。”

“可是如果连你都这样想。那我们还有什么希望？”

“对，所以我在等一个人。”

“等一个人？”

“不如你和我坐下来一起等吧。”

【13.】

“孙悟空！”

“谁在喊我？”

孙悟空与大鹏斗得正欢，忽听背后有人唤，一回头间，忽觉满天云雾疾扑而来，仿佛时光离他千万里而去，眼见云隙间斗转星移，那是身在九天之外，追上了五百年前远逝的星光。

眼前云雾散开，出现一尊巨佛。

“孙悟空，你说跳出我掌心，便把天宫让你，现在你跳来跳去，跳出去了吗？”那宏大而平缓的声音道。

“你在说什么？”孙悟空一愣，仿佛有什么在心里一掠而过了，却没有抓住。

“若跳不出，你便老实下界，再修几劫，却来争吵。”

“我要向哪里去？”

“你不想回花果山吗？”如来一挥手，云散开了，露出一片青翠群山。

“花果山……”孙悟空望着下方，忽然他想起了许多事，眼神迷离了。

势镇汪洋，潮涌银山鱼入穴；威宁瑶海，波翻雪浪蜃离渊。木火方隅高积上，东海之处耸崇巅。丹崖怪石，削壁奇峰。丹崖上，彩凤双鸣；削壁前，麒麟独卧。峰头时听锦鸡鸣，石窟每观龙出入。林中有寿鹿仙狐，树上有灵禽玄鹤。瑶草奇花不谢，青松翠柏长春。仙桃常结果，修竹每留云。一条涧壑藤萝密，四面原堤草色新。

这便是我的家园。

我常在那块大石上看日落月升，看满天银辉把大海绚得繁星万点，与银河连成一片。明月下，快活的身影在山间跳跃，自在的啸声漫山呼应。

可是这样的场景真的存在？我不是曾在每个夜晚时恐惧，害怕自己消逝在黑暗中，看不见明天的日出吗？

“那是因为你在你自己里，你牵挂着你的身体，执着于未来的生存，所以感受不到本来的快乐。现在你超然了，你只关注你存在的这一刻，于是你看见生命的美丽。”宏大的声音说道。

你是谁？你在哪儿？

“我在你心中，在你本不去关注的深处。你爱着这生命，为什么你又恐惧它？”

生命是苦役，是忧愁，快乐永远是短暂的，一瞬的快乐后你会陷入更长久的苦闷，因为你无法让美好驻留。因为你目睹花儿只能开放一次。

“花儿可以开放许多次，你为什么不抬头看整座山林，它永远是青翠的。”

那是神的眼光，一只蝼蚁不知道年有春秋，石上苔衣不知日有昼夜。我的脚程走不完整座山林，我如此留恋着却又如此悲伤，它拥有着我，我却不能拥有着它。

“所以你要学超脱之术？”

是。我不想消失。

“但你有了神的力量，你拥有了吗？”

没有，我想成为神是为了拥有，可我却只有放弃才能成为神。

“所以你反抗了。”

是。

“那么现在你拥有了吗？”

……

“你抗拒，除了毁灭你得到什么了吗？你恨这世界的规律，你要重新制定价值，你得到了什么样的世界呢？”

一声极尖厉怪异的喊声划破天空，孙悟空一抬头，一只怪鸟掠过天空。

他惊恐地转头，四周忽然已是一片黑暗的焦土，地狱的景色。无数黑色烧焦的树干上宛然都长着一只仇视的眼睛。

尖厉的鸣叫充斥于空气，眼睛变成铺天盖地的怪鸟飞上天空。

“你还能毁灭更多吗？”怪鸟突然说话了，却还是那个声音。

“是我的错？是我的错我的错我的错。”孙悟空喊。

“你想补救吗？”

孙悟空沉默。

“拿着它，这儿有种子，只有这种种子能在花果山的焦土上生长。”

怪鸟变成了洁白羽翼的仙鹤，把一袋种子放到孙悟空手中。

孙悟空的手颤抖着，他看着那种子，这个硬汉居然泪流满面。

“现在你把它种下去吧。”

孙悟空低下身去。

“不！”突然一声呼喊，孙悟空停住了，这个女子的声音在哪儿听过？

“他在骗你，你在你的心障之中。”女子喊。

孙悟空又直起身来。

“你不相信吗？”那声音有点儿慌地问，“你要放弃吗？可以，就让花果山永远这样下去吧。”

孙悟空闭眼深深吸一口气：“你是如来？”

“不，我是你的心。”

孙悟空望着手中的种子袋，良久良久。“我明白了。”他忽然说，蹲下身去，放下了他一直不离身的金箍棒，拨开焦黑的土地，用双手去打开那系住袋子的线绳。

袋子打开了。

忽然一片巨大黑暗直扑了过来，袋子藏着的，是一只巨手，是整整一座五行山。几亿万钧的力量全打在了他身上，同时他脚下的土地崩溃了，他被山体压着直坠了下去。

那一刻，他脸上竟似乎有了一丝笑容。

【14.】

百万妖众只听天空一声高喊，孙悟空从天空坠了下来。

“你已经不再是从前的孙悟空了。你已不知道要为什么而战斗。”

大鹏王看着摔倒在他面前的孙悟空，又回头对百万妖众说：“他败了！我才是最强的魔王！”

百万妖众无声无息。

这种气氛让大鹏有点儿不安，仿佛心中大山般的愿望已经落下，压倒了所有的刚强，却还有一样纤细的东西在撑着，使它不能完全到达大地。

孙悟空倒在地上，口中的血狂喷出来。

“认输吧。”大鹏王决心结束这一切，他走过去将巨足踩在孙悟空的身上，大斧劈了下去。

鲜血哗地溅起来。

百万妖众忽然都沉默了。

“孙悟空还没来吗？”漫长的等待中，唐僧叹了口气。

忽然天地猛烈震动起来。

所有人都望向那个方向。

一座大山从天而降。

唐僧缓缓走了过去，仰头望向山顶，那上面有一张帖子：“唵嘛呢叭咪吽”。

他笑了一笑，开始向山上爬去。

血喷溅起来。

百万妖众忽然都沉默。

大鹏王发现他们都看着同一个地方——他的脚下。

他低了头去看，他脚下除了一个金箍，已什么都没有。

大鹏王慢慢抬起头，风在山岭间无忌地穿行，搅动着什么在啪啦啪啦作响。

他缓缓转过身去看那在风中作响的东西。

是那面抖动的大旗：“齐——天——大——圣。”

大鹏的脸忽然就白了。

风开始越刮越大。

那洞穿天地的一声巨响。

大鹏王看见高空中的云被映成橘红，红光像血沿着巨大云层的裂缝向四方流去。一个大裂口绽开了，一束红光从里面吐了出来。

“打雷了，下雨收衣服了。”银角牙齿打战地说。

“为什么？！为什么要说这句话？！为什么？！！”大鹏歇斯底里地揪住银角乱晃。

他又一把丢下他，对着天空狂叫：“不——”

孙悟空就那样站在那儿，冷冷看着他，那眼神是一道电光，穿过了记忆与历史，把那些传说中威武的影子紧紧相连。

“……你回来了，太好了，还记得我们当年一起畅饮吗……”大鹏的脚忽然软了，他坐在了地上，痛苦地道，“你杀了牛魔王，现在还要杀死我吗？”

孙悟空呆呆地看着手里拿着一个木杯的大鹏王：“好酒，好朋友，现在都没有了。”他抬起头来，“五百年前，那只飞到如来宝座前的大鹏，是谁？”

大鹏王一下倒在了地上。

孙悟空却从他身边走了过去，走到了百万妖众的面前。

四野无声，只有“齐天大圣”的大旗在风中哗哗地抖。

孙悟空伸手抚那旗杆，仰头望向大旗，仿佛在想许多事。

妖众们都屏住了呼吸，许多老妖想起当年誓师反天庭的那一幕，不由得身子颤抖。新生的妖们睁大了眼睛看着这个被前辈用敬畏与感叹提了无数遍的妖王。

“齐天大圣！”一老妖泣不成声，振臂大喊道。

“齐天大圣！齐天大圣！”众妖欢呼道。

大鹏已经没有站起来的力气，那一刻他忽然明白了什么叫不可战胜。

白晶晶夹在人群中高喊，忽然她觉得自己知道了什么叫幸福，当她终于看到这一刻的时候。于是她哭了，像一个小女孩。

已经没有什么可以战胜他，她哭着想，太好了。

“一切都结束了吧。”白晶晶问孙悟空，“从此可以不用再去西天了。”

孙悟空对她笑笑，笑容如阳光般灿烂。

白晶晶忘了自己是谁，永远这样吧，她想。不用再挣扎了，不用再有计谋和宿命了。忘了妖精，忘了与神的仇恨，永远笑下去吧。这时她感觉自己的头顶仿佛一下射进了万道光芒，像黑暗的白骨洞中忽然开启了天窗，炫目的光华照进她的身体，她觉得自己透明了，轻盈了。世界也透明了，她看见了所有树叶的脉络，看见了生命在那些脉络中流动，流向天地的每一个角落。

“原来，是这么美的。”她笑着，倒在了地上。化出了原形，被风吹散了。

孙悟空收起金箍棒，他看见了地上的金箍，把它捡起拿在手中，端详着，金箍在阳光下闪闪发光。

观音出现在天空：“孙悟空，那金角银角本是兜率宫的看炉童子，那大鹏本是佛祖座前的雕塑，这个……这个……”

“带走吧。”孙悟空看也不看她，一挥手说。

金角、银角、大鹏连滚带爬地向云头而去。

唐僧坐在树林里，阳光从树叶间照下来，他饶有兴致地看着蚂蚁在一块块光斑间建造他们自己的国度，他们不知道这光斑很快就会移开与消逝的吗？

他抬起头，万道光线中，他眯着眼，看见孙悟空走了过来。

“师父，走吧。”

唐僧低了头又去看蚂蚁，他已经找不到他刚才看的光斑了，“多好的极乐土啊，我想再看一会儿。”

“走吧。”

“好，走。”

第三卷

花果山

传说山外的大海中有不死的神龙，但他们大多数时间孤独地沉在海底。
纵然你可以留得住自己，
你却留不住你身边的东西，看着身边所有的东西都改变了，
只剩下自己，那种无法承受的沉重是时间，
没有人能承受那种重量。

【01.】

“很久很久以前，没有山，没有树，什么都没有，只有一片大海，无边的大海。”

“连老爷爷都没有吗？”松鼠问。

“呵呵，没有，连老爷爷的爷爷都没有。”老树说，“当我刚从地里长出来的那一天，哦，那是很远很远的事了，那一天离我已经有三百丈长了，我也曾经是一颗种子，曾经是一棵小苗，还没有叶子的一半高……”老树陷入了悠长的回忆，“那是哪一年呢？我身上的年轮有九百圈了，我刚出生的时候，我身边的是些谁呢？”

“有我吗？”松鼠蹦着高问。

“小鹿你不要打岔，你那时也还是一颗种子哩。”果子熊说。

“我也是从地里长出来的吗？哦，为什么我没有叶子呢？”松鼠摊开自己的小爪看看，很难过地说。

“可你能摆脱泥土的羁绊，可以自由地奔跑，我也羡慕你啊。”老树说。

“可我哪儿也不想去，我只想听老树爷爷讲故事。”

“可是我所见的也是有限的，这么多年我为了看到更多的东西不断地生长，但视野之外的东西总是无限的，我总会有累的那一天，再也长不动了。那时候，小松鼠你已到过了很多地方，看见了很多我所永远见不到的景色，那时候，松鼠你会不会回来，把你看见的告诉我呢？”

“会的，一定会的！”松鼠跳着说，“我每天会去旅行，然后把我看见的回来告诉你。”

“呵呵，你会长大的，会越走越远，直到终于没法每天赶回来……”老树又沉吟了，“我是多么想看到大海啊，每年都有海鸟的羽毛飘落，带来海洋的气息……”

“大海？它在哪儿？”

“听说，你一直爬到这块大地最高的地方，就可以知道世界是什么样的了。”

“我这就去！”

“小鹿，等等我。”布袋熊和飞行猪叫着，可松鼠已经在巨大的树枝间三纵两纵没影了。

于是松鼠开始了她漫长的奔跑，她爬下巨大的大青树。在大青树的树荫里跑着，她从来没跑出过那里，那是他们的王国。树荫下有星星草一家、复兰花一家、野翠儿一家，还有无数的花草、小虫儿。他们总是很忙，蝴蝶忙着说很多话，他上下翻飞与每一朵花说笑个没完。

蜗牛又在忙爬树，但他总是没有恒心，每当爬到剑兰那么高的时候，他就会停下来兴奋地和她说话，然后不知不觉地往下滑，等他滑到底，一天也就过去了，第二天他又会爬上来。剑兰总是扬着高傲的头说他很烦，但每天早上起来她还是扬着头等蜗牛来和她说话。当松鼠迅捷地从他头上跃过去时，蜗牛吓得一闭眼，然后叹道：“唉，什么时候我能练到像松鼠小鹿一样一天在大青树上爬二十个来回呢？那样我一天就可以和剑兰姐姐聊二十次了。”

松鼠跑出了大青树的影子，她发现原来世界是由无数的影子组成的，影子与影子之间，是闪耀的边界，她在影子中跳跃着，在陌生的视野中她感到惊喜而慌张，心中也像那光与影在交错着。森林的上空闪耀着无数的亮光，摇摆着，让人目眩。

她选了一个方向跑了下去。

松鼠觉得自己已经跑了上千里，她今天跑的路比她这一辈子跑的加起来还要多，当然她只出生了十一个月。

“我应该快跑到世界的尽头了，我跑了多么远啊，边界在哪里呢？”她停下来问路边的那棵细红果，“世界的边界在哪里啊？”

“边界？我这里是世界的中心啊，你从哪里跑来的？”

“什么？我那儿才是世界的中心啊，我可是从大青树来的，跑了那么长的路。”

“大青树？是那棵大青树吗？”

松鼠回过头，她看见层层树冠之上，九百岁的老树正立着，自己仿佛还在他脚下。

松鼠也看见了它，那座奇特的石峰，它也像一棵树一样从大地中长了出来，但它那么高，它长了多少年呢？

“站到那上面，就能看到世界的边界了吧。”

她向山脚奔了过去，渐渐成为高耸入云的石峰边一个无法看清的小点。

松鼠终于登上了高峰，她来到悬崖的边缘，青色的云散开了，巨木变成了小草，森林之外，是一片金色的带子环绕。她把头扬得更高，看向远处，突然那一片无边无际的蓝色，向她汹涌而来。

那是……海。我听到它的声音了。呼——呼——像夜间的风声，它在呼吸！

她欢呼起来，蹦跳着，忽然发现自己站的地方没有一个人。

“没人来过这里吗？没人看到过我看到的景色吗？我要告诉谁我的幸福？有谁知道？”她的声音从峰顶荡开去，消散在雾气中。

山顶是一片空旷，只有一块石头立在平地中间，它不与山体相连，仿佛并不是大山的一部分，那会是谁把它放在这里呢？

“石头，你为什么一个人站在这儿？”

“你在听海的声音吗？”

“你在这儿多久了？没人与你说话你不闷吗？”松鼠绕着石头转来转去，而石头不说话。

松鼠把脸贴在石头上，好像在仔细听着什么。过了好久，她慢慢地退开了，蹑手蹑脚仿佛怕惊动了什么。

当她退开一百步的时候，一道光贯穿了天地。

【02.】

“我是谁？”这一天他们坐在大青树上乘凉，石头说。

“你是石头啊。”松鼠低头挠着爪子说。

“我不是一只猴子吗？”

“是啊。”

“可这世界上有很多的猴子，他们都是我吗？”

“嗯……”松鼠很认真地想了想，“我只知道这世界上有很多松鼠，但他们都不是我。猴子我就不清楚了。”

“是的，我不是他们，他们都在一起，我却在这里。”石猴低了头道。

“他们不和你玩吗？为什么？”

“因为我和他们不一样。我虽然是石头里出来的，可还是一只猴子吧？”

“嗯，我有一阵子想做大青树下那朵花，可她不肯和我换，后来我想做一只鹿，但是怎么也学不会跳远，我目前也只有做松鼠。”

“和他们在一起，我就不记得自己了。可是我经常莫名地停下来，发现他们在跑而我自己却不动，我就很恐惧。”

“你为你发现了自己而恐惧？”一个声音说。

猴子和松鼠抬头，说话的是一片叶子。她友善地笑着：“我是一片叶子。”

“我知道你是叶子。”

“可是你知道我的名字叫一片叶子吗？我是说，我是我这一片，不是其他任何一片。”

“我看都差不多。”

“可是世界上只有我这一片叶子啊。”

“嗯？”

“我是说……”叶子有点儿着急，她卷卷她的边缘，想做做手势，可是随即又放弃了，“我一闭上眼睛，世界上就只有我自己，所以我就会害怕，一睁眼，看见那么多的自己，就很安心了。风一吹，我们沙沙地响，我就在这些声音中知道了自己的存在，安心地睡去。”

“可是很多叶子不见了，我一醒来，就不见了他们，不知道他们哪里去了，但又有新的叶子在我的视野里了。他们走的时候我不知道，这里有太多的叶子，我怕我会忘了自己，我怕别人会不知道有我，所以……”叶子怯怯地说，“我希望能有人叫我的名字，然后我就答应一声，然后我就知道自己还在，就可以幸福地入睡了。”

“那我每天都叫你，我起床的时候就叫你，回来的时候也叫你。”松鼠说，“石头你也要我叫你吗？”

“不用了吧。”石猴说，“我要睡懒觉。”

“石头。”松鼠一大早醒来了就叫，随后她笑了，“一片叶子。”她叫。

“哎。”有人答应了。

“嗯。”松鼠高兴地要走，那片叶子却说了：“你叫我干什么？”

“不是你要我叫你的吗？”

“哪有啊？”叶子说。

“糟了，我忘记是哪片叶子了。”松鼠叫道，“咦？换了树枝就会找不到她了吗？”

她抬起头，巨大的大青树上满天的叶子在抖动着，像绿色的海，无边无际。

【03.】

春天是“扑棱棱”拍动翅膀的声音，成千上万只有着宽大羽翼的鸟落在大青树上，他们背上是大海的蓝色，而腹上又是云的纯白。

“你们是从哪里来的啊？我怎么从来就没见过你们啊？”

“哈哈哈，这是我们的家啊。我也没有见过你啊，小家伙。”一只大鸟笑道，他的翅膀展开像一片云彩。

“哎呀，树上开了好多好大的花啊！”石头从外面玩了回来，抬头一看惊叫着。

“嘻嘻嘻，好笨哦。”松鼠笑他。

“比我还笨吗？”有声音怯怯地问。

“傻小鸟，叫你阿笨就真以为自己笨啊。”大鸟笑着，把身后缩着的一只小鸟推出来，“他叫阿笨，也是今年才生的，第一次回老家，怕生哩。”

松鼠抬头看着有两个自己那么高的“小鸟”，叫道：“啊，你好帅啊！”

“什么意思啊，从来没人这么说过我。”

“就是，你好漂亮啊。这是布袋熊他们说我的词，现在我送给你哦。”

“谢谢。”阿笨伸翅膀做了个拿的动作，“可是我比我爸爸妈妈长得都丑，没有他们那么大的翅膀，没有他们那么漂亮的羽毛，我为这难过了好几次，可他们总笑我笨。”

“你会长大的啊，你会长成这里最大最漂亮的鸟。”

“真的吗？”阿笨高兴地拍着翅膀大叫，“我会长大的，会长大的。”

石头也坐在一边看着，不知为什么好像有些忧郁。

“好大的水啊，谁能进去了再出来，我们就服了他。”众猴叫道。

“对，哈哈哈！你敢吗？”

“你敢吗？”

“我去！”一只猴蹦出来，可刚到潭边做个跳的样子就嬉笑着折回来了。

“谁敢去啊？”

“我……”一个微弱的声音说，可众猴跳着闹着，互相推搡着，乱成一团，追逐着四下蹦开了，没人听见这声音。

石头一个人站在那儿，没有猴来问他敢不敢。他仰头看着潭那头那巨声吼叫的水帘，风一起，水雾扑面洒来，让人透不过气。

入夜，山林一片安静，在蓝色的月光下，只有水帘依然轰鸣，把潭中的月亮击成银屑迸向四周。

一个小小的身影来到了潭边，他望了那瀑布很久，忽然跳了出去，“嗵”一声在离水帘老远的地方落进了潭里，淹得半死才爬上来。

他又看了很久，然后再一次跳出去。

“嗵”，结果还是一样，这次他扑腾了更久才爬上来。

他跪在潭边，手撑在石上，看着水一滴一滴从他头上滴下来，打湿石面。

“我做不到。”

“这个世界有很多事本是做不到的啊。”

“谁？”猴子四下望，又抬起头，“月亮，是你吗？”

“嘻嘻嘻，笨猴。”松鼠从树上跳了下来，来到月光下的大石潭边，把大尾巴抱贴在脸边，“我长得像月亮吗？”

“有点儿，不过你不会发光。”

“傻猴，你为什么要往潭里跳啊，你在学游泳吗？”

“我想跳进那瀑布里去。”

“哈哈哈，你好奇怪哟，瀑布里有吃的吗？”

“没有……也许有。”

“也许有？就为这个你一次次把自己淹个半死？”

“不是，不是为了吃的，是……我也不知道，只是想知道自己能不能做到。”

“做到了又怎么样呢？”

“做到了，就快乐。”

“很奇怪啊，你居然会因为不能吃的事情而快乐？”

“呵呵，是啊，”猴子也笑了，“我也不知道为什么。”

“可是，”松鼠垂下了眼皮，有些难过地说，“那世上有那么多不能做到的事，你岂不是总是不能快乐？”

“……我总在想，这个世界上有太阳，有月亮，有远山，有云彩，有那么多我们看得到摸不到的东西，它们是可以触摸到的吗？如果它们触摸不到，我怎么知道它们是不是真的在那里呢？”

“啊？”松鼠歪着头看天上月亮，“你说什么啊，人家都听不懂。”

猴子站了起来，看着天上：“它们既然在那里，是能触摸的东西，就真的没有人能碰到它们？真的永远不可及？如果一个地方是永远不可到达的，那个地方还存在吗？我们来到这个世界上，却知道有永远不可能碰到的东西，永远不可能做到的事，一想到这个，我就悲伤。”

“可以啊，可以触到啊。”松鼠懒洋洋地举起了小爪，“你看，现在月亮不正在握着我的手吗？”

猴子回头，看见松鼠掌上的蓝色月光，仿佛在那小小掌心流动。

他怔住了。

【04.】

“请问我可以吃你吗？”这天，一只老虎轻轻地走过来，怯怯地问。

“你第一次出来捕食吗？”松鼠歪了头问。其他的猴儿早蹿上树去。

老虎红着脸点了点头。

“那你以前吃什么？”

……

“什么？”

“吃奶。”

很多猴子笑得从树上掉了下来，笑得爬不上去。

“我不想成为一只吃人的老虎，可是……我妈妈不在了，我必须活下去。”

“可是你吃我们，我们也会死的。”

“……我真想能像你们一样吃果子。”

“有时候你没有选择的。”一个声音说。

松鼠转头惊讶地说：“石头。”

“我也时常幻想着有一个地方可以没有任何的危险，可以不用做自己不愿做的事也能快乐地生活。但好像没有人能做到这一点。”

“可以的。”老虎阿明想了想说，“你可以不做自己不想做的事情。我想那可以。”

他看了在场的动物们一眼，转身走了。

“他怎么能做到呢？”大家说。

于是以后的日子里，有人看见老虎阿明经常静静趴在草地上看蝴蝶，有时候小鸟停在他的身上，有一次他还帮助一只不会游泳的鸭子过了河。

“他这不是活得很幸福吗？”大家都说。

入秋的日子里，老虎阿明看着蝴蝶飞舞，安静地死了。小鸟仍停在阿明的身上，阿明已经不会调皮地用尾巴去逗他了。

“这么幸福的日子为什么要死呢？”大家说。

【05.】

石头越来越沉默了。忽然有一天他开始疯狂地游玩，山林间满是他的声音。

那是一个狂欢的夜里，一只老猴默默地离开猴群，往山深处走去。

“你去哪儿？”石头坐在黑暗中问。

老猴惊讶地看着这个远离喧闹、在暗中独自坐着的猴子：“我去我该去的地方。”

“你知道你该去哪里？可我总不知道。”

“每个生灵都会去那个地方，那里很安静，很适合我这样的老家伙，而你就不同了，你是如此年轻，你应该在月光下狂呼高叫，你要在天地间留下你的声音。”

“可声音最终是要消散的。”石头说。

“不，它不会停，你听。”

离林间不远的巨大石台上，猴子们的欢叫连成一片。被这叫声所牵动，四方林间各种声音都此起彼伏地吼了起来。大森林哗哗地抖动着，不知是风扬起了这声浪，还是这声音激起了风。

“我是多么想融入这声音里啊，但是不行了，我再也喊不出来了，我不能让我低垂的腔调干扰了这合唱。当年我曾是多么有力……你是从石头中蹦出来的吧，你总是忧虑，因为几万年来沉寂的你还在害怕着那林间飞速的跳跃，千百万扑面而来的事物，而你知道你能如此自由地掌握自己的时间是极短暂的，你能感受到自己这样自由思考的时间是极短暂的。为了这短暂的时光，你要尽力地去抓住你所遇见的。要知你生命中所出现的，都是在漫长的时光中来到你面前的，去珍惜它们吧，孩子。”

“我可不可以握紧它们永远不失去？”

“传说山外的大海中有不死的神龙，但他们大多数时间孤独地沉在海底。纵然你可以留得住自己，你却留不住你身边的东西，看着身边所有的东西都改变了，只剩下自己，那种无法承受的沉重是时间，没有人能承受那种重量。”

“我会变得很强，强到可以承受一切。”

“真的有那样顽强的生命吗？就算他能承受一切，他最后也会被越来越沉重的自己所压倒。因为他又怎么能比自己更强？呵呵，我糊涂了，我搞不清这些道理，也许是可以的吧。来，尝尝这个。”老猴把一个椰壶递过来。

“这是什么？”

“这是‘得到’，它是果实消失形体后变成的东西。它可以让你忘记自己，从而和这世界合为一体，喝下它你会觉得你就是这森林，这月亮，这河水。”

石头咕嘟嘟喝了下去，一会儿他站了起来，开始高兴地笑。

“你是谁？”老猴问。

“我就是天，我就是所有！我最大！”石头涨红了脸，打了个嗝，开始手舞足蹈。忽然，他伸开双臂狂啸起来，石上的猴群跟着呼应，他纵身三两下攀上石台，加入到猴群的狂舞中去了。

“你看，你不就是已得到了一切吗？”老猴看着石台上的影子，良久，默默转身走向大山的深处。

【06.】

秋更深了，翔鸟一家要起程了。

“小笨不要走，我会难过的。”松鼠说。

“我明年还会回来的。”小笨说。

“可是你待的时间太短了，你还没有找到更多的朋友。为什么一定要分别那么久？”

“我也不知道，为什么太阳会一会儿远一会儿近地移来移去，我们要追着太阳，不能离它太远，所以注定了要一生都花在奔波上，真正能停下来生活的日子只有一会儿。不过我在路上都会一直想着，为着这一会儿的相聚时光我都会尽力地飞翔。”

“你说每年的路上都有许多鸟不能到达。”

“那不会是我了，我还年轻，但我的父母……我会跟着他们，当他们飞不动了，他们会掉进大海里，我知道终会有那么一天，没有翔鸟是死在窝里的，我们在大洋上空飞越，直到最后投入大洋，就是这样。”

“小笨，你为什么忽然懂了这么多？”

“从我知道我会长大的那一天起吧。”小笨握住松鼠的手，“我们都会长大的，那时我们就更漂亮了。虽然那漫长的旅途中我们会变得衰老，但为了那生命中最绚丽的年华，我们都会不后悔地奔向那一刻的，是吗？”

松鼠挠了挠头。她好像没懂，但她觉得难过而又盼望着。

【07.】

“我也要走了。”终于有一天，石猴说。

松鼠的大眼睛看着他没说话，她奇怪自己好像早知道这一天会来到。

“我不知道为什么要因为失去而忧伤，为什么为了时光短暂而忧愁。我要去找到那力量，让所有的生命都超越界限，让所有的花同时在大地上开放，让想飞的就能自由飞翔，让所有人和他们喜欢的永远地在一起。”

“可是，我喜欢的却都要离开我。”松鼠说。

石猴已经上了木筏，松鼠在当初她见石头的那座高山上看着他变成海上的一个小点。

“这就是长大吗？为什么，为什么要去得那么急？”松鼠抱住自己的尾巴，哭了。

那一天松鼠醒来，天地忽然变得安静，没有翔鸟的扑翅声，没有众猴的吵闹。她抬起头，那一片海已变成金黄，很多叶子飘然而下，落向遥远的大地。

这时她听见一个声音轻声说：“再见了。”

“你是谁？你在哪儿？”

“我是一片叶子啊，你看见我了吗？我在这儿。”

松鼠转着身子四周看着，无数的叶子从她身边飘过。

“你在哪儿啊？”

“我在这儿。我在这儿。”无数的声音说道，“我在，记住我，我曾经在……”

松鼠猛地跳起来，在树枝间飞快地往下追着。

“一片叶子，一片叶子！”她大喊。

“谢谢你。”她又听见了那个细细的声音，“我知道我在，明年，你再在枝头上叫我的名字吧。再见了……”

松鼠终于追不上她们，她跳到枝头向下挥着手：“再见了，再见——”

番外一

杨戬传

杨戬仰天长啸道：“我出生时，便已然是罪。

我父母在一起时，便已然是罪。

我与妹妹在世间流浪，我的兄长年少早夭，这都是罪。

我已为这罪承担了太多太久，现在，还有多少罪孽，多少天条，不如都拿出来让我犯个痛快！”

杨戬独战诸神，杀得天地震颤。

【01.】

关于杨戬的身世，一直是个谜。

他什么时候来到世上的，他自己也不清楚。

人们都说他是二郎，但他的记忆中，没有父母，没有哥哥，只有一个妹妹杨婵。

从杨戬记事时起，他就在流浪。妹妹杨婵紧紧牵着他的手，两个孩子从一个村庄流浪到另一个村庄。

但走到哪里他们都不受欢迎，因为杨戬是个三只眼睛的怪胎。

杨婵却没有这怪相貌，她是一个清秀的小姑娘。

杨婵的胆子很小，看见飞虫也会尖叫，听到雷声就吓得躲到杨戬身后。

世人都厌惧杨戬的三眼怪相，只有杨婵不会嫌弃他。

杨婵是杨戬唯一的亲人，他们相依为命。

相依为命的意思，就是任何一个人离开，另一个人就如同失了性命。

没有杨戬，杨婵活不下去。没有杨婵，杨戬也不知道为什么要活着。

杨戬小的时候，觉得自己活着的唯一目的，就是要照顾好妹妹。

那天又有小孩冲他们扔石头，把杨婵的头打破了。杨婵是个极乖也极胆小的孩子，被人欺侮从来只会默默地哭。杨戬向他们冲过去，顽童们一哄而散。

杨戬回身去看杨婵，她捂着头，一股细细的血流下来。

杨戬带着杨婵去河边洗伤口，杨婵痛得直抖，但是只流眼泪，咬住牙不出声。

杨戬不知道自己为什么要长三只眼，为什么和别人不一样。他很想把这只多余的眼睛刺瞎，这样好让自己和妹妹不再受嘲笑。

“我以后决不会再让人欺侮你，永远！”杨戬发誓。

后来，他亲手把自己的妹妹锁在华山之下，只因为这样，就再也没有人可以接近她，没有人可以伤害她。

【02.】

杨戬封了神之后，有两个禁忌。一是不能提他的妹妹，二是不能窥视他的狗。

那一次四天王之一的增长天和杨戬喝酒，谈笑间无意中说：“你小子当个神仙还玩狗，玩你妹啊！”

杨戬当时就翻脸了，提着砍刀追了增长天八条街。

一起跟着追的还有他的狗。

后来天宫之内，无人敢谈论杨戬的妹妹和他的狗。

这两条禁忌，都被一个叫孙悟空的猴子犯了。

那一次是杨戬和孙悟空在战场上相见。

“杨戬？”猴子不怀好意地打量着他。

杨戬不说话。

“原来你是玉帝他妹的儿子？”猴子手中翻着一张南海出版发行的九天八卦指掌图。

杨戬不说话。

猴子把八卦图一扔，纳闷着：“既然你是你舅他妹子和凡人生的，然后你舅把他妹抓了害得你们没有父母，你又劈了山要把你舅他妹子救出来。可当你妹喜欢上凡人的时候，你居然又把你妹锁在山里，请问你当时是怎么样一种错综复杂斩不断理还乱的心理纠结状态呢？”

杨戬的牙咬得咯咯作响，但还是不说话。

猴子觉得有些无趣了，这时他看见了杨戬的狗。

“咦？这狗挺肥的！”

一场千年的梁子从此结下了。

【03.】

没有人考证过，杨戬是不是也对哮天犬发过誓："我永远也不会让人吃掉你，永远！"

杨戬最心爱的妹妹也会背叛他，宁愿为了另一个男人和他反目成仇。但哮天犬永远不会。

事实上，哮天犬终身未婚。

杨戬和哮天犬的相遇，是在很多年前。

那时候，哮天犬也是一条没有父母的流浪狗，毛都结着团，有的地方秃了，满身虱子，走路夹着尾巴，一瘸一拐，那是被顽童打的。

杨戬看见哮天的时候，它正在被打。事实上，杨戬每次看见哮天的时候，它都在被打。一离开杨戬就会挨打，这是哮天的宿命。

杨戬看见哮天，就想起了可怜的自己。他冲过去，救下了这条狗，并给它起了后来那个名字：小白。

小白很想咆哮："我明明是条黑狗啊，我浑身上下哪一点儿白了，白你妹啊，小白！"

所以杨戬纳闷地发现小白常常对天咆哮，一哮就是大半夜，好似与上天有血海深仇，心下觉得这狗狗真可怜，只苦于一直不知道它在咆哮什么。他想这也许是一个品种，叫哮天犬，就像有一个品种叫导盲犬一样。

后来杨戬封了神，重归神籍，才觉得带着一条叫小白的狗有点儿怪怪的感觉。为什么他每次对着妖魔喊"小白！咬它！"时，妖魔都自动丢下兵器开始在地上打滚狂笑呢?

不过最终促成小白改名的原因，是封神后杨戬终于能听懂小白每晚在对天咆哮什么了。

悲剧的是小白还不知道。

所以小白发现原来待在杨戬身边也是会挨打的，而且被打得更惨。

那之后小白还是每晚对天咆哮，只不过内容改成了："他什么时候能听懂的啊，怎么没有人告诉我啊！我呸，玉皇大帝你妹啊！这是多么悲剧的命运啊！"

结果它又挨了一顿打，这次杨戬没有解释理由。

哮天是不会责怪主人的，它只责怪上天不公，对天咆哮骂狗日的苍天。

但上天是主人他舅，这一点它是挨过很多次打以后才知道的。

叫舅舅的生物是不好惹的，这一点大家都懂。

【04.】

杨戬小的时候，一直不知道长三只眼睛有什么用。

长三只眼只会让他挨打，比如对着面前的大婶说“大妈，你肩膀上坐的女娃娃好可爱啊”的时候。

挨完打他都觉得很冤屈，因为他真的看见了。那个女娃娃还冲他做鬼脸，就是把眼皮一扯扯到下巴上然后吐出三尺长鲜红的舌头。

后来杨戬就不说真话了。

但这样还是不行，因为有一次，一个大妈背篓里有个女娃娃，冲杨戬笑。杨戬说：“大妈，背空背篓去割草吗？”大妈吓得半死，结果杨戬又挨顿打。

比别人知道得更多原来是种痛苦，但是装不知道一样可能很痛苦。

杨戬能看到很多别人看不到的东西，包括人心的颜色。

人的心有很多颜色，红心、绿心、紫心、黑心，还有花心。

大部分的人是不纯净的，里面的颜色像极光一样变幻着。

后来杨戬看到了神。

能看到一些真相让杨戬很痛苦，因为他知道这个世界有多少谎言和虚假。

人说谎的时候，心就会一闪一闪的。

神说谎的时候，没人知道。

因为神没有心。

于是杨戬很羡慕杨婵，羡慕她那么单纯，羡慕她愿意去相信世上每一个人。

但正因为这样，杨婵太容易受骗。不论别人说什么，杨婵都会傻傻地相信。

不论被骗了多少次，杨婵还是相信人都是好的。当见到一个陌生人时，她总是认为他是个好人。

为此，杨戬十分烦恼。他得时时跟着他的傻妹妹，以防一转身她就被人拐走了。

但这一天终于来了。

拐走她妹妹的人叫刘彦昌。

【05.】

杨戬和杨婵在世间流浪了很久，那一天，突然遇到一个道士。

那个道士叫玉鼎真人。

玉鼎看杨戬很奇怪，因为他有三只眼。

杨戬看玉鼎也很奇怪，因为他没有心。

玉鼎知道杨戬不是凡人，于是准备将他收为弟子。

但是神仙收弟子之前，照例是不能明说，要先考验一番的。

于是玉鼎掏出一块石头、一块金子，问杨戬："你要哪一个？"

杨戬一看那金子，原来也是石头变的，心想：臭道士你耍小爷？

于是杨戬直接一拳就捣到玉鼎脸上去了。

玉鼎疼得捂着脸在地上叫娘，杨戬把那块石头和那块金子拿起来，对杨婵说："看见没？你要是选了金子，他说你贪心；你要是选了石头，他把你当傻子，所以下次再有人让你选，你就直接打掉他的牙。"

玉鼎一边哼哼一边心中暗喜，果然天生异禀，是可教之材，将来必成大器。

所以玉鼎把杨戬和杨婵带回了玉鼎山。

玉鼎还有其他十几个徒弟，但他最爱杨戬，不知是不是因为杨戬打了他个乌眼青的缘故。

杨戬也很争气，上山方几年，就颇有所成。

不过杨婵就基本什么也没学会，驾个云还恐高，离地刚三尺就开始尖叫。

玉鼎看杨戬学得不错了，点点头，说："是你下山接受考验的时候了，如果你表现好，就可以封神了。"

于是杨戬就被送上战场了。

【06.】

来到两军阵前，杨戬才知道这摊水有多浑，说是商周双方的战斗，其实是神仙们的派系大残杀。

且不说这场战争的起因，人家商朝本来好好的——万民乐业，风调雨顺，国泰民安；四夷拱手，八方宾服。只因为纣王去女娲庙看见女娲神像漂亮，就题了一首诗来赞美，说：“但得妖娆能举动，取回长乐侍君王。”这诗最多算动机不良，连流氓罪也算不上。但因为对象是神仙，于是就不得了了。

女娲怀恨在心，决心搞垮商朝来报复——你说你那么大本事，直接一雷把纣王轰死不就得了，何至于要毁人全国，害死无数忠臣，使生灵涂炭？但是女娲娘娘偏不，于是便召来三个妖精——你看女娲娘娘这小家子气，好歹您也是造人的上古大神，干点坏事还不能调动天兵天将，找了仨妖精：一个千年狐狸精，一个九头雉鸡精，一个玉石琵琶精。狐狸精先去占了人家苏妲己的身体，迷了纣王，怂恿他做出许多荒淫杀戮的事，激得天下反叛。

本来这些祸害全都是神仙们折腾出来的，这一打仗，商周还没有交火，神仙们先分成两派打起来了。

原来这盘古开辟天地，身形化为山阿，后有鸿钧老祖取盘古灵气化育三清，乃是元始天尊、灵宝天尊和道德天尊。这道德天尊便是太上老君，后成为东天教尊、玉帝主政事、太上主教旨。

三清手下各有一帮弟子，成为三大派系，元始天尊旗下的为阐教，灵宝天尊旗下的为截教，太上老君旗下的为道教。其实本为一系，都是一个师祖，但偏有了门派之见，非要斗个高低。要斗也不肯自己约个街角火拼，非要在人间各选一国，暗中支持。这次商周之战，阐教支持周朝，截教支持商朝，两大阵营就这么打起来了。

杨戬作为阐教元始天尊座下弟子玉鼎真人的弟子，就这么稀里糊涂被派下山，卷入了这场史上空前的神仙大火拼。

两边神仙的弟子们都不是省油的灯，砍起人来一个比一个狠，幸亏杨戬比他们更狠，一路挥刀砍翻无数，杀入了朝歌，推翻了纣王。结果最后两边自相残杀的臣将，包括闻仲纣王，个个封神，皆大欢喜，也不管前面杀了多少人做了多少恶，只要全是“天数使然”，是按神仙的剧本干的，便就无罪，可获封赏。

最倒霉的反是女娲召来的三个女妖，女娲把她们叫来让她们去祸害商朝，结果最后所有人包括十恶不赦之徒也封神了，她们几个却因为女娲翻脸不认账，把所有事都推在她们头上，结果被斩首惨死。

处死三女妖时，杨戬便是监斩官。雉鸡精和琵琶精还在哀哭不公，那狐狸精仰天冷笑道：“求他们作甚，这时始知神仙是无信无义了。我等本自在山林，与世无争，偏逢天神召唤，要我们为祸商朝。我等按神仙意旨行了，结果事了神仙们一副慈善面孔，全不管他们作了多少恶，手上沾了多少血，尽全然推到我们妖精身上便了。莫要哭，死便死，却咒这周朝将来也重蹈商朝之辙，出个无道昏君，爱上位美人儿，惹怒天下诸侯，战乱百年。更愿那五百年后，出个天命也管束不了的人物，打上天庭，使众神魂飞魄散，那时天下的冤屈都得报偿，那时天下的众生都会狂笑！”

杨戬正听得心惊，姜子牙怒喝道：“还不受死！”举宝物砸去，妲己头颅爆裂，一腔血喷得满天满地皆是，那笑声却还萦绕不绝，仿佛待要看五百年后众神的报应。

杨戬心中不安，只看那榜上受封成神者，一个个都没了心窍，再看不出善恶悲喜，心中更加害怕。却听得姜子牙唤一声：“杨戬还不速速上前听封！”

流浪世间之时，杨戬一直暗暗发誓，将来必要混出功名，使人再不敢小视。此刻却在犹豫，心道：“若是我也没了心窍，如何还能记着杨婵？如何还能记着我自己？”

“杨戬，你还在发什么呆？”姜子牙怒问。

杨戬迟疑道：“师叔，我却不愿受封登天。”

姜子牙惊道：“这世上还有不愿封神之人？你莫非是连天命也不受了？”

杨戬摇头：“若说天命，我生来就流浪世间，与我妹妹孤苦无依，这却又是什么天命？是否我们前世有什么罪，所以要有此劫？”

姜子牙脱口道：“你们兄妹流浪，只是因为你们母亲她违了天命……”他忽然惊觉不语。

杨戬惊问：“我母亲？你却知我母亲是谁？你早知我的身世？”

姜子牙沉默不语。

杨戬环顾众神，见个个表情古怪，问道：“原来你们全都知道？独我不知？”

众神也不语。

杨戬怒而大笑道：“既然如此，这神仙我也做得没有意思，不如让我自去吧。”

他转身要走，姜子牙怒喝道：“站住！”

杨戬停下，姜子牙叹道：“你的身世，你早晚会知道。只是我等不敢说。其实此时就算封了你，将来玉帝知道了你的身世，只怕也要震怒。你不上天也好，我查灌江口还有个缺，就去做个守庙小神吧。”

【07.】

杨戬便带着杨婵，来到灌江口小庙住下，做了个小小镇水之神，受些零落香火，吃不饱也饿不死。

列位看官你道神仙为何要世人进献香火，原来只因为法力的来源，都是靠吸收世间灵蕴，这世人的敬拜越多，香火越盛，他们的灵蕴也就被吸出，随香火飘浮达于上天。灵蕴积聚，法力方能不竭。所以神仙都爱引世人膜拜进香，不过世人的许愿，神仙们却是顾不上的。因为假如有人许愿你应验了，那么其他人许愿也都求你应验，如不应验，就是不公，但个个应验，也顾不上，所以干脆全都不理，故而大多许愿都不能实现。偶有许愿后成真了的，不过是偶然巧合，但也都以为是神仙显灵，更加花费进献。

这灌江口一带水势平和，无风无浪，百姓安居乐业，无烦无忧，故而也没有什么要乞求神灵的，灌江神庙便香火冷清，庙也破败多年，无人肯捐资重修。

杨戬领杨婵和哮天来到此处，看得此景，不由心中感慨，想当时若是不赌气来此，而是受封上天，又怎会落得如此光景？

他看旁边土地庙，却修得极为豪华，天天香客不绝，绝无空手进去的，心中好奇，前去打听，土地笑道：“敢情你是新封的神仙，不知这其中的奥妙，你守着的那条江风平浪静，人人安乐，他们为何还要求你？为何还要给你送礼？你看我管着这土地，只要谁种个田建个房，不在我这烧香进贡，必不得安宁，种田苗死，建屋遇火，所以无人敢不来进献。所以你想要香火旺盛，只要看谁不进献，就让他出江船翻，近岸洪涌，你看众人来不来求你！”

杨戬恍然道：“原来神仙是这般做的。”他又疑道，“难道天下的神仙都是这样的？”

土地摇头：“这我可不敢说，不过就我所见，大多如此。”

杨戬又问：“那么你们在人间这样贪敛，被上面知道了，岂不有祸？”

土地大笑：“我们做了什么？我们费尽心计，替上天聚敛了这么多香火灵蕴，上天正要靠我们养活，怎么还反会责怪？”

杨戬默默无语而回，但这样作威作福没有困难创造困难也要收索贿贡的事，他却做不出来，只好安于清贫了。

人间的事他也无心管，也没有什么要他管，人家神仙出门前呼后拥，杨戬只有封神之战时收的梅山六怪。杨戬级别低，遇到随便什么神仙，都要乖乖退避让行。神仙们看他穷到带着六个妖怪当跟班，还要轻蔑冷笑。封神之战中杨戬的手下败将，此时也早位列九重天，看到杨戬混到如此，更是忍不住要在他面前多晃几次，让他行礼，以取笑嘲弄。

杨戬倒是吃苦惯了，只是当初发誓要出人头地，让杨婵和哮天再不受欺侮，可现在投了仙门，好歹也算是元始天尊的徒孙辈，一同参战的李靖、哪吒等都封了天王、太子，自己功劳最大，却仅仅是个镇江小神，又要让杨婵跟着他受苦，心中实在不忍。

但杨婵却是极为开心，觉得从流浪世间到有小庙安身，竟然还偶有人来进贡烧香，已是太好的改变。她整天欢笑游荡在山水之间，抛树枝逗哮天去追。杨戬远远看着，觉得妹妹既然快乐，自己也无所求了。要扬名立万的想法，便也暂时忘却。

杨婵心地极好，虽然香火稀少，但有求必应。不论是多穷苦之人，哪怕无钱进香，只用草茎代替，杨婵也尽力帮助。虽然她法力微薄，帮不上什么，但对于那些只求个多打些鱼还债或是寻回跑失耕牛的凡夫来说，已经是救了全家的大恩大德。这样好事做得多了，周围村民都传灌江庙有个二郎神，求他什么他不爱搭理，反是有位不见神像的三圣母，时时显灵，有求必应。于是远近都来烧香，一时灌江庙竟兴旺起来。

杨婵心中更是高兴，觉得生活终于有了意义，每天都可以帮人，于是凡有求者，都尽心竭力去做。旁边土地看了，却只是冷笑，摇头道：“如此岂能长久？”

果然日子一长，四方求告的人积聚，杨婵才发现世间苦难如此之多，纵然是耗尽法力累死，也帮不过来。打鱼找牛的她能帮帮，但有花巨金进贡的，求来世荣华富贵，这来世归地府管，杨婵哪能决定，只好很是羞愧地把钱退回去。那财主一早醒来，发现贡品堆满院子，吓得半死，反而以为惹怒了神仙，更加卖力进贡，杨婵晚上退还，他第二天进献更多，不怕神仙贪，只怕神仙不收礼。杨婵哭笑不得。

更有那些身怀冤苦之人，举了状子，前来哭诉。或是被强占了田地，或是被霸夺了妻女，这些人却都无钱进贡，只许愿若是冤仇得报，甘愿粉身碎骨。杨婵心软，每每听得眼泪汪汪，但是她的法力也只能自己离地三尺飘飘，帮人打个鱼找个牛，哪有本事去帮人洗冤惩恶？

她去求杨戬，杨戬却摇头道："这些哀告之人，你怎知他们说的是真是假？你就是太轻信于人。这些事情究竟如何，也不是你我能弄清楚之事。更何况这些事根本不是我们该管的，我们只管灌江口这一捧江水，别的事情下有治理官吏，上有赏罚神明，我们若越权管理，反而引其他诸神不快。"

杨婵问："哥哥，为什么众神有如此法力，世间却还是有这么多苦难，不能尽绝？为什么神仙不让世间五谷丰登，人人安康长寿，无病无灾，这样世人不是会更感激神仙吗？"

杨戬想起那土地的话，冷笑道："傻丫头，如果人间处处安乐，还要神仙做什么？"

杨婵瞪大眼睛："所以神仙反而是不希望人间安乐的？"

杨戬笑道："如果神仙想这样做，他们早便做了，世间又怎会如此？杀人放火金腰带，修桥补路无尸骸，我们做神仙的，难道还傻到相信报应这种东西吗？"

杨婵不禁流下泪来："既如此，那么这神仙又当得有什么意思？我看到那些人的苦痛，却无力相助，这比让我自己受苦还要难受。"

杨戬叹道："你心太好，在这世上活着太累。有些事，我们是无能为力的，不如想开些，只当都是他们前世未修来福分罢。"

杨婵摇头："可是你我明知不是这样的。"

杨戬叹息一声："看得清楚，不过更痛苦。所以不如骗骗自己吧。"

杨婵默然许久，却说："这神仙我不想做了。"

杨戬怒道："傻丫头，我们好不容易才有了今天，这个位置，也是我在战场出生入死换回来的，你知道当年我面对截教众神，无数次生死一线，全凭了什么才支持着活下来？只因那时我想着，我不能死。我若死了，婵儿怎么办，她那么纯良，在世间怎么活得下去？你今天想不做神仙便不做了，怎么不想想你哥身上的伤！”

杨婵抱住杨戬哭泣：“哥哥，我错了。我以后再不提这事了。”

杨戬拥着杨婵，轻轻叹着：“傻丫头，没有我，你怎么办啊。”

【08.】

杨戬始终觉得，杨婵永远是那个牵着他手的小妹妹，永远不会离开他。因为若是离开他，她是一天也活不下去的。

但纵然是神仙，原来也预料不了后来的命运。

那一年，书生刘彦昌（刘玺）进京赶考，路过灌江口，听说此处有个三圣母极是灵验，便也进庙祷告求签。他进庙时还是清晨，庙中安静，再无他人。刘彦昌也无钱买香，只好诚心磕三个头，求道：“圣母娘娘在上，我刘彦昌家境贫寒，十五年苦读，寒冬酷暑，从不敢怠慢偷懒。我父亲早逝，我母亲要我一心读书，她日夜操劳，白发苍苍还下地干活，晚上搓麻编绳。所得寥寥数文，除了供养我读书，便是进香拜神，所求唯有一事，就是要我能出人头地。我心中难过，立誓一定要考取功名，以报偿母恩，让她老人家过上好日子。如果上天有眼，就请报偿良善，让我中举。还请赐签，耀我前途。”

杨婵在暗中听了，心中赞赏。眼看刘彦昌去拿那签筒，她又犯愁。

原来求签这种事，神仙都知道，是不灵的。说是说人间命运都由神仙事先定好，但其实有些神仙顾得上的就安排了，比如商亡周兴，但更多时候，神仙自己都不知道自己什么时候死，比如封神之战，哪还顾得了凡人。若是刘彦昌命由天定，难道上天会安排他遇上杨婵不成？正如若是命由天定，杨戬、杨婵的父母也根本不可能相遇，可见这世上事，神仙也是料不到的。

杨戬是玉帝妹妹与凡人所生，他流离世间，好不容易重新封神，他的妹妹又遇上了凡人刘彦昌，如果这是命中注定，那么这写剧本的人也太偷懒了，直接把人名一换连台词都不用改就可以一代代演下去了。

话说那刘彦昌摇签，杨婵好歹也学了些占卜之道，掐指一算，刘彦昌中举的概率是千分之三点二，如果再算上可能有内定舞弊，他中举的概率大概和他出门就被猪撞死的概率相同。

杨婵急得不知如何是好，若是不告诉他，就是骗他。但若是告诉他真相，又只怕这书生难过心冷，还没考就失去了勇气。

刘彦昌卜第一签，上写：“乘风破浪会有时，直挂云帆济沧海。”竟是上上签。

再卜第二签，上写：“两岸猿声啼不住，轻舟已过万重山。”还是上上签。

刘彦昌喜，再卜第三签，上写：“满园春色关不住，一枝红杏出墙来。”这个……刘彦昌心中咆哮，我又不是求姻缘好吗？

（不要问这些诗为什么和时代对不上，人家三圣母是神仙。）

不过连求三签，全是上上签，刘彦昌心中欢喜，又连磕三个头道：“圣母娘娘在上，此签若是灵验，刘彦昌得以高中，定要重回此处，重修此庙，再塑金身，并在家中也奉圣母娘娘神位，夜夜敬奉。”

你说这人，给人重修庙宇也就罢了，还要把人接回家去，还要夜夜供奉，你究竟怎么想的啊？

但杨婵听得心中欢喜，脸上绯红，原来这刘彦昌是英俊小生，杨婵守在这荒郊小庙，平时来的不是民工就是伙夫，这么多年，终于有了一个长得比较像人的，杨婵那少女的心怦怦直跳，倒竟还真盼着他能够高中，把自己接回家去……哎呀，想想就脸红。

所以说女大不中留，哥哥再好也只是好哥哥，不能当饭吃。杨戬连这个道理都不懂，失落是难免的了。

刘彦昌揣上三支上上签，兴冲冲地就往门外走，刚走出庙门，“哇呀”一声，被一头飞奔而来的猪撞翻出去。

三圣母低头娇羞，看来乱修改概率是要遭报应的。

但杨婵改了求签的概率，却改不了真正的命数。她知道刘彦昌此去，还是中举无望，心中担忧，不由干脆暗中跟去。她一心只想着刘彦昌，和杨戬连招呼也没有打，就离家而去。而杨戬，还在做着要保护无知小妹一生一世的梦呢。

刘彦昌到了京师，踌躇满志，进了考场，一看考题：《从四书五经论仰望星空与脚踏实地》，这简单啊！他提笔就写，自觉下笔如有神，洋洋洒洒数万言，连要了好几十张答卷纸，从孔子周游、孟子三迁、曾子杀猪、智子疑邻，一直说

到商鞅变法、焚书坑儒、三国演义、五胡乱华，写得自己是热泪盈眶豪情满怀，最后一句，写：“若我刘彦昌得偿志愿，必惩尽天下贪官，让黎民再无饥寒。报国之心殷殷，济世之情切切。天下归心，只待一呼。”一挥而就，写完把笔一抛，回驿馆等放榜去了。

刘彦昌自觉文章写得情真意切，起承转合、破入收束、引经据典，无有缺憾。即使不入三甲，但中举应该毫无问题。终于等到放榜这一天，挤去榜前看时，四下寻找，竟没有自己名字。心中不信，只觉得是漏过，看了一遍又一遍，直看到天黑月高，借着微弱灯光还看，再后来灯也灭了，街上静寂无人，刘彦昌还在看。可是乌云遮月，夜幕深沉，他还能看清什么，双眼睁了一天，早已模糊，竟是什么也看不清了。

他终于闭上眼，眼泪这才哗哗落下来。他再睁眼，却也不见一物，只能伸着手，慢慢在街上摸索。

突然一双轻柔的手伸来，扶住了他，引他缓缓而行。一个女子声音轻轻地问：“你怎么了？”

“黑……太黑了……”刘彦昌哭着，他看不见扶住他的这双手，也看不见眼前的女子。

“黑夜只是一时，要相信太阳照常升起。”女子说。

“可是……我怕是等不到那时候了。”刘彦昌声音颤颤，走路也巍巍。

“怎么了？只是一次未中。看成败、人生豪迈，大不了从头再来啊。”

“从头再来……从头再来……来你妹啊！”刘彦昌突然崩溃了，“我十五年的苦读啊，我日日夜夜不敢懈怠，我十五年没有出过家门，没有和除我妈之外的女人说过一句话啊！别人家的孩子在玩，我在读书，别人家的孩子睡了，我还在读书，我为的这是什么啊？他们有种就让我查卷子，看看那些排在榜上的人，文章是不是都写得比我好啊，敢不敢啊！我还怎么有脸回家啊，我怎么能去见为我辛劳白发的老娘啊。我明年再考，也不可能再写出这样的文章来了啊，我文章里哪一段不工，哪个典不实，哪一句碍了他们的眼啊。今年这样呕心沥血都考不中，来年又怎么可能中呢？”

杨婵扶着刘彦昌，也暗暗落泪。其实她看得明白，人家中举的全都老老实实写八股文章，歌功颂德，只有你刘彦昌写什么要除贪官救饥寒，主考官一看，什么？朗朗乾坤太平盛世，哪来的贪官，哪来的饥寒？你个妖言惑众之徒，不治罪就是开恩了，还想中举。若是让你这种人当了官，那还了得？你还不把我们都查个底儿掉？什么人都可以当官，就是你这种人不行。

杨婵摇头道："有些事，我们无能为力的，不如想开些，只当是你前世未修得福分吧。"

刘彦昌紧握着杨婵的手颤抖："可是你我明知不是这样的。"

杨婵叹息一声："看得清楚，不过更痛苦。所以，不如骗骗自己吧……"

"骗自己……骗自己……"刘彦昌喃喃念着，突然仰天大笑，"好！好！好！原来是这样！原来都在骗我！我娘说只要刻苦读书就必能成功，骗我的！神仙庙里求签说我乘风破浪会有时，骗我的！考场对联写求天下英才治万世清平，也是骗我的！"

他突然甩开杨婵，于地上摸一石块，摸到墙壁上疾书一诗：

人情洞察皆学问，嬉怒笑骂即文章。天下熙熙功名道，百无一用蠹书箱。先骂天昏无光亮，再怒善恶不得偿。神龛众偶心如铁，枉受香火在一方！

他发狠猛刻，字字深痕，将手也磨出血来。杨婵看得心中羞愧，她当初骗他出于好意，此刻却只让他更痛苦。她改了他手中签，却改变不了他人间路。

"走吧。我们回家。"她流着泪，轻声说。

"回家？"刘彦昌呆呆出神，好半天才说，"我回不了家了……如果我母亲知道我落第，她会受不了的。我出门前向她发过誓，不考中，绝不回家。她相信我，她会在家等我，一直到……到最后。她看不到我，她就还会在希望中活着，相信我有一天会衣锦而归。"

"可是，为什么一定要中举，为什么一定要功名？如果你能娶个好妻子，生儿育女，耕田纺织，不也其乐融融？你娘也会开心的。她要的只是你开心罢了。"

刘彦昌惨然而笑："如果这就是幸福，我这十几年来又是为了什么？"

"你为你的梦而努力过了，你尽力了。结果是不能强求的。"

"可是……如果没有结果，一切又有什么意义？"

杨婵也不知道该如何回答。

她只有牵着刘彦昌的手，陪着他默默地站着，于黑暗中听虫儿轻鸣，听夜风呜咽。

【09.】

杨婵陪着刘彦昌行走世间，一起在山巅看日出，在江边望晚霞。刘彦昌却只是不笑少言，如魂魄不在。

那一天，在华山顶上，刘彦昌看着白云变幻如沧海，吞涌群峰，突然大步向前。

杨婵以为他要跳崖，吓得一把将他抱住："不要，不要想不开。不论有什么事，都还有我，我会在你身边。"

刘彦昌缓缓回头，看着杨婵。

"这些天来，都是你一直在我身边陪我？"

杨婵点点头。

"为什么？"

为什么？杨婵没有想过，有些事，真的说不出为什么。

"不知道……我只觉得……能让你开心，我便觉得开心。"

刘彦昌看着她，轻轻握住她的手。

"刚才我看着白云苍狗，光阴流转，突然想明白了，人生如白驹过隙，岂有时光流连？与其怨恨过往，不如珍惜眼前。"

他看着她的眼睛："谢谢你，真的谢谢你。"

杨婵觉得心也飞了起来，这是她生来最开心的一天。她突然明白了什么叫幸福。原来她此前的岁月中，竟是从来没有过这种感觉的。

两人就在华山山顶上住了下来，私拜了天地。这段时光是如此快乐，以至于杨婵都忘却了自己，更没有想到杨戬此刻正在苦苦地找她。

杨婵只觉得自己长大了，又是神仙，光阴漫漫，离开些日子，并没有什么要紧。但她也不知道，自己不去想着告知杨戬，却是在潜意识中害怕着他，害怕他会阻拦自己离开，害怕他会阻止自己去爱另一个人。

而她知道，杨戬其实必然会这么做的。

杨戬天上地下地找寻着杨婵，众神知道他妹妹丢了，竟都露出一种古怪的微笑。

杨戬要被他们的这种怪笑弄疯了。

他很想把三尖两刃刀架在众神的脖子上，问："你们究竟在笑什么，笑什么啊！"

但众神只是不答。

不过这些声音还是传到他的耳中来了。

"这是命啊，玉帝妹妹和凡人生的孩子，刚刚封神，竟然又和凡人私奔了。"

"所以说，有什么样的父母，便有什么样的种。"

杨戬知道，自己只有到一个地方，才能找到答案。

灵霄宝殿。

南天门是不容杨戬这样的小神进入的。

守门天将仍然是那副古怪的笑容说："即使你是去找舅舅也不行的。"

杨戬一刀就把他劈开了。

杨戬打进了南天门。

十万天兵天将都出来阻拦杨戬。

杨戬在天兵阵中杀了个七进七出，众神胆寒。

这个时候，杨婵和刘彦昌还在华山之上相依相守，浑然不知天上正发生的事。

天上一日，世上一年。

杨戬被李靖、哪吒、四大天王等上千天将围在了核心。

这里面有些是他封神之战时的战友，有些是仇敌。

"你们都要来阻挡我吗？"杨戬立刀冷冷问道。

李靖长叹一声："杨戬，你这是何必？你已犯下大罪。"

杨戬仰天长啸道："我出生时，便已然是罪。我父母在一起时，便已然是罪。我与妹妹在世间流浪，我的兄长年少早夭，这都是罪。我已为这罪承担了太多太久，现在，还有多少罪孽，多少天条，不如都拿出来让我犯个痛快！"

杨戬独战诸神，杀得天地震颤。

直到灵霄殿上一声呼喝：“住手。”

诸神退开，玉皇大帝站在九天之巅。

杨戬冷冷地望着他。

玉帝也看着这三眼神将，眉宇间，他们竟有几分相似。

外甥像舅，这是常识。

“是你。”玉皇叹道。

“是你个头！”杨戬骂道。

“没有想到，你个小孽种居然能活到今天。”

“我父母都在哪里？”

“你父杨天佑，区区一凡夫，敢亵渎天神，已被神将五雷轰顶，尸骨无存。你的那个长兄，也一样早被诛杀。竟然跑了个你？”

玉帝不知杨婵的存在？杨戬心中突然有了一丝宽慰，此刻他突然倒盼杨婵千万不要出现。

“我母亲呢？”

“你母亲……那是朕的妹妹瑶姬。她擅自下凡，与凡人私通，丢尽天神的脸面，已被锁在华山之下，永世不得见天日。”

“华山？”杨戬跃下云头，跳出重围，直向华山而去。

在华山之巅，他看到的却是杨婵和另一个男子。

杨戬呆立在那里。

杨婵看见杨戬，惊迎过去：“哥哥，你怎么来了？”

“他是谁……”杨戬冷冷问。

“这……这是刘彦昌，是我的……我的……”

“我是她的丈夫。”刘彦昌上前，把杨婵护在身后。

杨戬走过他们身边，抚着华山顶上冰冷的巨石。

“你们知不知道，神与凡人私通，是什么下场？”

“有什么下场，大不了不做神仙！”杨婵道。

杨戬仰天大笑，笑声凄凉。

“大不了……不做神仙……如果神仙可以想不做就不做，那有多好！”

他在华山之上跪倒下来，对着那身形如神女的峰顶重重叩拜。

“母亲，杨戬没有用！我打不碎这天条，我救不了你，我连自己的妹妹也保护不了。”

他头叩坚石之上，额顶之眼鲜血长流。

“哥哥，你做什么？！”杨婵惊扑过去。

杨戬一把抓住杨婵的手：“婵儿，哥哥对不起你。”

“为什么这么说啊……”杨婵落泪，“哥哥你一直对我这么好。”

杨戬身子颤抖，大吼一声。那声音将云气四下荡开，他将三尖两刃刀深深插入华山。

华山开始动摇崩塌。

刘彦昌惊呼一声，随山石滚落山下。

杨婵正要去拉，杨戬落泪抓紧了她，将她推入裂缝之中。

“哥哥……”杨婵呆呆地望着。她的眼神纯净，没有仇恨也没有怨愁，她相信着这个世间，相信自己最亲的人不会害她。

哥哥只是一时失手吧。

他会来救我的。

杨婵就这么看着杨戬，看着他越来越远，直至天地完全黑暗。

杨戬搬动巨峰，压在裂口之上，纵然是诸神，也难以推开。

“婵儿，活下去吧。忘记什么情爱与信义，也忘记你的兄长吧，活到诸神都灭亡的那一刻。如果母亲能做到，你也可以。”

此时，他听见了一声婴儿的啼哭。

【10.】

杨戬重回天界。

玉帝与诸神刚开完了紧急会议，再走出灵霄殿时，已经换了一副神情。

“杨戬，你能劈山救母，孝心感动天地。虽然……其实瑶姬并不在华山之下，我骗了你，不过只要你愿为天庭效力，你终有一天能见到你的母亲的。”

“说吧，要我做什么。我都会去做。”

“最近世上不太平，在东胜神洲花果山，出了一个妖猴。李天王和哪吒去平定，败退而回。四大天王去剿灭，也铩羽而归。”

“我明白了。”

【11.】

“杨戬？”猴子不怀好意地打量着他。

杨戬不说话。

“原来你是玉帝他妹的儿子？”猴子手中翻着一张南海出版发行的九天八卦指掌图。

杨戬不说话。

猴子把八卦图一扔，纳闷着：“既然你是你舅他妹子和凡人生的，然后你舅把他妹抓了害得你们没有父母，你又劈了山要把你舅他妹子救出来。可当你妹喜欢上凡人的时候，你居然又把你妹锁在山里，请问你当时是怎么样一种错综复杂斩不断理还乱的心理纠结状态呢？”

杨戬的牙咬得咯咯作响，但还是不说话。

猴子觉得有些无趣了，这时他看见了杨戬的狗。

“咦？这狗挺肥的！”

杨戬爆发了。

杨戬和孙悟空大战了七天七夜，不分胜负。

这是真正的对手，他们两人心中都知道。

如果他们两人联手，可以做成一切事情。

但这永远不可能，他们心中也知道。

“我与妖猴作战，旁人不许相帮。”杨戬曾傲气冲天地说。

但哮天犬和梅山六兄弟觉得自己不是外人。

不过连狗带兄弟一起上，也治不住孙悟空。

最后太上老君忍不住了，喊：“看，外星人。”

孙悟空一转头，看见一发亮圈圈从天际直飞而来。

“哇，真的耶？”

猴子刚说完，就被那金刚镯啪地打落云际。

诸神一拥而上，将他擒住。

“你们神仙没信义，不是说单挑吗？哪个浑蛋高空抛物！”猴子咆哮着，“鄙视！鄙视你们八辈子祖宗！”

诸神微笑不语。

杨戬只觉得与众神为伍，实在是羞愧的事。

但他没有选择。

如果想不做神仙就可以不做，那有多好。

猴子被绑在天罚柱上，雷击三千，鹰啄三千，斧劈三千，身形血淋淋的不成样子，只是不肯死。

直到那位紫霞仙子，在他耳边轻轻地说了一句什么。

杨戬不知道他们说的是什么，但他的感觉突然很怪。

他突然很羡慕那只猴子，会有一个人，在他最孤独的时候，还愿意在他的身边。

而现在，自己什么也没有了。

猴子死了，猴子的遗体被送去炼丹炉炼丹，结果猴子又活了。

“烫！烫死俺老孙了！”猴子蹦跳着，“他奶奶的，紫霞偷偷告诉俺装死就成，等你们把俺埋了俺再爬出来，你们居然这么落井下石，用火化的！”

猴子被烧毛了，猴子暴走了，猴子大闹天宫！

猴子把满天神佛打了个遍。

猴子拆掉了三十六宫七十二殿。

猴子正在拆最后一座违章建筑，它叫灵霄宝殿。

连威严的玉帝都躲到桌子底下发抖了。

哀号的众神没有发现，此时没有杨戬的身影。

杨戬正站在远处，心想：“痛快！”

“可惜，本来我也有这样的机会的。”他叹着。

他又开始羡慕那只猴子了，因为他没有什么当天神的舅舅。

这时如来佛来了。

如来佛和猴子打个赌，关于手掌心。

猴子不长记性，忘记了神仙都是不讲信义的，西天来的也一样。

后来猴子被压在了五行山下，山上还贴了一封条："内有易燃易爆品，严禁开箱。"

猴子在五行山下大骂："火化完了还土葬，你们浪费土地，有本事把我撒入大海啊！"

"如来，你等着瞧！"那声音从地心传来。

"众神，等我出来你们就死定了，哈哈哈哈！"那声音让天地胆寒。

杨戬羡慕那只猴子，他也很想这么用尽全身的力气骂一次。

不知道神仙为什么这么喜欢用山压人，杨戬想。

那么多座山，像一座座墓碑，每座山下也许都压着一个曾自由的魂灵。

也许诸神以为山是永远不会崩塌的。

但杨戬知道没有什么是永远的。

不论是华山，还是五行山。

沧海桑田，不过是一瞬间。

不过是五百年。

杨戬在等着那一天。

番外二

哪吒传

哪吒望着太乙，喉中呜咽，涌出一股股血来，气息喷出，发出嗬嗬怪音。

再看他面容，竟是在笑。

笑这人无情，笑这天无义。

又有何可留恋？

哪吒抬起剑来，将自己血肉一块块剐下。

李靖、太乙皆转头闭目，不敢直睹，更不用提相救。

直到哪吒将自己割得血肉模糊，只剩一副骨骼还立着。

他又弃了剑，举右手拔下左手臂骨，又剐了肋骨，一根根，尽数弃于海中，

最后终于站立不住，大笑一声，身形崩散，坠入沧海。

大水退去，大地无痕，世间再无哪吒。

【01.】

“你就是个球！”

李靖总是对哪吒这么说。

哪吒听完总是很愤怒，提着枪又要追杀李靖。但李靖一边跑一边觉得自己很无辜，因为哪吒生下来时真的是个球。

作为陈塘关的总兵，这个官不大不小，李靖年轻时也曾雄心壮志，人到中年觉得自己这辈子也就这样了，就指着生几个儿子能有出息，将来给他长脸。

长子金吒，出生时很正常。活泼健康，被文殊菩萨收为弟子。

次子木吒，出生时很正常。聪明可爱，被普贤菩萨收为弟子，后来又被转让给了观音。

三子哪吒，出生时却不一样。

李靖夫人殷氏怀胎三年零六个月，也就是李靖好耐心，终于等到生产之日，李靖本来想，孕育了这么久，一定是个非凡的人物，结果一看……是个球！

那个鲜红的肉球落到地上，滴溜溜乱滚，殷氏“嗷”一声就晕过去了。李靖强打精神，盯着那球转了半天，转到他眼珠也乱晃了，看那球里东西还在挣动，他终于忍无可忍，一剑砍去。猛然一道红光喷了满屋，李靖惊得倒摔出去，待眼前红色消散，却听到了婴儿啼哭。

他再看那肉球，已经被劈开，里面却有一婴孩正睁大眼瞪着他啼哭，额上还留着他砍出的伤痕。

李靖和哪吒的父子仇，从一出生就结下了。

列位看客要问，这李靖姓李，怎么三子一个姓金，一个姓木，还有一个姓哪？

这事说来话长，这天上诸神有东天西天两大势力，东天为道，西天为佛，都向世间传播教义，发展门徒，广建寺院，收纳香贡，采取灵蕴。作为竞争企业，难免有些明里握手，暗中踹脚。

李靖身在东天之下，此处道系繁盛，太上老君姓李，他也姓李，所以他自然也希望得到东天神族的庇佑，但是眼见最近西天佛系四处建庙，扩张势头很猛，信徒日众。李靖觉得一边倒不如两边摇，于是把长子送文殊菩萨处学徒，按梵语起法名金吒。次子送普贤菩萨处学徒，起法名木吒。

按这排序，三儿子应该叫水吒才对。但是因为他一出生就有一位道人前来，自称太乙真人，是元始天尊的徒弟，天尊门下昆仑山十二金仙之一，玉鼎真人的师弟。

说到十二金仙，有说法是：广成子、赤精子、玉鼎真人、太乙真人、黄龙真人、文殊广法天尊、普贤真人、慈航道人、灵宝大法师、惧留孙、道行天尊、清虚道德真君十二人，还有什么南极仙翁、燃灯道人，也是元始天尊的弟子。

但这里面大有问题，因为元始天尊是东天道系始祖三清之一，而文殊、普贤、燃灯根本就是西天佛与菩萨的名字，惧留孙就是弥勒佛的另一个名字。而所谓慈航道人，手持净瓶，住普陀山落伽洞……咦，他怎么和观音同居一洞？这两人什么关系？因为慈航根本就是观音！

这两拨人一批道，一批佛，根本不是一专业，怎么凑到一个班去的？

原来只因佛道争锋，本来东天只有一教三清，现在突然西天传来个佛教，建庙收徒，香火日盛。道家本来根本不承认西天众神的存在，但后来一看佛家信众多了，无法回避，只好编出些《老子化胡经》之类的经书来，说西天诸神也是道家的弟子，佛家根本就是道家的分支，这么一来，文殊、普贤、燃灯等西天之神就“被收为”元始天尊座下弟子了。

但昆仑山道学院虽然想给人家发毕业证，人家却从不肯认这学历的。你看文殊、普贤常伴如来身边，与弥勒、观音同行，可曾见他们跑去昆仑山看望“恩师”？

所以这十二金仙中，倒有三分之一是硬拉来凑数的。

而灵宝道人只怕又和三清之一的灵宝天尊也就是通天教主有同名之嫌，若如此那就是元始天尊的同级人物，被说成是弟子，也许是像把菩萨都算入门下来挣脸面一般，把截教教主也算到阐教门下，这种小把戏，灵宝天尊自然也根本不会承认。

所以最后怕只有广成子、赤精子、玉鼎、太乙、黄龙、道行、清虚这七个才能算是正宗元始天尊门下，不是十二金仙，倒可叫元始七子。玉鼎收徒杨戬，太乙就跑来收哪吒了。

杨戬是玉帝外甥，神人通婚交生，头上三眼。而哪吒是灵珠子转世，超长孕期加卵生，这种异形怪胎，都是神仙们最爱追找的天赋异禀之材，所以远远看到陈塘关一道红光冲天加一声惨叫，太乙就飞也似的赶来了。

太乙一看见那婴孩，就知道他不是凡人。于是当场就给了两件法宝作为见面礼，一件是混天绫，一件是乾坤圈，然后说要收这婴孩为徒。

李靖觉得这老道是个神仙，正愁这怪胎不知如何养活，当然高兴。

太乙问及名字，李靖说："在下长子拜入文殊门下，唤为金吒；次子拜入普贤门下，唤为木吒；现这小子拜入真人门下，还请真人赐名。"

太乙掐指一算："金木水火土，既如此，这孩子就叫哪吒吧。"

李靖奇怪："为什么不是水吒？"

太乙心想：我是个道士，收个徒弟随着前面俩和尚起一梵语名字，已经够生气了。你还想叫水吒，我们道家和佛家排的这是什么辈啊？偏不，就要乱起一气，就叫哪吒。

于是他微微一笑："此乃天机，不可泄露。"

凡是不可告人的，都是机密。

李靖心想：哪就哪吧，反正也没有一个姓过李，这小孩我看着就发怵，早点送走了事。

"那么，道长是否要将其带上山去？"

太乙心说：你倒想得美，这么小一婴儿，连话还听不懂呢，就要给我去养？连奶粉钱你都省了，我堂堂一太乙金仙，还要给他洗尿布？

于是又微微一笑："哎呀，贫道忽然有事，即便回山。"一溜烟跑了。

【02.】

小哪吒转眼就长大了，七岁之时，已经出落成一个俊美孩童，乾坤圈在肩，红绫飘舞，站在寂寞云天之下。

金吒和木吒都在远方修行，只有哪吒留在府第之中。因为砍球事件的关系，李靖和哪吒的父子感情一直就很冷漠。李靖总是有一种古怪的感觉，这孩子将来恐怕要给他带来什么祸害，故而对这孩子没有什么好脸色。哪吒觉得父亲不喜欢他，一出生便要杀他，也对李靖敬而远之。

天长日久，哪吒变得少言冷漠，孤僻乖张，喜怒无常。欢喜起来时，大叫大笑，不快时冷眉无话，去关外射猎取乐。

哪吒喜欢看乾坤圈击中飞鸟时它骨肉飞溅的样子，喜欢漫天血羽纷纷落下，他跳跃着伸出手去接这些羽毛，好似顽童面对大雪。

哪吒喜欢托着腮，看混天绫将野兽慢慢绞紧，听那骨骼清脆折断的响声，就像在听雨打荷塘。

李靖从来不在乎哪吒做些什么，只要他别给自己惹事。太乙很少来看哪吒，来了也只是给他传传功授授诀，哪吒天赋极高，自己照着去练，几月精进，胜似他人百年。

这天，哪吒又在野外屠杀取乐。刚挥出混天绫，却见那绫轻飘飘失了力道，落将下来。

耳边听得一个女孩声音道："我身上沾了好多的血，快将我洗洗，将我洗洗。"

哪吒四下惊望："谁在那里？出来。"

混天绫一舞，竟在空中旋绕出个形状，红绸扑面，卷拂在哪吒脸上，却是轻柔无比。眼前绯红飘过，不远处显出一个女孩，身体虚如幻影，透明若隐若现，却不着寸缕，只有红绫绕着她飞舞。

"你是？"哪吒望着她。

"我是红绫，这混天绫中灵蕴化育成的精灵，连太乙真人也不知我的存在。"女孩眉宇间有郁郁之色，"你终日用我杀戮生灵，这绫上的血都结成了黑色，我终日活在血腥之中。为何你如此冷酷好杀？"

"好杀？"哪吒摇头，"我不明白，我父亲是武将，终日操练军队，他们杀的是人。我只杀些飞禽走兽，你倒要来管我！"

"杀人本就是不对，哪个人不是父母生养，没有兄弟姐妹？这些雁雕鹿兔自在于天地之间，也不曾招惹于你，你为何杀了它们？"

“它们生出来，难道不就是为了被杀的？到处都有猎人射猎，你怎么不管他们？”

“他们？他们不过是浊物，你才是我的……”女孩咬咬嘴唇，“……我的主人。”

“主人？”哪吒冷笑，“我倒没曾想过混天绫里还有妖精，那么，乾坤圈里也有吗？”

“我已经在你旁边站了许久了……”一个声音郁闷地说。

哪吒吓得跳开三尺，但还是看不见说话的人。

“又在哪儿？现身啊！”

“我现了……你没看见吗……”这声音显得很无奈。

哪吒再仔细去看，原来空中有一个透明圆圈，时扁时长，正在摆弄身姿。

他问：“混天绫中的灵物称作红绫，那你又唤作什么？白圈吗？”

那物郁闷地扭曲着：“主人，您可以叫我圆圆、扭扭、环环、绕绕……”突然做凶恶状，“但是就是不准叫我圈圈！”

“好吧，饼饼。”

“不要饼饼！”

“哦，蛋蛋。”

“蛋你婶！”

“蛋饼？”

“您还是叫我圈圈吧……”

“太好了，以后我有人玩了。”哪吒欣喜道，“七年了，你们怎么不早些出来？”

“可我们是妖精啊？随便现身，被你爹或你师父看到，要么就是一雷打爆，要么就收去炼丹，死路一条。”圈圈说。

“放心！我绝不告诉他们。我就你们这两个朋友，我绝不会让别人伤害你们的。”

“朋友是什么？”红绫问。

“朋友？朋友就是天天在一起玩啊，就是从早到晚一起玩啊，就是晚上睡了觉还想着明天一起玩啊。”

“你以前没有朋友的吗？”

哪吒脸上的笑消失了：“没有。”

“可是……我们是你的仆从才对啊。”

“我不要仆从！”哪吒怒了，“我的仆从有的是，我从来不让他们跟着我！我要朋友！”

“好，朋友。以后咱们是朋友啦！”圈圈忙喊。

“若是朋友，以后你可不能再号令我们。不能让我们去做不喜欢的事。”红绫说。

“当然当然！”哪吒喊，“现在我们一起玩吧。”

“玩什么呢？”圈圈紧张地说，“套圈？狗追飞圈？箭射靶圈？”

“那玩红绫缠圈吧。”哪吒说。

“这个我喜欢……”圈圈脸色泛红。

半炷香后。

“放！开！我！”圈圈脸色发白，正在空中以哪吒为圆心、红绫为直径，每秒三十周狂转。

“好，放手喽！”哪吒一松手，圈圈惨呼一声，拉着红绫直向远方去了。又过了好一会儿，远方传来一声巨响，大地上腾起烟柱。

哪吒奔过去，红绫早飘在空中，圈圈不见了，地面上有一深洞。

“圈圈呢？”

地心传来喊声：“我一会儿就回来……你们先玩，不用等我吃午饭了……”

“那我们玩什么？”红绫问。

哪吒眼睛一转：“我知道有样好玩的东西，跟我来！”

他拉着红绫跑回陈塘关，一路笑跳，路人都惊讶，从来没有看见三公子如此快乐。

哪吒气喘吁吁跑回府第，指着后园那座高楼道：“这里面有好玩的，我早知道。可是没人与我一起玩，我便从未动过它。”

那楼门紧锁，锁也不知是哪年的，早锈成铁块了。哪吒轻轻一掰，那锁便碎了。他们上得楼来，那楼年头已久，梯木朽坏，踏上去咯咯直响，四下全是蛛网。

“我帮你把蛛网拂掉。”红绫说。

“不。”哪吒把红绫藏在怀中，“莫弄脏了你，我来拂掉蛛网。”

红绫不由脸红了，从来没有人对她这样好过。所幸她本来就红，哪吒看不出来。

转到楼顶，只见那案桌之上，供着一把木弓、三支骨箭。

原来陈塘关有一镇关之宝，唤作乾坤弓，还有三支神箭，唤作震天箭。据说乃是轩辕黄帝战蚩尤时留下来的。乾坤弓是神木所制，古朴粗重，看为木器，却沉重如陨铁，那弓弦是上古神兽的筋绷制的，平时无人能拿得动拉得开，李靖也只好将其束之高阁。

哪吒一伸手便摘下那弓，铁制桌案发出沉闷一声，原来那弓极沉，哪吒险些失手将它砸在地上，幸得红绫飞出缠住那弓，才没有将楼板砸穿。

“原来这么沉。”哪吒说着，又去取了那三支箭。只见箭翎如火，不知是什么羽毛。箭头铁铸，刻成一恶兽头状。

“知道吗？这箭是用上古恶怪的骨头刻成，那怪吼声可震动天地，所以听说这箭射出去，也会震天般响，所以叫震天箭。我一直想看它射出时什么样，但我爹也拉不开这弓，只能把这些锁在这楼上。今天我们便来玩这个。”

红绫犹疑道：“既是上古神物，只怕不能乱使。”

“怕什么！”哪吒道，“你和圈圈不也是神物吗？没准这弓箭里也有什么精气灵物，不如叫出来一块玩吧。”

红绫道：“不是所有神物中都会化生妖灵，即便有，也有许多是恶灵，万万不可召出。这箭若是上古凶恶神兽之骨所制，只怕用之会有祸殃。”

“你胆子太小了！”哪吒怒道，“不过是射一支箭听个响，我们对着天射，能出什么事情？”

说罢便推开窗户，拉弓搭箭。

他从小使乾坤圈、混天绫，力量早不同常人，那弓弦咯咯响着，渐渐张开，拉到半满，哪吒只一放手，箭发出震天呼啸，破空而去。

全陈塘关都听到了这啸声，人们唬得抬头张望，以为是龙怪吟吼，却看见一道黑烟如魔灵直入天际，人人惊惧。

哪吒却欢喜跳道：“果然是震天箭，好玩好玩！再射一支！”

红绫忙缠上他的手：“这箭射出之状极凶险，千万莫要射了。就算对着天上射，若是被天神发现，也要坏事。”

“哼。”哪吒扮鬼脸道，“胆小鬼！红绫是胆小鬼！那就等圈圈回来，我们再射给他看。”

【03.】

哪吒只觉这一箭射便射了，不想那震天神箭既出，例不空发，必有伤殒。这箭直入空中，便如活了一般，划破云天，一直飞了数百里，才俯冲下来。云烟散开，露出一座险恶山林，黑雾重重，山形如骷髅，正是骷髅山白骨洞。

只是这个白骨洞中，住的却不是白骨夫人，而是石矶娘娘。这石矶据说是三清之通天教主也就是灵宝天尊门下，和太乙真人是同辈，法力颇强。也不知这样辈分的一位高人，为什么要住骷髅山白骨洞这地方，想来是神仙太多，好山水都被占了，石矶不得已只好住边远山区，可见这石矶娘娘虽然辈分颇高，但混得也不过尔尔。

此时正逢石矶娘娘的一位门人女童出洞采药，来到山崖上，听得空中尖啸，一抬头，那震天箭劈空而下。她有心想躲，但那箭里是上古神兽的恶灵，此时得了释放，正要嗜血。看着有人，疾冲而去，那女童哪避得过，“噗”的一声，身体被那劲道击得粉碎爆裂，箭穿身而过，带着一腔血喷溅出来。

石矶听得外面啸声，知是有法宝到了，暗叫不好。待奔出去，才看见这满地血骨，铺了方圆数丈，而山壁上被炸出一个大洞，一箭扎在核心。

石矶拔出那箭，心中惊怒，想这究竟是惹了哪位仇家，要用这样的凶物报复？再一看那箭，上面刻着字呢。原来李靖生怕这震天箭射丢了，把自家姓名地址邮编尽数刻上。石矶大怒，立刻作了法，遣出几个黄巾力士，命他们将李靖拿来。

李靖正在城头看练兵，突然云中探下手来，将他一把拎去，疾风过耳，转眼又被掷下云头，正摔在一人面前。

李靖抬头去看，见是一位白衣女人，装束虽不是青春少女，但驻颜有术，容颜姣好，完全看不出年纪。李靖心想，这是哪里来的桃花运，竟然有神女相邀？

只听那女子问道：“你就是李靖？”

“正是在下。”李靖站起身来，整衣冠理头发。

石矶冷笑：“陈塘关的李靖？”

“是。”

石矶又看看那箭：“陈塘关官拜三品总兵李家第四十三代身高一米七八体重六十九公斤曾多次获得大比武前十陛下接见……”她把箭“啪”地甩到李靖脸上，“你微雕啊，刻这么多字！”

李靖拾箭惊道：“这支震天箭如何会在这里？”

“你倒来问我？这箭射死我的童子，你当偿命！”

李靖魂飞魄散：“娘娘，实与李靖无关。只因这震天箭需乾坤弓方能射出，而那乾坤弓……在下……实在是无能拉开。”

“这箭若不是你射的，那还有谁？”

李靖心中当即想到一个名字，骂道：“这小孽障，害死我也。”

“你若不能交出凶手，今日便用你祭我的小徒！”石矶怒道。

李靖躬身道：“李靖已经知道是谁了，若娘娘信我，我自带他来向娘娘请罪。”

石矶冷笑：“我还怕你跑了不成？”当下又一挥手，黄巾力士腾云又将李靖带回陈塘关。

李靖心想若将哪吒带去，只怕石矶真要杀他偿命。但不带去，自己的命先难保了。思来想去，祸是这孽子闯的，自己断无为他送了性命之理，一咬牙，引黄巾力士来寻哪吒。

哪吒此时刚等了圈圈回来，正在说刚才之妙处，手中还拿着那弓。李靖直奔上来，一把夺了，扔在地上，一掌掴去：“小孽畜，你做的什么好事！谁让你射这箭来？”

红绫与圈圈一看有人来了，早隐躲回宝物中。哪吒正在兴头处，挨了一掌，望着李靖，眼中只有怒火：“我能拉动这弓，你不欢喜，反而斥责？不过射了你一支箭，为何便要打我？”

“我打你了，我还要杀你！”李靖怒抽宝剑，挥剑便砍。

旁边几个黄巾力士都看得胆战，心说好狠的父亲，不过七岁幼童，还是自己儿子，竟然举剑就砍。

哪吒将手一挥，抓住那剑，也不顾手淋漓流血：“父亲为何要杀我？”

李靖又一脚踹去，将哪吒踹个筋斗：“你射死人了，此时人家要拿你去偿命！”

哪吒大惊：“我对天放箭，怎么能射死人？”

李靖暴跳着：“那震天箭例不空发，射出必有死伤，你个孽畜哪知厉害？走！与我去见事主。”

黄巾力士驾起云来，将李靖与哪吒送至骷髅山。一路李靖只是死死拉住哪吒不放。

哪吒心中却愤愤不平，心想怎么可能射死人，必是有人捡了那箭，来讹诈父亲，当真可恶，待我见到，一圈打死。

却见云头落下处，面前一座凶险石洞，走入洞中，四下宽阔幽冷，寒气迫入骨髓，走入百丈，才见远处一高高石座，一人坐在座上，却如同与那石色融为一体。

石矶见李靖拖了一个七岁幼童来，不由觉得可气又可笑：“李靖，你倒想说，这箭是这小娃娃射的不成？”

李靖着急：“娘娘，这小孽障是我三子哪吒，随太乙真人学艺，力大无比，那箭真是他射的！”

“什么？”石矶听到太乙真人名字，更加心怒。原来元始天尊门下弟子为阐教，通天教主门下弟子为截教，两派虽同为道系，但互相不服，经常斗法，势如水火。

石矶一想，我就知道这里面有后台，不是阐教指使，这小童怎么就能一箭射到我的门前来？

所以哪吒这朝天胡乱一箭，射出阐截两教一场旷古大火并来，也不知多少上仙大神，为此断送了性命。

于是石矶冷笑：“原来是太乙的徒弟，不知太乙教了你些什么本事，不如使出来给我看看。若是你今天能从这里杀出去，我便由你去了。”

哪吒年幼，听不出这其中恶意，喜道：“当真？”右臂掷出混天绫，左臂甩出乾坤圈，两道光芒一红一银，划出耀眼双弧，直向石矶而去。

石矶微微一笑，抬起双手，那混天绫和乾坤圈可绞木寸断，击石粉碎，她却如同不费力气，轻轻接下：“倒是两件好礼，你去告诉太乙，我谢过了。”

哪吒怒得跳上前：“把它们还给我！”

石矶面色突变：“你想要吗？”

手疾抖处，混天绫如箭射出。

哪吒不知她出手这等快，想接也来不及了，眼看红光扑面，正发怔时，突然混天绫直直刹住，红绫现身出来，以自身力量抗住石矶所运之力，却被这力道冲得身形迸裂，溢出鲜血般的红色。

“哪吒！快走！快走！”红绫大喊。

哪吒才回过神来，转身便向外冲去。有黄巾力士前来阻挡，哪吒使出太乙所授遁地之术，捏个口诀，向下一纵，如落入水面一般，沉入地下。力士们尽数扑空。

李靖还呆呆站在那里，一见哪吒逃了，只剩自己，慌得跪倒道：“娘娘饶命，李靖这就将孽子捉回来！”

石矶鄙夷道：“你这儿子比你强，你倒也能捉得住他？”

李靖连连磕头：“是我教子无方，教子无方。”

石矶看他可笑，摇摇手：“李靖，不关你事。你自回去吧。这小子一定跑去找太乙了，我正好也要去找他算账。”

李靖大喜：“谢过娘娘。”便慢慢向外退去，到了洞外，拔腿跑了。

石矶摇头叹道：“天下倒有这样的父亲。”

【04.】

哪吒在漆黑地底没命地游了数百里，才探出头来。看看方向，才敢腾云直奔乾元山金光洞。

刚到洞前，吓了一跳。洞口早站着一人，正是石矶！太乙真人刚从洞中走出，笑道：“这不是石矶师妹吗？你前来何事？”

“谁是你师妹！”石矶手擎太阿剑指住他鼻尖，“太乙，我问你，为何纵你徒弟哪吒箭射我府第，射死我门徒？”

太乙心想，竟有这种事？但阐截两派相争已久，结怨早深，纵然有错，也决不肯认的。于是微微一笑：“这哪吒乃是灵珠子转世，一切早有天定，只怪你那门徒命里该有此劫。”

但凡神仙忽悠世人，都来这一套，什么命里注定，该有此劫。石矶自己也是神仙，岂有不知道这些都是唬人的，气得手中宝剑都要摔掉："是吗？那你知不知道你徒弟今天也该着有劫？要身首异处？"

太乙其实若是肯好言劝解，也不至于闹出后面的两派大火并来，但这位偏偏唯恐天下不乱，也是一死不认错的主儿："我徒弟有什么错，我自会管教。你要叫他出来也不难，自去昆仑山玉虚宫找我掌教师尊，他说给你，我便给你。"

石矶更气得发抖："你们阐教一门都这个德行。我找那元始天尊他不也一样护着自家徒弟？有本事你与我去见我掌教师尊。"

太乙说："好啊，你先见我师尊，他唤我去，我便去。"

石矶再受不了与他扯皮，喝一声："今日不交出哪吒，便要你来偿命！"挺剑就刺。

太乙举剑相格，斗了几招。太乙向石矶喊："哪吒，你躲那里作甚？"

石矶一回头，太乙掏出一个麻袋来，将她一罩，把口扎了，倒上汽油，就开始点火。口中还道："让你看看我九龙神火罩的厉害。"

石矶在袋中挣扎大骂，太乙心想，若是让她走了，不得甘休，不如杀人灭口。于是将剑乱刺进去，过得三刻，袋中没了声息。太乙将袋扯开一看，石矶早已炼化，只有混天绫、乾坤圈倒没烧坏，又收回手中。

哪吒一旁看得心惊，慢慢走过来："师父，你怎杀了她？"

"啊……"太乙支吾道，"这是上天注定，她命里该有此劫。"

"师父，这所有人的命运，都是天定的吗？"

太乙心想："也只有你这样七岁孩童会信。"口中却说，"自然。"

"那我误杀了她的门徒，其实也只是天注定的？"

"是……是啊。"

"那么，我没有错啰？"

"这个……其实……"

"是老天要我做的，老天怎么会有错呢？"

"嗯，没错……你说得没错。"

"那么世上一切人做一切事，只要是天注定的，那都是没错啦？"

"啊，这个……理论上……实际上……总的来说……是这样的。"

"那么世上为什么还会有罪人呢，师父？"

“因为……因为那是他上辈子因果未报，才会变成罪人的。”

“原来如此。”哪吒点点头，“所以我杀的人，只是因为上辈子欠了我的，所以该杀吗？”

太乙有心说不是，自己刚才就在小孩眼前杀了石矶，只好说：“就是如此。”

哪吒沉默不语，若有所思。

【05.】

石矶死后，似乎一切平静下来。哪吒拿回混天绫、乾坤圈，回到陈塘关，见了李靖，也不知说什么。李靖也不理他，父子从此如同陌路。

但哪吒不知，石矶是通天教主门下，被元始天尊弟子所杀，截教众人岂能甘休？早暗中磨刀，寻机报复，一场卷入满天众神的混战屠杀，为时不远。

哪吒坐在家中，几日呆坐不语。这天忽然唤道：“红绫，你不是说身上沾满血迹，要去清洗吗？走，我们这就去海边。”

红绫喜道：“这几日看你不言不语，我们担心死了。这会儿终于肯说话了，好，你说去哪儿就去哪儿。”

陈塘关离海不远，哪吒使个缩地之法，眨眼便奔到了。他将混天绫与乾坤圈在海水中晃动清洗，却不知这两样宝物，早震荡水波，达及深海，引得那东海龙宫也摇晃起来。

一会儿，海中探出一怪物，面如蓝靛，发似朱砂，却是一巡海夜叉。那夜叉指着哪吒喝骂：“哪里来的妖物，惊扰我龙宫？”

哪吒一看那夜叉，却大笑道：“咦，你的头怎么被劈开两半了？”

夜叉一摸脑袋，骂道：“老子就长成这样，你小子竟然敢拿我取笑！”举斧劈来。

哪吒乾坤圈脱手而出，那夜叉哪里躲得过，被劈面打个满脸桃花开，倒扑水中，血随海水漂荡开来。

哪吒惊道：“这么不经打？竟然死了。”又心念一转，“师父说一切都是天定的劫数，故而定是它该着死的。”于是释然，将夜叉尸体扔向远海，仍在海边嬉游。

圈圈不安道："我们快走吧，一会儿又要有人来寻仇了。"

哪吒笑道："怕什么，命数都是天定的，不该我死，寻仇也没用。"

那夜叉身体沉到深海，惊动龙宫。龙王敖广震怒，要发兵征讨。殿中站出三太子敖丙，施礼道："父王，便由孩儿去吧。"领命出宫，正遇上小妹龙女。小龙女惊问："三哥，这可是要打仗了？海边究竟来了什么可怕的妖怪？"敖丙笑道："妹妹且在宫中安坐，一切有兄长在，我去去就回。"

海中耸起浪云，龙王三太子现出身形，看见哪吒，举枪就刺。哪吒冷笑道："这回又不知该着谁死！"一抖混天绫，缠住银枪，另一只手一挥，乾坤圈掷出。三太子晃身疾闪，那圈带着劲风贴面而过，哪吒一扯红绫，三太子的枪脱了手，再一晃，红绫卷着枪杆直扫过来，三太子在浪顶一翻，避过这一下，踏波而行，搅起数十丈高的水墙，雪亮亮地耀眼，直压而来。

那巨浪拍下，吞没哪吒，冲上岸数里之远。三太子正在观瞧，不料乾坤圈飞转回来，啪地打在后心，将后护心镜击得粉碎。龙王三太子一口鲜血喷出。哪吒猛然破浪跃起，混天绫飞卷缠住三太子，再一挺枪，将三太子胸前穿透。

虾兵蟹将见三太子死了，惊逃散去。那三太子倒仆海中，渐化为龙形，血染数十里。

哪吒见了新奇："原来这就是龙吗？"他冷酷天性又起，将龙尸拖上岸来，剥开龙鳞，便要抽取龙筋。

红绫忙阻止他："你杀了东海龙族，已是大罪，怎么还要剥鳞抽筋？"

哪吒推开她道："他既死了，便是天定劫数。我有何错？这龙鳞龙筋都是罕有之物，我拿回去，用这龙鳞给我爹爹做一套战甲，用这龙筋给他做了束带，岂不是天下第一宝甲？爹爹高兴，便会原谅我上次之事，与我说话了。"

红绫惊问："原来你竟还想着……你父亲能重新原谅于你？你当真傻了，你上次打死一个仙人的弟子，你父亲已要杀你，今天你打死的是奉天命镇守东海的龙族，你以为你父亲还会饶你吗？"

哪吒摇头道："这龙死也死了，再怎样爹爹也是要怪我。只是他举剑砍我，我知道只是装样吓我，他才不会杀我呢。"

红绫问："那他带你到白骨洞去时，可曾想过你的死活？"

哪吒笑着："是我做错了事，我自然要去认了，哪里能让我爹爹担责？何况

他提及我师父名字，就是为了救我。”

红绫一声叹息，情急泣道：“哪吒，别傻了，你快逃吧。”

哪吒抽出龙筋：“不，就算有事，我若逃了，他们又要去找我父母问罪。我必不走的，大不了再与他们战个高下。”

【06.】

东海龙宫。

三太子的尸骸沉入海底。龙宫哭声一片。

龙王敖广发须皆颤：“若不报此仇，让我东海变干，大地沉沦！”于是尽调东海之兵，要兴师雪恨。

那天空渐布阴云，最后黑暗如铁，伸手不见五指。世人皆惊恐，巨大的闪电突然亮起，极天拄地，直要耀瞎世人眼瞳。那惊雷在数弹指后方滚滚而来，初时轻微，渐而隆隆，待到近时，如巨石滚压，大地颤抖，宏音到处，木石碎裂，河塘爆腾，生灵肝胆欲碎，抱头惨呼。

巨大海面上，隆起万里长浪，高及云天，疾推向岸。浪头立满东海之军，敖广化身苍龙，搅卷云穹，身形有如连绵山脉，隐现云中。有见者无不惶然跪伏，以为大海将倾，末日将至。

哪吒于陈塘关听得疾风起时，已知大敌来临。于楼顶取了乾坤弓、震天箭，背在身后，擎混天绫，挟乾坤圈，一纵冲破楼顶而出，立在楼脊上，迎看风暴海啸席卷天地而来。

李靖见此天象，知必有大祸，魂魄早已吓飞七成。奔到院中，只见云中巨大龙影掠过，身遮云穹，爪按山川，黑云中亮起两只巨眼，占了半面天空。一个声音如雷传来，高在千里，却震耳欲聋。

“何人杀我爱子！何人杀我爱子！若不现出受死，我便让这陆地尽沉海底！”

李靖跪伏在地，不敢抬头。突然高处有声音喊：“爹爹，不要跪他！”

李靖回头一看，见哪吒站在楼顶，不由怒骂道：“原来又是你这孽障！”

哪吒取下震天弓，拉满弓弦，一箭射出。那箭长啸直入云天，敖广用爪一拨，一股巨大风旋便将那箭吹落。龙王怒道："原来是你！"云中现出巨龙的头颅，一口气息吐来，便是摧枯拉朽的飓风。四下一片轰然响声，车马屋舍梁瓦全部如纸片翻飞上天，李靖大叫不好，扑去抱住一棵大树，脚却飞起，只觉得身子要被扯为两段。

哪吒扬起混天绫，迎风展开，猎猎如旗，取乾坤圈，飞掷而去。那圈在空中闪过一道金光，逆了风沙，射向龙王巨瞳。

龙王猛一晃头颅，带起百丈海浪翻卷，那圈疾打在它龙角之上，火星四溅，将那角竟也打得裂了。龙王剧痛，又一口气喷出，这次却是滔天的水瀑。这水冲入陈塘关，墙倾屋塌，平地涨起三丈水来。李靖正抱着那树，猛然水至，将他吞没其中。

哪吒惊呼："爹爹！"跳落水中，举混天绫荡开水浪，拉了李靖，跳上一块门板。

李靖半天缓过气来，一看哪吒，先怒而一脚："你还要害我多少次！"

哪吒含泪道："爹爹，不关你事。我护你先走。"

李靖暴跳："走？能逃去哪儿？陈塘关都完了，陛下若降罪，我一世英名，都毁于你手！"

这会儿龙王都在天上了，他还想着怕纣王降罪呢。

哪吒立目道："此事全由孩儿而起，孩儿一力承担就是！"

李靖冷笑："承担？你承担得起吗？"

哪吒拉了李靖，纵身跃上陈塘关中高塔，那也是唯一还未被大水吞没之处，指天骂道："龙王！此事由我而起，你来杀我便是！不要祸及他人！"

龙王大吼："我当然要杀你！还要灭你全族！这也难消我心头之恨！"

李靖抱住塔尖，哀求道："龙王息怒，此事全是由这孽子而起，请你放过我们全族吧！"

龙王怒问："你是何人？莫非你是这孽童之父？"

李靖一愣，突然摇头道："不不不，决然不是！此孽童无父无母，生出来时便是个妖孽！和我毫无关系！"

哪吒听得此言，回头惊望李靖。忽而，唇边露出冷笑。

这少年的冷酷又回来了，不过，这一次，他先死了自己的心。

哪吒望着天穹："龙王！我杀了你儿子。我便还一命给你！你也不用去寻什

么我的九族。我哪吒只身孤伶生于天地间，从来不知有什么父母。”

龙王吼道：“你还剥了我爱子的鳞，抽了他的筋！哪有还一命那么简单！”

哪吒冷笑：“不过如此。好，我便也割我的肉，剔我的骨，如此便报偿了吧！”

他转身对李靖道：“人言身体发肤，受之父母。我既无父母，又何惜这血肉。我这便取骨还父，割肉还母，从此世间再无牵挂，从此恩情便断绝了吧！”

他一伸手，拔出李靖腰中宝剑。

“哪吒！哪吒！不要！”红绫现出身来，抱住哪吒痛哭，“不要去，不要这么傻！不是说我们要一起做朋友吗？不是说要天天一起不分开吗？”

哪吒望着她微笑：“我虽然没有父母，但还有朋友。天地之间，还会有个人为我流泪。此生也无遗憾！”

他举剑刎在自己喉间，一腔血便喷了出来。

红绫尖叫一声，放声大哭。

李靖傻在那里，形如木雕。

远处一声唤：“哪吒！”却是太乙真人赶来了。

哪吒喉管已断，不能言语，只用眼睛望着师父，似有满腹话要说。

龙王怒视太乙道：“道士！这莫不是你的徒弟？”

太乙止步思忖：当初杀石矶，只因为阐截两派结怨已久，斗法死伤是寻常之事。何况通天教主滥收门徒，石矶不过是万千之一，虽辈分不低，但地位微薄，连通天教主只怕也不记得她是谁。杀了她，自然有元始天尊为自己撑腰。可眼前这事，死的是东海龙王之子，龙王镇守东海，手中万军，一怒之下，天倾海覆，天兵也阻挡不住。就算闹到上天，玉帝也是断断不能容了哪吒，自己还是明哲保身为妙。

于是望着哪吒叹道：“劫数！这一切都是命里的劫数。”

哪吒望着太乙，喉中呜咽，涌出一股股血来，气息喷出，发出嗬嗬怪音。再看他面容，竟是在笑。

笑这人无情，笑这天无义。

又有何可留恋？

哪吒抬起剑来，将自己血肉一块块剔下。李靖、太乙皆转头闭目，不敢直睹，更不用提相救。

直到哪吒将自己割得血肉模糊，只剩一副骨骼还立着。他又弃了剑，举右手拔下左手臂骨，又剔了肋骨，一根根，尽数弃于海中，最后终于站立不住，大笑一声，身形崩散，坠入沧海。

大水退去，大地无痕，世间再无哪吒。

【07.】

太乙寻到那颗灵珠，回到了乾元山金光洞。

他在洞中池塘取莲花两枝、荷叶三片、莲藕四节，拼成人形，放上金丹，念念有词。

光芒流转处，一个人形慢慢坐起。

“我是谁？”他问。

“你是哪吒。”

“我是哪吒。”

“你是我的徒弟。”

“我是你的徒弟。”

“过去的事，都不必记起了。从此以后，一切听我吩咐便是。封神之战，我教还需你来建功。”

“是。过去的事，不必记起。从此以后，只听师父吩咐。”

“好。太好了。我便再赐你几件宝物。来，这是风火轮，这是火尖枪……”

太乙终于心愿得偿，得到了那颗灵珠子。而哪吒，也再不会给他闯祸，因为他再也没有真的魂魄。

也许一切真的早有天定，上天早算好了一切。你逃不过，挣不脱。就像那射出的震天箭，总会落在神仙意料中的地方。

哪吒轻抬起手，鲜红的混天绫带在他手边滑过，像流动的血液。他站起身来，让风吹过他披散的头发，也舞动绕身的红绫。

哪吒拄枪站立云端，脚踏猎猎风火，绚丽霞光在他身后流过。他是天地间的美少年，却面如冷霜。只因他身体里已不再有热血流动，他不过是精美的人偶，再不能感知世间炎凉。